历代诗词分类鉴赏之八

图文本

饮酒·品茗

举杯邀明月

jubei yaomingyue

周啸天 等 编著

凤凰出版传媒集团　凤凰出版社

图书在版编目(CIP)数据

举杯邀明月:饮酒·品茗/周啸天等编著. —南京:凤凰出版社,2009.9

(历代诗词分类鉴赏)

ISBN 978-7-80729-396-5

Ⅰ.举… Ⅱ.周… Ⅲ.古典诗歌—鉴赏—中国 Ⅳ.I207.2

中国版本图书馆 CIP 数据核字(2009)第 158101 号

书　　名　举杯邀明月——饮酒·品茗

编　　著　周啸天等

责任编辑　李相东

美术编辑　姜　嵩

出版发行　凤凰出版传媒集团

凤凰出版社(原江苏古籍出版社)

南京市中央路 165 号　邮编 210009

发行部电话 025—83223462

集团网址　凤凰出版传媒网　http://www.ppm.cn

照　　排　南京紫藤制版印务中心

印　　刷　南京通达彩印有限公司

南京市六合区冶山镇　邮编:211523

开　　本　718×1005 毫米　1/16

印　　张　11.5

字　　数　207 千字

版　　次　2009 年 9 月第 1 版　2009 年 9 月第 1 次印刷

标准书号　ISBN 978-7-80729-396-5

定　　价　22.00 元

(本书凡印装错误可向承印厂调换,电话:025—57572508)

卷首语

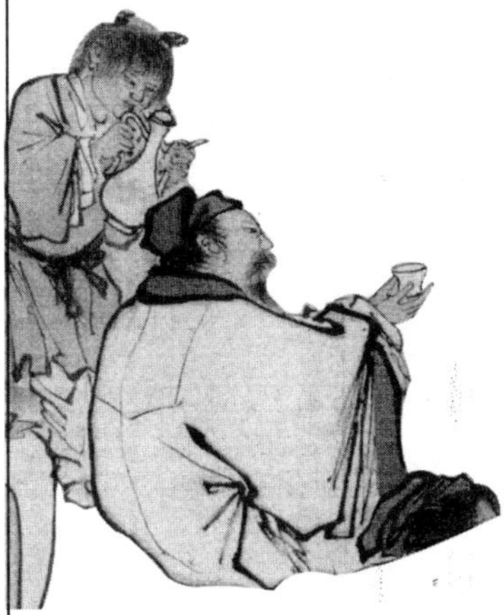

茶酒的朋友，盐米的夫妻。柴米油盐酱醋酒茶，古称开门八件事——前六为常设，后二为余事。欲把西湖比西子，从来佳茗似佳人。何以解忧？唯有杜康。

现代医学证明，适量饮酒，对促进血液循环是有好处的。而茶，则有清心明目，提神醒脑之功用。在温饱有加的时代，茶与酒并行不悖，实题中应有之义。

至于茶之品尝，酒之酿制，剑南春之命名，紫砂壶之工艺，尽君把玩，耐人深味，蔚为文化，博矣深矣。

清人吴乔以饭喻文，以酒喻诗，堪称妙譬。而茶处两间，为散文诗焉。

东坡思茶多妙语，李白斗酒诗百篇。古往今来，佳作累累，或音情顿挫，或光英朗练，脍炙人口，传唱至今。汇为一编，以飨君子。

诸君于茶余酒后，洗心饰视，必能发挥逸兴，或可一扫幽郁也。

撰稿人：

周啸天　李坤栋

（以下按姓氏笔画排名）

丁　颖　丁稚鸿　王　飞　王　涛　吴闻莺　张应中　李坤栋
李亮伟　陈　坦　罗　玲　易可情　唐　彦　殷志佳　秦岭梅
郭扬波　梅　红　董志刚　管遗瑞　滕伟明

目录

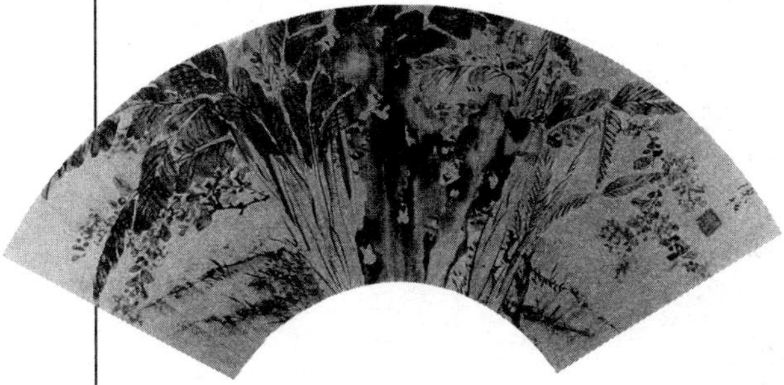

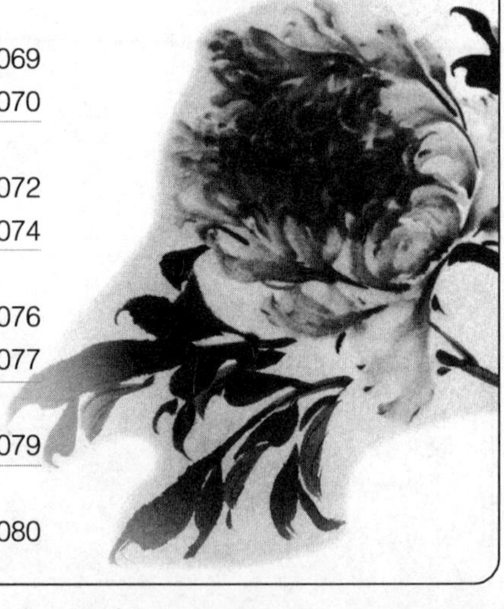

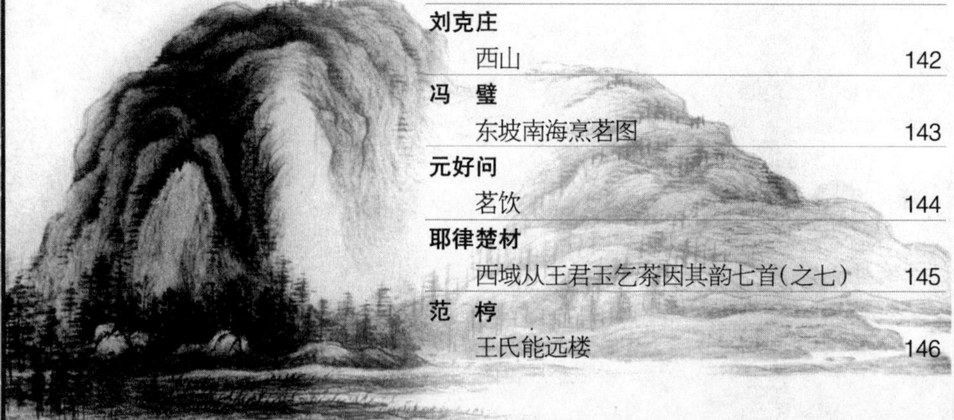

小雅·瓠叶

◎《诗经》

幡幡瓠叶,采之亨之。君子有酒,酌言尝之。
有兔斯首,炮之燔(fán)之。君子有酒,酌言献之。
有兔斯首,燔之炙之。君子有酒,酌言酢之。
有兔斯首,燔之炮之。君子有酒,酌言酬之。

这是一首朋友宴饮之诗。诗中宴饮绝无铺张奢华、挥霍无度之感,却似朋友把盏小酌,自得其乐。主人公应该是一个穷困之“士”或没落为庶人的自由民。

开篇写瓠叶翻飞飘舞、摇曳不定的姿态,一片活脱脱的生机,突出一个“鲜”字。当即采下,马上烹煮,使蔬菜的鲜嫩给宾主带来跃跃欲试的感觉。故第四句以一“尝”字把酒与菜一并挽住,揭开了简朴而友好的宴饮序幕。尽管葫芦叶味道不美,但宾主之间却不以为憾,津津有味地品尝着。

第二章开始即描述主客饮酒的情况,及兴趣盎然的烧烤野兔肉场景,而“献”、“酢”、“酬”三次劝酒活动,清晰地记载着宴饮的进程。野兔待客本来已算不得丰厚,诗中却再三说“有兔斯首”,兔头是骨多肉少的部分,令人自然联想到主人的贫瘠困窘。菜是匆匆忙忙从野外采来煮熟的,肉是捕获来的野兔,他平素常靠“野味”为生,这宴饮也充满一种简朴的野趣。用泥包裹或直接投入火中烧烤,烧熟后带着烟尘,慢撕细嚼,与井然有序的劝酒礼节大相径庭,显出宾主的随便和洒脱,有礼而欢快。这三章中斟酒和烧烤野兔肉的反复出现,使君子礼让的风度和朋友甘之如饴的友谊紧密地结合在一起,把宴饮表现得别致、淡雅。

注:幡幡:摇曳不定的样子。炮:以泥包裹而烧。燔:直接放在火上烧烤。

录袁梅语译如下:

翩翩摇曳瓠瓜叶,采摘它啊烹煮它。君子宴饮有美酒,且斟美酒品尝它。
野兔肉,是佳肴,涂泥烧,用火烤。君子备酒好又多,且斟美酒敬宾客。
野兔肉,是美味,又烧烤,又炙灼。君子宴饮有美酒,斟酒回敬主人喝。
野兔肉,是佳肴,用火烤,涂泥烧。君子备有好酒浆,斟酒再劝宾客尝。

《诗经》,我国最早的诗歌总集,本称《诗》,汉时独尊儒术,始称《诗经》。共收西周初年至春秋中叶的民歌和朝庙乐章歌辞305篇,另有笙诗6篇有目无诗。全书按音乐分风、雅、颂三类(一说分风、小雅、大雅、颂四体)。汉代传《诗》者有齐、鲁、韩、毛四家,今传《诗经》为《毛诗》。

今日良宴会

◎《古诗十九首》

今日良宴会，欢乐难俱陈。弹筝奋逸响，新声妙入神。令德唱高言，识曲听其真。齐心同所愿，含意俱未伸。人生寄一世，奄忽若飙尘。何不策高足，立登要路津？无为守贫贱，轗轲长苦辛。

《古诗十九首》，东汉文人抒情古诗共十九首，初见录于南朝梁昭明太子萧统《文选》。诗多反映汉末动乱时世中夫妇两地分居之苦，及文人失落心态，而语言平易自然，如秀才对朋友说家常话，颇为后世称道。

这首诗写宴会听歌的感慨。前四句写快乐的宴会，“难具陈” 犹言妙不可言也，“逸响”谓不同寻常的飘逸的音乐，“新声”指时髦的音乐，“妙入神”即出神入化。继四句写听曲感心，借阐明曲意而发了一番议论，“识曲听其真”是很关键的一句，意思是听话听音，善解曲意，别停留在肤浅的层面上。

“齐心同所愿”犹言口之于味，有同嗜焉，接下来“含意俱未伸”一句，也大有深意。这两句是说人们口头讲的，未必是心中想的。这也是世态人情之常。然后诗人代所有人讲出心里话：人生苦短，时不我待，富贵应须致身早——“捷足先登”的成语就是从“何不策高足”两句化出的。虽然思想并不高明，却是实话实说，不虚伪不骗人。

这首诗意思太明白，许多好心的道德家都帮不上忙，说什么“据要津，乃诡词也”（沈德潜），说什么“此似劝实讽，所谓谬悠其辞也”（姚鼐），只是一厢情愿、徒劳无益的辩解。子曰：“耕也，馁在其中矣；学也，禄在其中矣。”子夏曰：“学而优则仕。”而官本位的社会，又产生着虚伪——统治者提倡表彰的恰恰是不慕荣利、安贫乐道的气节。此诗的难能可贵处，就在于它敢于把伪君子们“齐心同所愿，含意俱未伸”的思想大胆暴露出来，可以说是不讽之“讽”吧。

宴诗

（魏）◎曹　植

公子敬爱客，终宴不知疲。清夜游西园，飞盖相追随。明月澄清景，列宿正参差。秋兰被长坂，朱华冒绿池。潜鱼跃清波，好鸟鸣高枝。神飙接丹毂，轻辇随风移。飘飖放志意，千秋长若斯。

曹植（192—232），字子建，曹操子。汉末建安中封平原侯，徙封临淄侯，以才学为曹操所重，几欲立为太子。魏立，于文帝、明帝两朝备受猜忌，怀志难伸，郁郁而终。五言诗以笔力雄赡、辞采华美见长。有宋辑本《曹子建集》，今有《曹植集校注》。

这是曹植青年时期写的一首参加宫廷宴会的诗。诗歌没有直接写宴会时大家饮酒的热闹场面，而是把笔墨放在宴会以后集体夜游西园看到的清夜美景和感到的美好生活上，可谓构思富有特色。

诗句开始说的“公子”就是曹丕，曹操的第二个儿子（长子曹昂早死），曹植的哥哥，曹操死后，他取代汉献帝做了皇帝，就是魏文帝。当时曹丕已经是五官中郎将，很得曹操的信任，他对很有文才、也得到曹操赏识的弟弟曹植，心里一直很妒忌猜疑，传说中曹植被曹丕逼着作《七步诗》：“煮豆持作羹，漉菽以为汁。萁在釜下燃，豆在釜中泣。本是同根生，相煎何太急？”就是针对曹丕的，萁豆相煎，骨肉相残，可见他们亲兄弟之间的复杂而微妙的关系。但在年轻的时候，还没有因为争夺接班人而短兵相接，矛盾还没有激化，兄弟之间还维系着一定的感情。因此在公事之暇，曹丕也在西园设宴招待曹植，与其他文人一起欢聚。宴会时曹丕诗兴勃发，写了一首五言诗《芙蓉池作》，来记述当时的盛况。诗是这样的：“乘辇夜行游，逍遥步西园。双渠相溉灌，嘉木绕通川。卑枝拂羽盖，修条摩苍天。惊风扶轮毂，飞鸟翔我前。丹霞夹明月，华星出云间。上天垂光彩，五色一何鲜。寿命非松乔，谁能得神仙？遨游快心意，保己终百年。”表现了曹丕不愿求仙得道、长生不老，只愿诗酒流连，观赏美景，逍遥快活，以终天年的思想。参加宴会的还有魏国的著名作家和诗人，比如“建安七子”中的王粲、刘桢、阮瑀、应玚等等，大家也都写了诗，与曹丕相唱和。这些诗歌，在一定程度上反映了邺下文人集团诗酒唱和的风雅生活，也为后代的文人雅集开了先河。而曹植的这首诗，也是对曹丕的诗歌的赓和之作，或者说，算是奉命之作，因为他既然参加了宴会，而且还是王子，身份比那些文人要高，自然是主宾，尽管兄弟之间并不和谐，但也不得不和作一首，以表示对宴会主人的答谢。所以他的诗歌一开始就说“公子敬爱客”，“公子”指曹丕，诗句赞扬了曹丕对客人尊敬友爱，当然其中也表示了对哥哥给予弟弟的爱护的感谢之意。特别是“终宴不知疲”一句，曲折地写出曹丕宴会饮酒时兴致之高，以至于在宴会终了之后，还精神百倍、不知疲倦地陪大家一起游玩西园，这就给了曹丕礼贤下士的精神以充分的肯定，想来曹丕看过之后一定是很高兴的，诗歌可谓写得很是得体。

诗中说到的“西园”，就是当时魏国的都城“邺下”（旧址在今河北临漳一带）的皇家公园，当时叫做“铜雀园”，那当然是很大而且风景很美的。诗歌接下来就主要描写游园所见的种种景物。在静静的秋夜，主人和宾客们在园子里车马相随，尽情游赏。你看：那夜空中明月洒下了清辉，稀疏的群星多么灿烂；园子里长满了兰草，荷花也刚刚冒出绿池的水面；游鱼在清波中欢腾跳跃，鸟儿在高树的枝头上互相呼唤；还有那疾风吹着车轮，乘坐的车辇也显得格外轻便。这一切，天上地下，水中陆上，组合成一幅优美的夜景，这些既是对美好夜景的精妙描写，同时也衬托出游园者欢快的心情，可谓情景交融，给人以赏心悦目的美感。

正是这样，所以诗歌结尾说：“飘飖放志意，千秋长若斯。”这里的结尾十分巧妙，既是对上面所精心描写的美好景象的自然引申、总结，表达了自己的当然也是大家的共同心愿，同时也和曹丕的原作扣合很紧，特别是和原作的最后四句呼应密切，在命意上保持了高度的一致，那意思分明是说：您说得真是很对呀，要想长生不老那是不可能的，只要我们能够这样自由自在地生活下去，那就很是不错了，但愿千秋万代永远如此！诗到这里也就自然结束，无论写景，还是抒情，都浑然一体，达到了高度的融合，体现了作者非常圆熟的技巧。

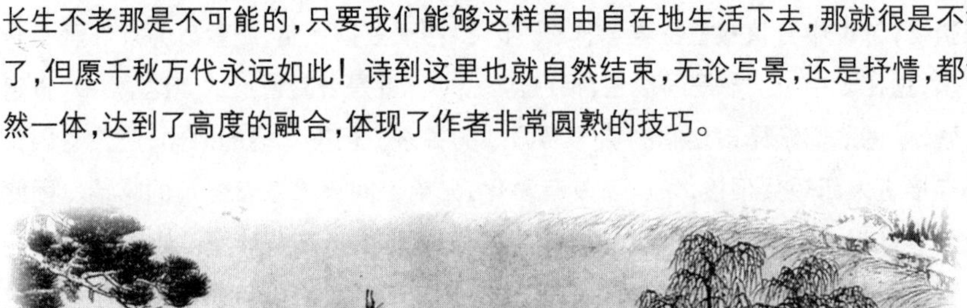

歌

（晋）◎孙　楚

茱萸出芳树颠，鲤鱼出洛水泉。白盐出河东，美豉出鲁渊。姜桂茶荈出巴蜀，椒桔木兰出高山。蓼苏出沟渠，精稗出中田。

孙楚（218? —293），字子荆，中都太原（今山西平遥）人。官至冯翊太守。

这首诗歌的篇名也叫《八出歌》，因为整首诗要说明和指出的是各种美味原料的出产之地，其中包括我们日常生活中普遍需要的茶叶，八句中有八个“出”字，所以叫《八出歌》。

为了便于理解这首诗的意思，我们不妨把它翻译成白话：“茱萸果出在芳香树的顶端，鲤鱼生在洛河的水泉。那白盐就出在山西的河东，美味的豆豉出在山东的鲁渊。姜、桂和茶叶出在西南的巴蜀，花椒、红橘、木兰出在高高的山颠。蓼草和紫苏生长在沟渠里，那香稻的精米出在广阔的良田。”

这首诗歌乍看起来好像不是诗，它只是比较整齐的八个判断句的并列而已，整首诗也只是说了出产之地，好像没有表达其他意思。不过，这在西晋时代，那时诗歌还保留着汉代乐府的很多遗留的痕迹，作为古诗中的一种，它不需要遵守固定的章法、句法，句子也可以整散不拘，长短也很随便，不像唐代以后那样要求严格。就是唐代，也还有散文化的诗歌，比如陈子昂的《登幽州台歌》：“前不见古人，

后不见来者。念天地之悠悠，独怆然而涕下。"但是孙楚的这首《歌》作为诗，它从外在形式上也具有诗歌的特质，比如全诗虽然有五言、六言、七言三种句式，但在句式节奏上是很标准的，也大体整齐，而且押韵，还是一韵到底，所以读起来琅琅上口。从内容上来看，它虽然只是并列了一些美味的原料，以及它们的产地，但是我们可以分明地感觉到作者对晋代地大物博、出产丰饶的自豪，以及对这些美味的赞美，通过诗的这种"曲达其意"的艺术手段，来含蓄委婉地表达出自己的思想，其中也包含着一定的艺术匠心，显得质朴古雅而又耐人寻味。

关于歌咏茶叶的诗歌，可谓历史悠久，从《诗经》开始就一直歌咏下来。孙楚的这首《歌》也是较早地反映茶的诗歌，所以它还具有重要的历史认识价值。在晋代，从现在我们可以看到的材料可知，那时茶叶已经较为普遍，饮茶已经成为了人们生活中的一个重要组成部分，诗文里面都有反映。比如同在晋代而稍后于孙楚的杜育，就写过有名的《荈赋》(荈音喘，晚采的茶，此处代指茶)："灵山惟岳，奇产所钟。厥生荈草，弥谷被岗。承丰壤之滋润，受甘霖之霄降。月惟初秋，农功少休，结偶同旅，是采是求。水则岷方之注，挹彼清流；器择陶简，出自东隅；酌之以匏，取式公刘。惟兹初成，沫成华浮，焕如积雪，晔若春敷。"这首赋很短小，但是它却写了茶叶的生长环境、态势以及条件，描写了尽管在初秋季节茶农也不辞辛劳地结伴采茶的情景，还写到烹茶所用之水当为"清流"，所用茶具无论精粗都要清洁，直到最后写出喝茶的美感享受。我们如果把孙楚的这首《歌》和这篇赋结合起来读，把赋作为对歌的注脚，当会有更加深入的体会。

饮酒(其五)

(东晋)◎ 陶渊明

结庐在人境,而无车马喧。问君何能尔,心远地自偏。采菊东篱下,悠然见南山。山气日夕佳,飞鸟相与还。此中有真意,欲辩已忘言。

陶渊明(365—427),一名潜,字元亮,晋宋间浔阳柴桑(今江西九江西南)人。东晋名臣陶侃曾孙,一生三仕三隐,于彭泽令任内弃官归里,隐居田园,遂不复仕。于宋文帝时卒,友人私谥曰靖节先生。有《陶渊明集》。

这是陶渊明的组诗《饮酒二十首》中的第五首。组诗有自序:"余闲居寡欢,兼比夜已长,偶有名酒,无夕不饮。顾影独尽,忽焉复醉。既醉之后,辄题数句自娱。纸墨遂多,辞无诠次。聊命故人书之,以为欢笑尔。"萧统云:"有疑陶渊明之诗,篇篇有酒,吾观其意不在酒,亦寄酒为迹也。"(《陶渊明集序》)北宋文豪欧阳修《醉翁亭记》有"醉翁之意不在酒,在乎山水之间也"的名言,即此意也。《饮酒》组诗中最为脍炙人口者,当推本篇,约作于义熙十三年(417)。

陶渊明一生主张复返自然,第一步是在思想上排斥世俗的价值观,做到心静,心静则境静。此诗前四句讲的就是这个道理。虽然结庐世上,却听不到车马的喧闹——这里的"车马喧",固可实指上层人士间的交往,也可以象征世俗的竞争,此中关键,在于"心远"二字。"远"是玄学的基本概念之一,指超脱于世俗利害、淡然自足的精神状态。

"心远地自偏"是一篇之要言,中含妙道。陶渊明的崇拜者、大书家颜真卿"心正则笔正",唐诗人李颀"为政心闲物自闲",北宋文豪苏东坡"此身安处

是吾乡”等名言，即出于此。这四句平易中见行云流水之妙，一句平平叙起，二句即转折，三、四句因而作为问答，何等意味深长，无怪王安石叹服道：“自有诗人以来无此四句。”

紧接四句便从偶然目击的自然景物写随缘自适的生活乐趣。前两句或作“采菊东篱下，悠然望南山”，苏东坡指出，“望”与“见”一字之差，境界大不相同，成为陶诗一段著名公案。盖“望”字是有意识的注视，“见”则是无意中的相逢，后者才能传达“悠然”（即不期然而然）的神韵。以下用顶真格起，即写南山日夕的景色。

“山气”即远山景色，“气”字似着眼于暮霭。“日夕”偏义于夕，夕阳下山，暮霭迷离，景色特佳，这是来自生活观察的见道之言，而宿鸟归飞正是此时山色的一个生动的点缀。泰戈尔《吉檀迦利》结云：“像一群思乡的鸟儿日夕飞向它们的山巢，在我向你合十膜拜之中，让我全部的生命，启程回到它永久的家乡。”在诗人心中，归山之鸟和归根之叶一样，总是意味无穷的象征。而就在这妙不可言的景色中，诗人体会到妙不可言的哲理。

末二句是总结：诗人已领悟到生命的真谛，正要把它说出来，却找不到合适的语言了。这话虽来自《庄子·齐物论》的“大辩不言”，却已深契禅机——禅宗认为真谛乃是一种活泼的感受，逻辑语言不足以体现它的微妙，它可以凭禀性直觉顿悟，却无法用语言来表达。两句至关紧要，提示了全诗的形象所要表达的深层意义，同时让读者的思路返引回形象，自去咀嚼，自去玩味。

最后一个问题，“此中”是甚中？一般注释为“大自然中”，固然不错；但联系题面，是否还有“饮中”的意思呢？鲁迅说，当陶渊明高吟“饥来驱我去”的当儿，或者偏见很有几分酒意，否则他就不会“悠然见南山”而将“愕然见南山”了。这话虽属调侃，也符合陶诗给人的印象与感觉。当然，要是直接点明“酒中”，那又未免大煞风景。唯其“此中”含义不定，才耐含咏。

饮酒(其九)

(东晋)◎ 陶渊明

清晨闻叩门,倒裳往自开。问子为谁欤?田父有好怀。壶浆远见候,疑我与时乖。“褴缕茅檐下,未足为高栖。一世皆尚同,愿君汨其泥。”“深感父老言,禀气寡所谐。纡辔诚可学,违己讵非迷!且共欢此饮,吾驾不可回。”

这是陶渊明的组诗《饮酒二十首》中的第九首。清人方东树在《昭昧詹言》中说:“据序亦是杂诗,直抒胸臆,直书其事,借饮酒为题耳,非咏饮酒也。”这种说法对整组诗来说大体是对的。但是选在这里的一首,却的的确确是在说饮酒。诗写作者所居地方的父老很远地送酒来慰问他,劝说诗人出仕做官,诗人就和他们一起饮酒,从对话中表现了作者执意隐居的坚定志向。

要明白这首诗的意思,首先就要了解它的背景。据各家版本,这首诗大约写于晋义熙十二年(416)前后,陶渊明52岁左右,他已经在家乡江州归隐多年。此时,江州刺史又推荐他到晋朝做官,也就是《宋书·陶渊明传》说的:“义熙末,征为著作佐郎,不就。”大约就在这个时候,陶渊明写了这首诗来表明自己的心志,决心隐居到底,绝不出山。

这首诗不难理解,因为它语言通俗,明白如话。它的好处也正在这里,它用质朴通俗的文字,记述了作者同一位关心他的老农(“田父”)的交往和谈话,反映了他们之间和谐相处的乐趣,也表明了自己不再出山的坚决态度,显得字字真切,感情深厚,而又非常真率自然,简直就是一首短小、精炼而又生动的叙事诗。开始六句叙述事情的缘起,即老农一大早就来造访,诗人急急忙忙热情迎接,其中交

代了老农知道诗人与时不合，特地带酒来和他共饮，进行规劝，以表达他的一番好心好意。接下来四句就是老农劝诗人的话，说您何必穿着破烂衣服住在茅屋里，和自己过不去呢，要顺乎潮流，和社会上的其他人保持一致呀！言外之意，显然是要诗人应征出去做官。对于这番好意，诗人立即作了回答：首先是表示感谢，然后申明自己禀性乐于隐居，要是违心地出去，那就真是自己糊涂了。现在怎么办呢？还是和您高高兴兴地喝酒吧，我的志向是不能逆转的啊！诗歌到这里也就结束了，事情交代得清清楚楚，对话也很生动，人物形象也栩栩如生，虽然一切都好像是在客观地叙述，但是作者不愿出山做官的意愿，却表达得斩钉截铁，不可动摇，在真率自然的描写中又包含着委婉含蓄的表达方式，可见作者在构思时的剪裁功夫。

运用对话是本诗的一个特色。全诗十六句，就有十句是对话，诗歌也主要是通过作者和老农的对话来表现自己的思想。这在以前的短小的叙事诗里是不多见的。后来这种手法被唐代诗人杜甫继承和发扬，写出了专以对话来表现主题的像“三吏”、“三别”那样的传世名篇，以后以白居易、元稹等人为主的新乐府运动，更是大量地在诗歌中运用对话来反映现实生活，可见陶渊明诗歌对后代的巨大影响。

卫王赠桑落酒奉答诗

（北周）◎庚　信

愁人坐狭斜，喜得送流霞。跂窗催酒熟，停杯待菊花。霜风乱飘叶，寒水细澄沙。高阳今日晚，应有接䍦斜。

庚信（513—581），字子山，北周南阳新野（今河南新野）人。庚肩吾子。梁时任湘东王萧绎（即梁元帝）国常侍、安南参军，迁尚书度支郎中、通直正员郎，出为郢州别驾。出使东魏还朝，任东宫学士，领建康令。侯景攻建康，兵败，出奔江陵。萧绎称帝，任右卫将军，封武康县侯，加散骑常侍，出使西魏。值西魏攻陷江陵，杀梁元帝，因羁留长安，被迫历仕西魏、北周。北周时曾迁骠骑大将军、开府仪同三司、司宪中大夫，进封义城县侯。北周末因病去职，卒于隋初。有明辑本《庚开府集》。

这是北朝诗人庚信的名作。诗歌写作者在羁留之地长安愁坐待酒，酒来之后那种喜从心起的情景，非常生动感人。全诗围绕的中心，也就是转愁为喜的过程，着眼在一个“喜”字上。

首先在诗题上要弄明白两件事。一是“卫王”是谁。据《周书》记载：“（北周）文帝十三子。文宣皇后生高祖、卫刺王直。直字豆罗突。武成初，进封魏国公。建德三年（574），进爵为王。”这位卫王就是豆罗突。二是“桑落酒”是什么酒。据《汾酒史话》，“桑落酒，在当时（按即北周）只是酒的一个通名而不是某种酒或某个地区的酒的专名。《诗经·卫风·氓》中就说：‘桑之未落，其叶沃若。桑之落矣，其黄而陨。’所谓‘桑落’就是桑叶凋落，这在北方正是农历九、十月间。贾思勰《齐民要术》卷七谈到黍米造酒法时，称‘十月桑落，初冻则收水，酿者为上’。明朝人刘绩的《霏雪录》上说：‘河东桑落坊，有井，每至桑落时，取水酿酒甚美，故名桑落酒。’可见，桑落起初是一个时间概念，后来逐渐成为一类酒的名称。酒以‘桑落’名之，是说正是桑叶凋落之时，取井水酿酒，所酿之酒风味独特，为当时之人所喜爱”。

庾信还在他写的其他几首诗中多次说到“桑落酒”，比如《就蒲州使君乞酒》、《蒲州刺史中山公许乞酒一车未送》等等，可见庾信是很喜欢喝这种桑落酒的。

但是，诗人也有喝不到酒的时候。也许是好久没有人送酒来了吧，庾信一个人愁闷地坐在狭陋的居所，酒渴如狂，愁苦万端，难以排遣。恰恰就在这个时候，忽然传来卫王送酒的喜讯（“流霞”指酒，这里代指桑落酒），而且是他特别心爱的那种桑落酒，真是喜从天降，喜不自禁，很有些手舞足蹈的样子了。你看他，抬起脚后跟站着（“跂”音气），趴在窗户前一个劲地催促赶快把酒煮熟送来，那急不可耐的天真的样子，真是和小孩子没有什么差别了。他又取出酒杯放在桌子上，等着酒煮熟了马上就喝。这里“菊花”也是指酒，据《汾酒史话》说，菊花是桑落酒当中的一种，这里也是代指卫王送来的桑落酒。这两句，“跂”、“催”、“停”（放置）、“待”几个动词的运用，非常生动地刻画出那种焦急等待但又十分喜悦的心情，起到了传神阿堵的作用。到第五、六句，作者把视线转到了户外，只见霜风劲吹，落叶纷纷飘下，澄清的池水里透出一片寒冷。这是宕开一笔，以景衬情，意谓在寒冷的深秋，只有喝酒才能驱除寒意，如今酒来了，也就不怕这寒冷了。所以到最后，作者说，我这个一向爱好喝酒的高阳酒徒，今晚可是要好好地醉他一场了！“接篱”是帽子，“斜”是歪戴着，这里是用了晋朝山简镇守襄阳时唯酒是耽，每次出游都醉得倒戴着帽子回来的典故，来形容自己今晚将要喝得极其快乐的那种令人陶醉的境界，真是非常形象生动。

读完这首诗，作者得到送酒以后那种喜形于色的情景，简直就是跃然纸上。刚开始的那种愁苦，也早就一扫而空。对于转愁为喜的一步步的描写，甚至细节的刻画，都非常生动形象，“喜”字被表达得淋漓尽致。要知道，这个时候还没有开始喝酒哩，诗歌所写的只是酒来以后，等待喝酒那一短暂时间的情况，要是真喝起来，那又别是一番热烈情景了。作者之所以这样写，也就是题目已经规定了的，是要表示对卫王送酒的感谢之意，这样集中写焦急等待的情况，最能委婉地传达出感激的心情。作者在这个方面把握得很有分寸，恰到好处，所以诗歌写得很紧凑简练，而又情意深厚，很能感人。

晦日宴游

(唐)◎ 杜审言

日晦随蓂荚,春情著杏花。解绅宜就水,张幕会连沙。歌管风轻度,池台日半斜。更看金谷骑,争向石崇家。

这不是一首写普通宴游的诗歌,而是专门写"晦日"这天,当时的达官贵人们外出饮酒游乐的诗歌。诗歌不仅具有较高的艺术水平,而且在民俗研究上也具有很高的价值。通过这首诗,人们能够生动形象地了解到当时"晦日"宴游的具体情况,从而更好地认识那段历史中的一个生活侧面。

"晦日"是指阴历每月的最后一天。唐代每到正月晦日这天,人们就要外出临水宴乐,以驱除不祥。据《玉烛宝典》记载:"元日至月晦,人并为脯食度水,士女悉煎裳酹酒于水湄,以为度厄。今世人唯晦日临河解除,妇人或湔裙。"这是当时的民俗,从民间到宫廷都是这样。另外,诗歌第一句讲到的"蓂荚",也和这个晦日有关。据古代传说,蓂荚是一种祥瑞之草,从初一到十五每天生出一个荚,到十六日以后每天落一个荚,从蓂荚的增加和减少就可以知道日数。比如《帝王世纪》就说:"尧时有草夹阶而生,每月朔(按即初一)生一荚,月半则生十五荚,自十六日一荚落,至月晦而尽。月小则余一荚,厌而不落。唯盛德之君应和气而生以为瑞

杜审言(645—708),字必简,祖籍襄阳(今属湖北),父迁居洛州巩县(今河南巩县)。高宗咸亨元年(670)登进士第,其后任隰城尉,累转洛阳丞。武后圣历元年(698),坐事贬吉州司户参军。旋授著作佐郎,迁膳部员外郎。神龙元年(705)因谄附张易之兄弟流放峰州,不久召还,授国子监主簿,加修文馆直学士。有宋本《杜审言集》。

草，名为蓂荚，一名历荚。”看来晦日临水宴游的习俗，和这个古老的传说是有关系的。

杜审言做过洛阳丞，这首诗大约作于唐代的东都洛阳。

诗歌所写的晦日，从第二句“春情著杏花”也可以看出应是阴历正月的月末，也就是初春时节，这时北方到处杏花开放，显出盎然的春意来，正是郊游踏青的美好时节。诗中写道，人们（“绅”是古代士大夫束在衣外的大带子，这里泛指衣带）在这一天都出城来到水边，搭起供休息、宴乐之用的帐篷来；轻风吹拂，歌声、音乐声在空中飘荡，到傍晚时分夕阳照着水池和楼台，景色就更加美了。就在这个时候，那些富豪之家的人们已经骑着马，争先恐后地向西晋大官僚石崇曾经居住过的金谷园去了（金谷园是石崇的别墅，故址就在洛阳城的西北，这里是代指当时达官贵人的豪宅）。去干什么呢？自然是宴游的余兴未尽，又喝起酒来。这一天，也就这样在兴高采烈中度过了。

杜审言生活在初唐时期，从这首诗中，我们可以看到当时官僚、富豪生活的一斑。这首诗歌已经是非常成熟的五言律诗了，不管是平仄的黏对和句尾的押韵，还是词性的对偶，都完全符合律诗的规定。不仅如此，首尾两联本来可以不用对偶的，但是这首诗也用了对偶，整首诗显得格外精致，可见作者娴熟的诗歌技巧。杜审言是杜甫的祖父，他的诗歌成就也影响到后来的杜甫，起了很好的先导作用。

宴荣二山池

（唐）◎ 孟浩然

甲第开金穴，荣期乐自多。枥嘶支遁马，池养右军鹅。竹引携琴入，花邀载酒过。山公来取醉，时唱接篱歌。

孟浩然（689—740），或谓字浩然，襄州襄阳（今属湖北）人。少隐家乡鹿门山，玄宗开元十六年（728）进京应试不第，遂漫游天下，以布衣终老。有《孟襄阳集》。

这是孟浩然在他的朋友荣二先生的池台亭阁中参加宴会时所作的诗，诗题一作《宴荣山人亭》，又作《题荣二山池》。诗人的这位朋友姓荣，行二，大约是在一个什么地方隐居，其他情况现在已经无可查考了。

从诗中所写的情况来看，这位荣山人不是普通的隐士，而是很富有的豪绅。诗歌一开始就称他的居处是“甲第”，把他的隐居之所称为高官贵吏的宅第，并且以“金穴”来形容其富有。“金穴”典出《后汉书·光武郭皇后纪》：“况迁大鸿胪，帝数幸其第，会公卿诸侯亲家饮宴，赏赐金钱缣帛，丰盛莫比，京师号况家为金穴。”这位荣二先生的宅第之华贵，家室之富有，也就可想而知了。但是毕竟他已经是隐遁山林之人了，所以第二句紧接着就赞扬他具有古代隐者荣启期优游林下、自得其乐的超然品格。这是用了《列子·天瑞》中的一个典故，说孔子遇见隐士荣启期，见他行于旷野之中，“鹿裘带索，鼓琴而歌”，自称非常快乐，孔子说：“善乎，能自宽者也！”这两句诗，从总体上交代了荣山人的情况，既非常富有，又超尘出世，可见他是一个非同一般的人了。

接下来诗人具体描写了荣山人居处的具体情况和宴饮的活动。先说他马厩里养着支遁那样的马，隐然以晋代著名的僧侣而又兼文人高士的支遁相比（支遁喜欢养马，他特别欣赏马的“神骏”）；还说他池子里养着王羲之喜欢的鹅，也是以晋代的右将军、著名书法家王羲之来作比（王羲之喜欢养鹅）。然后写环境，有竹有花，有琴有酒，今番的宴会那一定是很惬心高雅的了！所以最后诗人就直截了当地表示，我今天来就是要像晋代的山简那样，和您一醉方休了！这里的最后两句，用的是山简的典故。据《晋书·山涛传》和《水经注》记载，山简（山涛的儿子）在镇守襄阳时嗜酒成性，每次外出都要大醉，倒戴着帽子（“接篱”是一种帽子）归来，孩子们编了儿歌唱道：“山公出何去，往至高阳池。日暮倒载归，酩酊无所知。”看来，诗人和这位荣二先生是很有交情的，“酒逢知己千杯少”，这次在山池宴饮，那一定是不拘礼节，非常和谐热闹的了！

这首诗和孟浩然的大多数诗歌一样，都表现出清淡闲远的风格，意境幽静，追求一种“隐者自怡悦”的境界，但是其中表现的情趣，又多了一些豪放，可见作者风格的另一个方面。全诗用了很多典故，但是没有堆砌的感觉，显得比较自然，这是因为都用得很贴切的缘故。比如用荣启期来比荣二山人，都姓荣，本是一家，比得天衣无缝。如果光说家里养着马和鹅，那就太平常了，但是在马前加了支遁，在鹅前加了王羲之，那就精神全出，更加生动而富于意味了。以山简来比自己，自己狂放的性格，也就在字里行间凸现出来了。从这些地方，都可以看出作者精心的构思和巧妙的安排。

醉后赠张九旭

（唐）◎高　适

世上谩相识，此翁殊不然。兴来书自圣，醉后语尤颠。白发老闲事，青云在目前。床头一壶酒，能更几回眠？

高适（704？—765），字达夫，勃海蓨（今河北景县）人。少时客居梁宋，玄宗天宝八载（749）有道科及第，曾为封丘县尉，不久辞官。客游河西，入哥舒翰幕。安史之乱中拜左拾遗，累为节度使。晚年出将入相，曾任左散骑常侍，进封勃海县侯，卒赠礼部尚书。有《高常侍集》。

张旭是盛唐时期杰出的书法家。当时著名书法家徐浩、颜真卿、怀素等人，皆师承张旭，均取得了很高的艺术成就。高适这首赠张旭之作，是天宝十一载（752）入长安与张旭相见共饮，醉后所写。

首联采用欲扬先抑的手法突出张旭的与众不同。在现实中确有这种情况：天天见面的熟人，给人印象并不深；有的人却叫人一见难忘。“世上谩相识，此翁殊不然”，此诗首句将世上一切熟人尽行否定，乃过情之语，而过情语对于突出诗中人的独特形象，有明显的反衬作用。“翁”，是对张旭的尊称，尽管学术界至今对张旭的生卒年尚无确考，但可以肯定的是，张旭应当是高适的前辈，所以这里以“翁”相称，也可以看出高适对他的尊敬。在这一抑一扬之中，张旭的形象如高峰突起，凌跨众山，给人以强烈印象，令人肃然起敬。这一联好像漫不经心，随意道来，却起得十分有力。

如果说第一联只是作者对张旭的总的印象，是虚写，那么以下各联即转入了对张旭形象的具体刻画，是实写，字里行间倾注着诗人对张旭无比钦敬的感情。

张旭有两个称号，一是“草圣”，二是“张颠”，为世所公认，所以实写时即先从这两个称号着笔：“兴来书自圣，醉后语尤颠。”张旭精楷书，尤善草书，逸势奇状，连绵回绕，自创新的风格，人称“草圣”。杜甫《饮中八仙歌》中，即有“张旭三杯草圣传”的诗句。又《新唐书·文艺传》说：张旭“嗜酒，每大醉呼叫狂走乃下笔，或以头濡墨而书，既醒自视以为神，不可复得也，世呼‘张颠’”。这一联对句互见，是说张旭在酒醉兴来之时，书法自然会达到超凡入圣的境界，言语也更加狂放不拘，一副天真情态。诗中表现了对张旭书法、性格的由衷赞美，同时强调了艺术重在性灵的自然流露，表现出对书法艺术的深刻认识。两句看似从两个方面分别写，而实际上合而为一，是一个难以分开的整体。

接着进一步赞美了张旭泊然于怀、不慕荣利的可贵品质：“白发老闲事，青云在目前。”“青云”此指隐逸。这一联写得十分传神，我们仿佛看到一位白发垂垂、蔼然可亲的老者，“身处朱门而情游江海，形入紫闼而意在青云”（《南史·衡阳王钧传》），不问世事，一身悠闲，轻松自得。唯其不乐仕进，具有隐者的风度和情怀，才能够性情旷放，因此也才能够时时葆有天真之态，在书法艺术上取得不同流俗的极高成就。这一联乍看似与第二联平列，而实际上是深入了一层，将诗意推进到一个新的深度。

尾联承接上联，继续推进，写张旭旷放的性格。“床头一壶酒，能更几回眠”两句暗用了《世说新语·言语》中的一个典故：“孔文举（即孔融）有二子……昼日父眠，小者床头盗酒饮之。”孔融是汉末文学家，建安七子之一，字文举，诗文皆善，为人恃才负气，狂放不羁。此处隐然以孔文举比张旭，颇见推重之意。但这一联写张旭生活情形，不是平直叙述，而是以问句出之，显得格外亲切。意若曰：您老人家床头那壶酒，怕会被家中子孙偷喝吧，能伴您几次醉眠呢？意思已略带调侃，但又极有分寸，包涵着丰富的意蕴。一方面，可见张旭平时经常醉眠，诗人将他性格中的特点拈出，使形象更为生动可感；另一方面，诗人在老前辈面前竟然开起玩笑来，这位老前辈的豁达可亲自然可以想见，而诗人自己的天真发问，也愈益显得醉态淋漓。到此，宴席间的热闹气氛，宴饮者的融洽关系，皆历历如在目前。这是以醉写醉，以自己的旷放衬托张旭的旷放，使题目中的“醉后”二字，得到了充分的表现。全诗到这里结束，张旭可敬可爱的形象跃然纸上。

全诗在章法上虚实结合，虚写处内蕴丰富，而不显得空虚；实写处形象具体，但笔调轻灵，并无板滞胶着之感。这种巧妙的结合，使作者的感情与诗中主人翁的形象融为一体，产生出动人的艺术力量。另外，语言清新明朗，与诗中欢快活泼的情绪相一致，读来真切动人。

将进酒

（唐）◎李　白

君不见黄河之水天上来，奔流到海不复回。君不见高堂明镜悲白发，朝如青丝暮成雪。人生得意须尽欢，莫使金樽空对月。天生我材必有用，千金散尽还复来。烹羊宰牛且为乐，会须一饮三百杯。岑夫子，丹丘生，将进酒，杯莫停。与君歌一曲，请君为我倾耳听。钟鼓馔玉不足贵，但愿长醉不复醒。古来圣贤皆寂寞，唯有饮者留其名。陈王昔时宴平乐，斗酒十千恣欢谑。主人何为言少钱，径须沽取对君酌。五花马，千金裘，呼儿将出换美酒，与尔同销万古愁。

《将进酒》原是汉乐府短箫铙歌的曲调，题目意译即“劝酒歌”，故古辞有“将进酒，乘大白”云云。这首李白“填之以申己意”（萧士赟《分类补注李太白诗》）的名篇，作于一入长安以后，诗人时与友人岑勋在嵩山元丹丘的颍阳山居为客，三人尝登高饮宴（《酬岑勋见寻就元丹丘对酒相待以诗见招》“不以千里遥，命驾来相招。中逢元丹丘，登岭宴碧霄。对酒忽思我，长啸临清飙”）。人生快事莫若置酒会友，作者又正值“抱用世之才而不遇合”（萧士赟）之际，于是满腔不合时宜借酒兴诗情，来了一次淋漓尽致的发抒。

诗篇发端就是两组排比长句，如挟天风海雨向读者迎面扑来：“君不见黄河之水天上来，奔流到海不复回。”颍阳去黄河不远，登高纵目，故借以起兴。黄河源远流长，落差极大，如从天而降，一泻千里，东走大海。如此壮浪景象，定非肉眼可以穷极，作者是想落天外，“自道所得”，语带夸张。上句写大河之来，势不可挡；下句写大河之去，势不可回。一涨一消，形成舒卷往复的咏叹，是短促的单句（如“黄河落天走东海”）所没有的。苏东坡《八声甘州·寄参寥子》开篇道：“有情风万里卷

李白（701—762），字太白，号青莲居士，祖籍陇西成纪（今甘肃秦安），生长于蜀。玄宗开元十二年(724)出蜀漫游，先后隐居安陆（今属湖北）与徂徕山（在今山东）。天宝元年(742)奉诏入京，供奉翰林，后赐金还山。安史乱中因从永王璘获罪，身系囹圄，一度流放。有《李翰林集》。

潮来，无情送潮归。"韵度似之。紧接着，"君不见高堂明镜悲白发，朝如青丝暮成雪"，恰似一波未平、一波又起。如果说前两句为空间范畴的夸张，这两句则是时间范畴的夸张。悲叹人生短促，而不直言自伤老大，却说"高堂明镜悲白发"，一种搔首顾影、徒呼奈何的情态宛如画出。将人生由青春至衰老的全过程说成"朝""暮"间事，把本来短暂的说得更短暂，与前两句把本来壮浪的说得更壮浪不同，是"反向"的夸张。于是，开篇的这组排比长句既有比意作用——以河水一去不返喻人生易逝，又有反衬作用——以黄河的伟大永恒形出生命的渺小脆弱。这个开端可谓悲感已极，却不堕纤弱，可说是巨人式的感伤，具有惊心动魄的艺术力量，同时也是由长句排比开篇的气势感造成的。这种开篇的手法作者常用，如"弃我去者，昨日之日不可留；乱我心者，今日之日多烦忧"（《宣城谢朓楼饯别校书叔云》），沈德潜说"此种格调，太白从心化出"，可见其颇具创造性。此诗两作"君不见"的呼告（一般乐府诗只于篇首或篇末偶一用之），又使诗句感情色彩大大增强。诗有所谓大开大合者，此可谓大开。

"夫天地者，万物之逆旅也；光阴者，百代之过客也"（《春夜宴从弟桃李园序》），悲感虽然不免，但悲观却非李白性分之所近。在他看来，只要"人生得意"便无所遗憾，当纵情欢乐。五、六两句便是一个逆转，由"悲"而翻作"欢""乐"，从此直到"杯莫停"，诗情渐趋狂放。"人生飘忽百年内，且须酣畅万古情"（答王十二寒夜独酌有怀）、"人生达命岂暇愁，且饮美酒登高楼"（《梁园吟》），行乐不可无酒，这就入题。但句中未直写杯中之物，而用"金樽"、"对月"的形象语言出之，不特生动，更将饮酒诗意化了；未直写应该痛饮狂欢，而以"莫使"、"空"的双重否定句式代替直陈，语气更为强调。"人生得意须尽欢"，诗人眼下虽不得意，却用乐观好强的口吻肯定人生，肯定自我："天生我材必有用。"这是一个令人击节赞叹的句子。"有用"而"必"，一何自信！简直像是人的价值宣言，而这个人——"我"——是需大写的。

于此，从貌似消极的现象中显露出了深藏其内的一种怀才不遇而又渴望用

世的积极的本质内容来。正是“长风破浪会有时”，为什么不为这样的未来痛饮高歌呢！破费又算得了什么——“千金散尽还复来”。这又是一个高度自信的惊人之句，能驱使金钱而不为金钱所使，真足令一切凡夫俗子们咋舌。诗如其人，想诗人“曩者游维扬，不逾一年，散金三十余万”（《上安州裴长史书》），是何等豪举。故此句深蕴在骨子里的豪情，绝非装腔作势者可得其万一。与此气派相当，作者描绘了一场盛筵，那绝不是“菜要一碟乎，两碟乎？酒要一壶乎，两壶乎？”而是整头整头地“烹羊宰牛”，不喝上“三百杯”绝不甘休。多痛快的筵宴，又是多么豪壮的诗句！从文学继承上说，此处与汉乐府《西门行》“酿美酒，炙肥牛。请呼心所欢，可用解忧愁。人生不满百，常怀千岁忧。昼短苦夜长，何不秉烛游”云云，在文辞、内容上有近似处，然而赋予这种愁情以豪放之极的形式，乃是太白独特之处。

至此，狂放之情趋于高潮，诗的旋律加快。诗人那眼花耳热的醉态跃然纸上，恍惚使人如闻其高声劝酒：“岑夫子，丹丘生，将进酒，杯莫停！”几个短句忽然加入，不但使诗歌节奏富于变化，而且写来逼肖席上声口。既是生逢知己，又是酒逢对手，不但“忘形到尔汝”，诗人甚而忘却是在写诗，笔下之诗似乎还原为生活，他还要“与君歌一曲，请君为我倾耳听”。以下八句就是诗中之歌了。这着想奇之又奇，纯系神来之笔。

“钟鼓馔玉”意即富贵生活（《墨子》中说，诸侯欣赏“钟鼓之乐”，士大夫欣赏“琴瑟之乐”，农夫只有“瓴缶之乐”，又富贵人家吃饭时鸣钟列鼎，食物精美如玉），可诗人以为“不足贵”，并放言“但愿长醉不复醒”。诗情至此，便分明由狂放转而为激愤。这里不仅是酒后吐狂言，而且是酒后吐真言了。以“我”天生有用之才，本当位至卿相，飞黄腾达，然而“大道如青天，我独不得出”（《行路难》）。说富贵“不足贵”，乃出于愤慨。以下“古来圣贤皆寂寞”二句亦属愤语。诗人曾喟叹“自言管葛竟谁许”，所以他说古人“寂寞”，也表现出自己“寂寞”。因此才愿长醉不醒了。这里，诗人已是用古人酒杯，浇自己块垒了。说到“唯有饮者留其名”，便举出

陈思王曹植作代表，并化用其《名都篇》“归来宴平乐，美酒斗十千”之句。古来酒徒历历，何以偏举“陈王”？这与李白一向自命不凡分不开，他心目中树为榜样的是谢安之类一流人物，而这类人物中，“陈王”与酒联系较多，这样写便有气派，与前文极度自信的口吻一贯。再者，“陈王”曹植于丕、睿两朝备受猜忌，有志难展，亦激起诗人的同情。一提“古来圣贤”，二提“陈王”曹植，满纸不平之气。此诗开始似只涉人生感慨，而不染政治色彩，其实全篇饱含一种深广的忧愤和对自我的信念。诗情所以悲而不伤，悲而能壮，即根源于此。

刚露一点深衷，又回到说酒，而且看起来酒兴更高。以下诗情再入狂放，而且愈来愈狂。“主人何为言少钱”，既照应“千金散尽”句，又故作跌宕，引出最后一番豪言壮语：即便千金散尽，也当不惜将出名贵宝物——“五花马”（毛色作五花纹的良马）、“千金裘”来换取美酒，图个一醉方休。这结尾之妙，不仅在于“呼儿”、“与尔”，口气放肆，而且具有一种将宾作主的任诞情态。须知诗人不过是“丹丘生”招饮的客人，此刻却高踞一席，气使颐指，提议典裘当马，慷他人之慨，几令人不知谁是主人、谁是客人。快人快语，非不拘形迹的知友至交断不能语此。诗情至此狂放至极，令人嗟叹咏歌，直欲“手之舞之，足之蹈之”。情犹未已，诗已告终，突然又迸出一句“与尔同销万古愁”。这句既含“且须酣畅万古情”的豪意，又关合开篇高堂之“悲”，使“万古愁”的含义较之“万古情”更深沉。这“白云从空，随风变灭”的一结，显见诗人奔涌跌宕的感情激流。通观全篇，真是大开大合，大起大落，非如椽巨笔不办。

《将进酒》篇幅不算长，却五音繁会，气象不凡。它笔酣墨饱，情极悲愤而作狂放，语极豪纵而又沉著，诗篇具有振动古今的气势与力量。这诚然与夸张手法不无关系，比如诗中屡用巨额数目字（“千金”、“三百杯”、“斗酒十千”、“千金裘”、“万古愁”等等）表现豪迈的诗情，同时又不给人空洞浮夸感，但其根源还是在它那充实深厚的内在感情，那潜藏在酒话底下如波涛汹涌的郁怒情绪。“李白的生活充满了大起大落的变化，他的感情也波澜起伏，千变万化。戏剧性的变化和不同寻常的生活，造就了李白的性格，也构成了李白诗歌波澜起伏的感情基调”（林庚《唐代四大诗人》）。本篇的诗情便是大起大落，忽翕忽张，由悲转乐、转狂放、转愤疾、再转狂放，最后结穴于“万古愁”，回应篇首。如大河奔流，有气势，亦有曲折，纵横捭阖，力能扛鼎。其歌中有歌的包孕手法，又有鬼斧神工、“绝去笔墨畦径”之妙，既非劖刻能学，又非率尔可到。通篇以七言句为主，而以三、五、十言句破之，极参差错落之致；诗句以散行为主，又以短小的对仗语点染（如“岑夫子，丹丘生”、“五花马、千金裘”），节奏疾徐尽变，奔放而不流易。《唐诗别裁集》谓“读李诗者于雄快之中，得深远宕逸之神，才是谪仙人面目”，此篇足以当之。

把酒问月

（唐）◎ 李　白

青天有月来几时？我今停杯一问之。人攀明月不可得，月行长与人相随。皎如飞镜临丹阙，绿烟灭尽清辉发。但见宵从海上来，宁知晓向云间没？白兔捣药秋复春，嫦娥孤栖与谁邻？今人不见古时月，今月曾经照古人。古人今人如流水，共看明月皆如此。唯愿当歌对酒时，月光长照金樽里。

《把酒问月》这个题目，就是一幅绝妙的李白自画像；题下原注“故人贾淳令余问之”，一种以谪仙自居、风流自赏之意溢于言表。

全诗四句一解为韵：开篇从手持杯酒仰天问月写起，以一问统摄全篇，那突如其来的一问，似乎还带着几分醉意。明月高高挂在天上，令人生出“人攀明月不可得”的感慨，然而当你无意高攀时，她却会“与人万里长相随”。这两句一冷一热，若离若即，道是无情却有情；以明月为象征，道尽了自然对于人类的神秘和亲切、无情与厚爱。前解十分精彩，二解便作一般性描写，所谓一张一弛是也：你看那月亮如飞镜一样照临人间宫阙，驱散云烟，清辉焕发；它出于东海而没于西天，踪迹难知，不知为何偏能月月循环不已。

三解浮想联翩，联想到关于月的神话传说，对清苦的玉兔、嫦娥寄予关切与同情。然后更进入人生哲理的探寻，从而感慨系之。注意这两句的互文之妙：说“今人不见古时月”既意味“古月不曾见今人”，亦可连类推出

“古人不见今时月”；说“今月曾经照古人”既意味着“古人所见即今月”，亦可连类推出“古月依旧照今人”。这里人对月的见与“不见”、月对人的“照”与不照的矛盾，乃出自于两者所代表的有限与无限、永恒与短暂的矛盾。

所以接下来就有“古人今人”二句，正视这一矛盾，是张若虚“人生代代无穷已，江月年年望相似”的一转语。但张诗强调的是“代代无穷”，李白强调的是代代更替，所以他最后结穴到一个把握今生的问题，从消极方面说就是及时行乐，从积极方面说就是牢牢把握当前——“唯愿当歌对酒时，月光长照金樽里”。其积极意义表现在不因为人生短暂而采取虚无即否定人生的态度，相反地，正因为人生短暂才觉得它无比珍贵。

人生像一次旅行，不能没有终点，关键是走好它；人生像一篇文章，一定会划上句号，关键是写好它；人生像一支歌，一定得有完全的休止，关键是唱好它。懂得这一点，才懂得什么是“唯愿当歌对酒时，月光长照金樽里”。

月下独酌

（唐）◎ 李　白

花间一壶酒，独酌无相亲。举杯邀明月，对影成三人。月既不解饮，影徒随我身。暂伴月将影，行乐须及春。我歌月徘徊，我舞影零乱。醒时同交欢，醉后各分散。永结无情游，相期邈云汉。

《月下独酌》是李白诗歌代表作之一，作于天宝三载(744)春。是时诗人供奉翰林，在政治上不能有所作为，因而有很深的孤独感。这首诗并没有直接抒发政治上的郁闷，而是将这种郁闷与诗人对宇宙人生的感慨相结合，借月景与酒兴而作了一个很随意的发挥。

此诗将月、酒合为一题，不是对月发问，而是对月独白。这首诗达到了道的层面，充分体现着诗人的人生理念。人生渴望永恒，而永恒不属于个体生命。人生孤独，所以渴望友谊和爱情。生命给人恋爱的日子不多，因为短暂，所以值得珍视。人只能为快乐而活着，而快乐在于分享。"花间一壶酒，独酌无相亲"，和谁分享呢？没有可以分享的对象，诗人就造一个，再造一个。他举杯邀来天上的明月和自己地上的影子，和自己凑成了一个"派对"。

"暂(伴)"在诗中是个关键字，"及(春)"是另一个关键字，彼此又紧密联系。因为人生短暂，所以及时努力是必要的，及时行乐也是必要的。这是两个及时，而

不是一个。人生多束缚，所以渴望自由，渴望无拘无束。而在酒后，随着血液循环的加快，诗人的思维非常活跃，举止完全放松，“我歌月徘徊，我舞影零乱”，达到了自由的境界。

人既然渴望自由，渴望无拘无束，那就不应该苛刻别人和自己。所以最好的感情，不是浓得化不开的那种。在你希望朋友“召之即来、挥之即去”的同时，也得朋友“乘兴而来、兴尽而返”。换言之，你在争取个人自由与空间的同时，也应尊重别人的自由和空间。有人对爱的理解是纠缠，所谓“树死藤生缠到死，树生藤死死也缠”，所谓“爱你爱到杀死你”。然而这不符合诗人的理念。在李白看来，君子之交淡若水，而真爱也不必纠缠。

看起来有些无情，然而凡事达到至高境界时，看起来都会像是它的反面。大音希声，大辩无言。太上无情，恰恰是至情的表现。“醒时同交欢，醉后各分散”，“明月直入，无心可猜”，恰如俗话所说，“远在天边，近在眼前”。佛教有所谓立一义，随即破一义，破后又立，立后又破，直到彻悟为止。而在这首诗中，一切都不是靠理性的说明，而是形象的、感性的显现，诗人将春花秋月打成一片，物我俱化，形影不离，洋洋乎愈歌愈妙，呈现出一种醉态的诗学思维方式，体现了李白独有的诗歌风格。

下终南山过斛斯山人宿置酒

（唐）◎李　白

暮从碧山下，山月随人归。却顾所来径，苍苍横翠微。相携及田家，童稚开荆扉。绿竹入幽径，青箩拂行衣。欢言得所憩，美酒聊共挥。长歌吟松风，曲尽河星稀。我醉君复乐，陶然共忘机。

终南山东起蓝田，西至鄠县，绵亘八百余里，主峰在长安之南，唐时士人多隐居于此。李白第一次上长安，终南山是不会不去的。诗中记的这次出游，应是由一位姓斛斯的隐士陪同，当夜即宿其家。

李白诗中常言“碧山”，说者每苦不知确指，“碧山”可泛称青山，亦可专指，例如此诗即指终南山。游览竟日，薄暮下山时，兴致尚未全消，这时月亮已升上天空，陪伴着诗人同行，恰如儿歌所唱的：“月亮走，我也走，我跟月亮手拉手。”在自然景物中，此最有人情味者。诗人写着“暮从碧山下，山月随人归”，心中就有一种亲近自然的况味。到达目的地，松一口气，回看向来经过的山路，已笼罩在一片暮霭之中，使人感到妙不可言。此时此刻，最叫人依恋。

说斛斯先生与诗人同行，是从“归”和“相携”等措词上玩味出的。到达斛斯之家时，须穿过幽竹掩映、青萝披拂的曲曲弯弯的小路，“苔滑犹须轻着步，竹深还要小低头”，很平常，很有趣。而来开门迎客的，是斛斯家的小朋友。儿童有天然好客的倾向，今俗谓之“人来疯”，他们怕是早就盼着李伯伯的到来，才争着开门的。在斛斯家做客，真是得其所哉呀！

主人道：“快上酒上菜，我们的客人早饿了。”于是饮酒，吃菜。“美酒聊共挥”，“聊”字见随便，而“挥”字更潇洒。这是“挥霍”的“挥”，“挥金如土”的“挥”。一口一口地呷酒不可叫“挥”，非“一杯一杯复一杯”、“会须一饮三百杯”不可叫“挥”。

“酒酣耳热后，意气素霓生”，就为朋友歌一曲吧，如果没有琴，就请山头的松风伴奏也成。“酒逢知己饮，诗对会人吟”，李白“过斛斯山人宿置酒”之谓也。边喝边唱，不觉斗转星移，不知东方将白。王维对裴迪赠诗道“复值接舆醉，狂歌五柳前”，李白对斛斯山人则道“我醉君复乐，陶然共忘机”，“忘机”本道家术语，谓心地淡泊，与世无争。

写眼前景，说家常话，其冲淡与平易不亚于孟浩然诗。冲淡不是清淡，不是淡乎寡味。有味如果汁、如牛奶，才可冲淡。冲淡固然要清水，然仅有清水可以谓之冲淡者乎？此诗所以其淡如水，其味弥长也。

金陵酒肆留别

（唐）◎ 李　白

风吹柳花满店香，吴姬压酒劝客尝。金陵子弟来相送，欲行不行各尽觞。请君试问东流水，别意与之谁短长？

暮春时节，金陵酒肆，柳絮翻飞，花香满店。大诗人就要离开本地，一群文学青年为他饯别。漂亮的陪酒女郎为他们捧出新榨的美酒。行者和送者频频举杯，为离别，为友谊，为将来的重逢，开怀畅饮。崇拜者们要诗人当场赋诗，于是诗人指着窗外的长江，吟出了水长情更长的佳句。

山中与幽人对酌

(唐)◎ 李　白

两人对酌山花开，一杯一杯复一杯。我醉欲眠卿且去，明朝有意抱琴来。

李白饮酒诗特多兴会淋漓之作。此诗开篇就写当筵情景。“山中”，对李白来说，是“别有天地非人间”的；盛开的“山花”更增添了环境的幽美，而且眼前不是“独酌无相亲”，而是“两人对酌”，对酌者又是意气相投的“幽人”(隐居的高士)。此情此境，事事称心如意，于是乎“一杯一杯复一杯”地开怀畅饮了。次句接连重复三次“一杯”，不但极写饮酒之多，而且极写快意之至。读者仿佛看到那痛饮狂歌的情景，听到“将进酒，杯莫停”(《将进酒》)那样兴高采烈的劝酒的声音。由于贪杯，诗人许是酩酊大醉了，玉山将崩，于是打发朋友先走。“我醉欲眠卿且去”，话很直率，却活画出饮者酒酣耳热的情态，也表现出对酌的双方是“忘形到尔汝”的知交。尽管颓然醉倒，诗人还余兴未尽，还不忘招呼朋友“明朝有意抱琴来”呢。此诗表现了一种超凡脱俗的狂士与“幽人”间的感情，诗中那种随心所欲、恣情纵饮的神情，挥之即去、招则须来的声口，不拘礼节、自由随便的态度，在读者面前展现出一个高度个性化的人物形象。

湖中对酒作

(唐)◎张　谓

夜坐不厌湖上月，昼行不厌湖上山。眼前一樽又长满，心中万事如等闲。主人有黍百余石，浊醪数斗应不惜。即今相对不尽欢，别后相思复何益。茱萸湾头归路赊，愿君且宿黄翁家。风光若此人不醉，参差孤负东园花。

张谓（？—778？），字正言，河内（今河南沁阳）人。玄宗天宝二载（743）进士及第。约十三、四载入安西节度副使封常清幕。肃宗乾元元年（758）为尚书郎。代宗永泰初，在淮南田神功幕中任军职。大历二、三年任潭州刺史，后入朝为太子左庶子。六年（771）冬任礼部侍郎，典贡举。《全唐诗》存诗1卷。

题为“湖中对酒”，意亦不出流连杯酒光景以外，然而读者却能从中感受到盛唐人豪迈的胸襟，乐观通达的生活态度。

诗从湖上风光写起。从全诗看，这显然是一个春天，湖上风光到了最美的时节。白昼里无论是水光潋滟还是山色空蒙，都很宜人。而在月夜，则有素月分辉，明河共影，浮光耀金，表里澄澈。诗人抓住昼、夜不同的山光水色，一开始就写出“总也看不够”的意思：“夜坐不厌湖上月，昼行不厌湖上山。”句中运用重复，写出了纵使夜以继日地游览，仍觉相看不厌的游览情趣。“人间万事细如毛”，平日里不免有很多机虑事务，弄得人烦心死了。而面对湖光山色，这烦恼早消去一半。另一半“何以解忧”？则“唯有杜康”。一杯下肚，百虑皆空：“眼前一樽又长满，心中万事如等闲。”“又长满”，是十分惬意的语气。如逢故人，大得超脱。

紧接着写湖上豪饮和主人的好客。“主人有黍百余石（一百二十斤为一石），浊醪数斗应不惜”，主人是富有的，同时又非常谦和慷慨。诗中似是他的语气。既称“有黍百余石”，口气不小；却又道“浊醪数斗”，婉转谦恭。面对这样的东道主，客人还拘谨什么呢？赶紧举杯吧。“即今相对不尽欢，别后相思复何益”两句就像

是席间主人劝酒的话，说得那样的恳切、实际而又动人。它没有李白“人生得意须尽欢，莫使金樽空对月”一般的狂放，比较近于王维“劝君更尽一杯酒，西出阳关无故人”那样的深情，但更为平易，更能表现盛唐时代一般人的现实而乐观的人生态度，不失为名言。

最后写饮酒尽兴，当夜止宿于湖上。当酒过数巡，客人关心天色的早晚时，多情的主人又殷勤相劝，以“茱萸湾头归路赊”为由，劝其当夜投宿湖畔人家。“黄翁家”如何，不得其详。想必是园宅宽舒，风光宜人，同样好客的所在。于是客人一百个放心，对着主人开怀畅饮，一醉方休。“即今相对不尽欢，别后相思复何益”，说的是不要辜负相聚共处的时光，此处又言不要辜负大好春光：“风光若此人不醉，参差孤负东园花。”全诗挽结于湖上景色，首尾呼应，缴清题面。

这首湖上饮酒诗，并没有李白诗那样的复杂沉重的人生感喟，也不大重视景物的细致描绘。它通过直抒胸臆的方式，表现出和平时代谐和的人际交往和生活乐趣，虽然放歌纵酒，却一点儿也不颓废，倒使人感觉精神充实。诗人运用的是近乎口语和散文化的语言，其间不经意地杂用了重复排比的句式，其风格是与内容相适应的疏朗自如，潇洒可人。它已尽洗了初唐七古的华丽辞藻，当得起“清水出芙蓉，天然去雕饰”的称誉，体现着一种崭新的美学趣味。

乐游园歌

（唐）◎杜　甫

乐游古园崒森爽，烟绵碧草萋萋长。公子华筵势最高，秦川对酒平如掌。长生木瓢示真率，更调鞍马狂欢赏。青春波浪芙蓉园，白日雷霆夹城仗。阊阖晴开诛荡荡，曲江翠幕排银榜。拂水低回舞袖翻，缘云清切歌声上。却忆年年人醉时，只今未醉已先悲。数茎白发那抛得？百罚深杯亦不辞。圣朝亦知贱士丑，一物自荷皇天慈。此身饮罢无归处，独立苍茫自咏诗。

写宴饮的诗歌，一般都是写得欢快热烈，因为饮酒本来就是很痛快的事情，饮酒要追求的情趣也就在这里。但杜甫的这首诗，既写了热闹的场面，同时也写了自己对人生、对前途的感慨，诗歌中低回着一种沉痛伤感的情绪，写法别具一格。

这首诗写于唐玄宗天宝十载（751）。诗题下作者自注道：“晦日贺兰杨长史筵醉中作。”确切地说，这首诗作于天宝十载的正月三十日，因为晦日就是阴历月末的这一天，而唐代的正月晦日正是一个节日，达官贵人、文人雅士都要出城临水设宴，来祓除不祥。杜甫参加的是杨长史的筵席，诗中的“公子”就是指他。筵席的地点是在乐游园，乐游园就是乐游原，为汉宣帝所建，唐时仍然是皇家贵戚的园

杜甫（712—770），字子美，河南巩县（今属河南）人。玄宗开元二十三年（735）举进士不第。天宝间困守长安十年，十四载（755）授河西尉不赴，改右卫率府兵曹参军。安史乱发，长安陷落，身陷贼中。至德二载（757）自贼中奔赴凤翔行在，授左拾遗。乾元元年（758）贬华州司功参军，次年弃官赴秦州，经同谷，到成都，于西郊建草堂。广德二年（764）剑南节度使严武荐为检校工部员外郎。永泰元年（765）离成都，至夔州（今四川奉节）。大历三年（768）出峡，辗转江湘，死于舟中。有《杜工部集》。

林，在长安的东南郊。诗歌的头四句就是总写宴会的地点和环境，这里地势高敞，林木森森，烟笼雾罩，芳草萋萋，面对着八百里秦川，一眼望去平坦如掌——这真是一个设筵的好地方啊！

接下来八句，诗人就写了宴会的具体情况。大家欢聚一起，用长生木做的瓢来舀酒，喝起来很是真率；还有马术表演，大家观看得欣喜若狂。芙蓉园里春波荡漾，连皇帝也在仪仗队的簇拥下前来游赏。宫门在晴天丽日下大开着，游宴者设的华丽帐幕一个连着一个。那舞蹈演员表演的姿态多么优美，清脆的歌声也直上云天。这一切，表现出了乐游园晦日游宴的极其盛大的场面和非常热闹的景象，大家的情绪也高涨到了极点。但是，就在此时诗歌突然一跌，由乐而悲，诗情来了一个大大的转变。诗人写道：想起自己过去年年痛快地醉酒，现在是有酒也不能醉了，不觉悲从中来。如今年岁老大却仍然一事无成，我虽然正逢圣朝，但却久居贫贱，想起来真是深感愧耻啊！现在我于酒后没有一个安身之所，只有独自在苍茫的暮色笼罩中，吟咏自己的诗歌了！

杜甫为什么在春日美景中游宴，开始是一片高兴的心情，而后来却不胜悲伤了呢？原来杜甫为了实现他“致君尧舜上，再使风俗纯”的美好政治愿望，多年前就来到京城长安，希望通过进士考试进入仕途，但是因为奸人当道而落了空，只得困守长安，衣食住行都非常艰难。后来，他给玄宗献《三大礼赋》，被命待制集贤院，但是也仅得“参列选序”，没有授予实官，他的理想和抱负难以实现，所以在晦日游园中乐极生悲，并且写出了“圣朝亦知贱士丑（按此处“丑”是耻的意思）”的愤激语，来表达自己满怀愤懑的心情。从这里，我们也可以看出杜甫生活和精神的另一个方面。明白了这些，我们就不难理解为什么诗歌中会突然有此一跌，这种诗情的转变自有其内在的原因和逻辑，而且“却忆”二字也运用巧妙，把前后自然地连接在一起，诗歌也就浑然一体了。杜诗的基本风格是沉郁顿挫，从这首他较早时期所写的诗歌中，从内容和形式上，我们也可以分明地看出它的特色来。

重过何氏五首(其三)

(唐)◎杜　甫

落日平台上，春风啜茗时。石栏斜点笔，桐叶坐题诗。翡翠鸣衣桁，蜻蜓立钓丝。自今幽兴熟，来往亦无期。

这是杜甫写的组诗《重过何氏五首》的第三首。诗作于唐玄宗天宝十三载(754)的春天，地点是在当时的京城长安。在这之前，大约是在天宝十一载或十二载的时候，作者曾经和广文馆博士郑虔一起游赏过这个地方，写了《陪郑广文游何将军山林十首》，据此可知这里的“何氏”也就是何将军。何将军其人名未详，据陈冠明、孙愫婷《杜甫亲眷交游行年考》：“天宝间，为诸卫将军。郑虔故友。”何将军的园子在长安之北，园中有山，故言山林。

这是一首五言律诗。这首诗是写一个春日的傍晚，作者在何氏园林的平台上饮茶的情景。整首诗歌写得很精致，简直可以绘成一幅雅致的“饮茶题诗图”了。可见茶在当时已经是很重要的饮料了，在游赏园林的时候，总是少不得的。

开始一联就直接写到饮茶，但是诗人把季节和茶联系起来，就很富有情趣了。正当春和景明的美好季节，太阳正从平台上落下，绚烂的晚霞照着整个园林，这时一阵阵春风拂面而来，这正是饮茶的极好时光啊！看来杜甫对饮茶是很有讲

究的，好茶还要有好风景，二者相得益彰，这才是最佳的境界啊！他似乎饮得有些陶醉了，但却又是很清醒的，于是来了诗兴，他就斜斜地倚靠在石栏上，在桐叶上题起诗来。再环顾左右，翡翠鸟在晒衣的架子上鸣叫，蜻蜓静静地立在钓丝上。这一切，何等悠闲美好，所以他最后说："自今幽兴熟，来往亦无期。"他表示，从今日起已经熟悉了这个地方如此美好的优雅景致，今后常来游览就没有定期了，意思是说自己今后一定要经常来游赏的。可见这个地方环境的清雅和幽静，对诗人的吸引力真是太大了啊！

这首诗是杜甫较早时期的诗歌，它在格律的谨严上和描写的细致方面，已经达到了相当完美的程度了。首联可以不用对偶，但是却对得相当工整，这种对起散结形式也使得整首诗歌在谨严中有流畅的感觉，意兴悠远。"石栏斜点笔"的"斜"字，用得很传神。王嗣奭在《杜臆》中说："砚在石栏而身坐台上，故须斜点笔。点笔，以笔濡墨也。"这个"斜"字，生动地传达出了杜甫当时身心舒畅，闲散而又悠然自适的体态和心情，用得非常精当。还有"翡翠鸣衣桁，蜻蜓立钓丝"这一联，历来受到人们的激赏。刘辰翁说："闲趣画境，并极自然。"李子德说："鸣衣桁，立钓丝，正写'熟'字意，见鱼鸟相亲相忘之乐。"这一联使我们联想到齐白石的花鸟写意画，翠绿色的翡翠鸟，红色的蜻蜓，诗情画意都在其中了，让人多么赏心悦目！苏轼说王维"诗中有画，画中有诗"，这自然是正确的，但是说杜甫"诗中有画"，也应该是正确的吧！

遭田父泥饮美严中丞

（唐）◎ 杜 甫

步屧随春风，村村自花柳。田翁逼社日，邀我尝春酒。酒酣夸新尹，畜眼未见有。回头指大男，渠是弓弩手。名在飞骑籍，长番岁时久。前日放营农，辛苦救衰朽。差科死则已，誓不举家走。今年大作社，拾遗能住否？叫妇开大瓶，盆中为吾取。感此气扬扬，须知风化首。语多虽杂乱，说尹终在口。朝来偶然出，自卯将及酉。久客惜人情，如何拒邻叟。高声索果栗，欲起时被肘。指挥过无礼，未觉村野丑。月出遮我留，仍嗔问升斗。

饮酒有不同的境界。几个文人雅士彬彬有礼，细斟慢酌，款款交谈，这自然是一种很好的雅聚。但是，一般下层民众不拘繁文缛节，大块吃肉，大碗喝酒，语言粗率，性情豪爽，虽然有时看来于礼有悖，但是真情也自在其中。这种饮酒所得到的精神上的彻底放松和淋漓痛快，就是文士们很难体会的了。不过，杜甫也就碰巧体会了一次。

这是唐代宗宝应元年(762)春天，因为杜甫的好友严武以朝廷御史中丞的身份从京城长安来成都任剑南节度使兼成都尹，对杜甫多有照顾，50 岁的杜甫住在成都西郊草堂，倒也比较安静。一天早晨，风和日丽，他信步走出家门到村子里散步，碰见了一位熟识的老农，一定要强拉他到家里喝酒。杜甫觉得盛情难却，也就到老农家去了。这一喝，从早上太阳出来，一直喝到月上东山，老农还不放他回去。后来杜甫写了一首诗来记叙这件事情，就是这首著名的《遭田父泥饮美严中丞》。这首诗生动地写出了一位老农在殷勤招待作者喝酒时那种热情、憨厚、质朴和粗豪的性格，塑造了唐代农村一个普通农民的生动形象，读来非常感人。

这首诗之所以感人，主要是因为它的生动形象的人物描写，真是达到了栩栩如生、呼之欲出的程度。作者没有静止地写老农的外表形象，比如身材、脸相、穿着等等，而是集中笔墨只写老农的语言和行动，通过言语、行动来活脱脱地自然显现老农的性格。先是老农主动“邀我尝春酒”，等到酒酣之时，老农就打开话匣子，滔滔地说起来了，于是诗中以主要篇幅专门记述了老农的语言，这就像我们今天写新闻特写记述人物的讲话一样，原原本本，真实具体，人物的思想性格也就自在其中了。诗中写老农在说话时“回头指大男”，接着又“叫妇开大瓶，盆中为吾取”，“高声索果栗，欲起时被肘”，“月出遮我留，仍嗔问升斗”，这一连串的行为动作，大都在为了缠着诗人喝酒，也就是“泥饮”，显然有些“指挥过无礼”了，粗豪的性格跃然纸上。但是诗人却并不责怪他，因为自己也多年流落异乡，倍感这种真挚友情的难得，所以也并没有觉得“指挥过无礼”就一定不好，因此也就一直留了下来。应该注意的是，这位老农虽然性格真率、粗豪，说话很多又有些“杂乱”，但是他一再夸说新来的成都尹严武，一方面当然是新尹给他办了一件实在的好事，在春耕大忙季节把大儿子从军营里放还回家，帮他从事生产劳动，使他非常感激；另一方面，他既然知道杜甫是“拾遗”，当然也知道杜甫和严武的亲密关系，当着杜甫的面也就要赞美严武了，这也可以叫“顺水人情”吧。可见这位老农是懂得人情关系的，在粗豪中也有聪明和机智的一面。人物形象总是多方面的，这种细致入微而又多角度的描写，就使人物形象有了立体感，真实生动而又特别形象化了。

人物形象有了生动的表现，“泥饮”的过程也就清清楚楚了，而且“美严中丞”的意思，也自然包含其中，真可谓一箭双雕。可见杜甫在构思这首诗歌的时候，也真是下了一番功夫，在质朴自然的记叙中，体现出独运的匠心。通过这次不期而遇的“泥饮”，他贴近基层，体会了一次有别于寻常和文士们共饮的特殊的情趣，杜甫对当时农村的农民，也有了进一步深厚的感情，这为他作为一位人民诗人，也加深了思想基础。

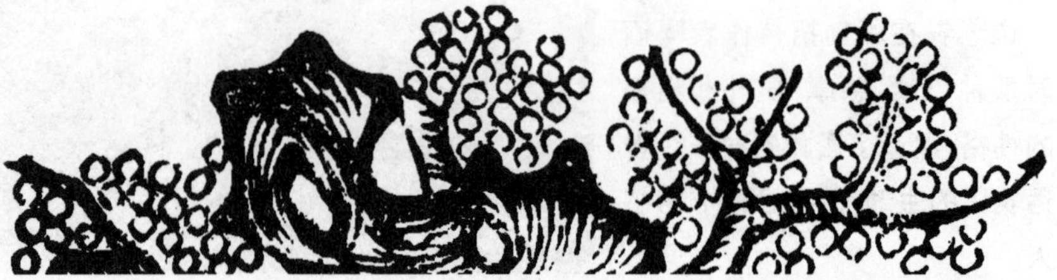

戏问花门酒家翁

（唐）◎ 岑　参

老人七十仍沽酒，千壶百瓮花门口。道傍榆荚仍似钱，摘来沽酒君肯否？

岑参（715—770），荆州江陵（今湖北江陵）人，郡望南阳（今属河南）。玄宗天宝五载（746）登进士第，天宝间曾两度出塞，充任安西、北庭节度使府掌书记、节度判官。肃宗时历任右补阙、起居舍人、虢州长史等职。代宗大历二年（767）任嘉州刺史，后客死成都。有《岑嘉州集》。

岑参性格开朗幽默，他的有些诗歌能从普通的生活中汲取诗料，写得诙谐机智，很富有生活情趣。

这首小诗就是这样。诗作于天宝十载(751)春天，当时他在安西节度使高仙芝的幕府中任职，这时他随调任河西节度使的高仙芝从安西(今新疆库车)来到春风荡漾的凉州(今武威)城中，一切都感到很新鲜。这一天，他来到凉州客舍酒家花门楼口饮酒，记下了在酒店的这一生活细节。

开始两句从酒店落笔，写出了一个已经七十岁还在酒店卖酒的老翁，再看看酒店里，还放着一壶壶一瓮瓮的许多美酒哩！诗人的喜悦之情洋溢在字里行间。这里面省去了打听老翁情况的细节，笔墨干净利索，为我们如实地画出了一幅盛唐时代河西酒家的风俗画，也为下文的“戏问”作了铺垫。饮酒之后自然要付钱，如果如实写出如何如何付钱，那就简直不是诗歌，而是索然寡味的平板的流水账了。可是高明的作者不是这样，他灵机一动，把酒楼旁边的榆树拉了进来，因为此时榆树已经结荚，那榆荚又和当时使用的钱币非常相像，民间就把榆荚叫做榆钱。可以想见，作者在一边付钱时，就一边笑着向老翁打趣道：“哈哈，老人家，我把树上的榆钱摘下来买您的酒，您干不干呀？”老翁自然也发出了呵呵大笑，这一次饮酒就在这样轻松愉快的气氛中结束了，但是它留给人们多么深长而美好的回味啊！

在这里，我们不得不佩服诗人诙谐的性格和丰富的想象力。诗歌是要充分发挥想象的，只有这样，才能把生活转化为诗，从而使人们从诗歌里获得生活的情趣和审美的愉悦。

送陆鸿渐栖霞寺采茶

(唐)◎ 皇甫冉

皇甫冉(716—789),字茂政,润州丹阳(今属江苏)人,天宝十五年(756)进士。

采茶非采菉,远远上层崖。布叶春风暖,盈筐白日斜。旧知山寺路,时宿野人家。借问王孙草,何时泛碗花?

陆鸿渐就是陆羽,鸿渐是他的字。陆羽人称“茶圣”。《新唐书》和《全唐文》中有他的传和自传。但是由于传记简略,语焉不详,加之过去对陆羽的研究不够,因此长期以来人们对陆羽生平的了解仍不具体。但是陆羽交游很广,当时的诗僧皎然和颜真卿、皇甫冉、皇甫曾、李冶、刘长卿、权德舆、戴叔伦、孟郊等人都有诗歌赠陆,这也是我们今天进一步了解陆羽的重要的第一手资料,所以皇甫冉这首诗歌在史料上也弥足珍贵。这首诗歌的题目明确记载着“送陆鸿渐栖霞寺采茶”,而栖霞寺在今南京市东郊的栖霞山上,这就说明陆羽的确到过南京的栖霞寺。《上元志》中记载,栖霞寺中有品外泉,释文说:“品外者,为陆羽解嘲也。”皇甫冉的诗歌也为这条记载提供了有力的旁证。所以说,这首诗歌在研究陆羽以及我国的茶史上也具有重要的意义。

皇甫冉是唐代有名的诗人,润州丹阳(今江苏丹阳)人。玄宗天宝十五载(756)登进士第,在朝廷和地方都任过官职。他写诗长于写景抒怀,词采清丽,情意深婉。高仲武在《中兴间气集》中说他“巧于文字,发调新奇,远出情外”。我们从这首诗来看,这个评价也是恰当的。

这首诗表现了诗人对老朋友陆鸿渐深深的送别之意。陆鸿渐就要到栖霞寺采茶去了,不知什么时候才能相见,诗人依依不舍,字里行间充满了关切、体贴之情。一、二句直书其事,点出离别。因为陆鸿渐此次不是去采普通的草(即“菉”),而是采茶,那就要到很远的地方——栖霞寺去,不仅如此,还要爬到一层又一层的悬崖峭壁上去才能采到。这虽是平直道来,但是诗人对朋友的安全的关心和依依不舍,就已经流露在字句之中了,体现了很深的情意。中间四句是由此而引起的联想,想象陆鸿渐在和暖的春风中看见茶叶已经舒展开叶片,到傍晚就采了满满一筐;山上的道路虽然是熟悉的,但有时还是要借宿在当地老百姓的家里。这一句看似写景叙事,其实都是表示对老朋友的牵挂,深情都在明丽如画的景色中了。最后两句:“借问王孙草,何时泛碗花?”意思是,请问您采来的茶叶(这里“王孙草”指茶),什么时候才能够泡到碗里(“泛碗花”是指茶汤的水沫)喝到呀?这里有轻轻的调侃之意,表现了与老朋友的亲密和谐关系,但是更多的是期盼:期盼一切顺利,期盼安全归来,期盼到时候再一起喝茶,畅叙友情。诗人深切真挚的感情,在诗歌的末尾表现得更加集中,更加强烈,这是整首诗歌深情的自然流露,读来令人深深感动。

送陆鸿渐山人采茶

（唐）◎ 皇甫曾

千峰待逋客，香茗复丛生。采摘知深处，烟霞羡独行。幽期山寺远，野饮石泉清。寂寂燃灯夜，相思一磬声。

皇甫曾（？—？），字孝常，润州丹阳（今属江苏）人，天宝十七年（758）进士，皇甫冉弟。

这首诗的作者是皇甫冉的弟弟，也在当时的中央和地方做过官。这首诗所送的人也是陆鸿渐，看来他们兄弟和陆鸿渐的关系都很好。题目上明标着“山人”，是把陆鸿渐看做隐士的，但是题目上没有说送往哪里，大约此诗和皇甫冉的那首作于同时，也应该是送往南京栖霞寺的吧！

送往哪里在这里并不重要，重要的是怎样来表达送人的一番情意。皇甫冉的送诗主要是表达了对即将远出采茶的陆鸿渐的关心和牵挂，这首诗当然也表达了这个意思，但是从这首诗的字里行间可以看出，作者更多的倒是对陆鸿渐的远出采茶表示神往甚至羡慕，把外出到深山采茶，看做是很美好的一件事情，仿佛作者也想跟着一起去了。这是在内容上和皇甫冉的送诗的不同的地方。由于内容的差异，因此在写法上也就不一样，明显地表现出作者自己的风格。

皇甫冉的诗歌一开始是平平叙起，起得从容舒缓，这首诗却是起得很陡健：“千峰待逋客，香茗复丛生。”这里不说送，而是说那遥远的重峦叠嶂正在等待、迎接山人(“逋客”就是避世隐居的人,这里指陆鸿渐)的到来,因为那里有着很好很多的丛生的茶叶正在等待着您来采摘呢。劈头就从对面说起,诗从彼岸飞来,给人一种惊雷乍起的感觉,起得很是新颖,不落俗套。接下来中间四句也是写想象中的陆鸿渐的行踪,这里明白地说“烟霞羡独行”,就是说真是很羡慕您能够独自到那风景绝佳的地方,一个人饱览无限的大好风光呀!言语之间给人一种悠然神往的感觉。“幽期山寺远,野饮石泉清”,这两句就想得更加具体了:因为是进入深山,您要住在那清静悠远的山寺,这种环境一定能给您超凡出尘的美好感觉啊!在野外饮水,喝着那清洌甘甜的山泉,您更有着格外清新的感觉吧。这些描写,丝毫没有送行时那种依依不舍的感伤之意,相反倒是处处把此行写得十分美好,极力形容一个人单独出游时那种独来独往、飘然潇洒的情怀,非常乐观愉快。看来作者和陆鸿渐应该有着基本的共同点,那就是也向往隐居,也喜欢无拘无束地云游天下,所以他从心里喜欢老朋友陆鸿渐的这种生活方式。

但是,这毕竟是送老朋友远去,情感上不无牵挂,诗的最后一联就是表达今后的思念之意。不过这里仍然没有从正面来说,也是从对面说起。“寂寂燃灯夜,相思一磬声”,这里还是写陆鸿渐远居山寺的情景,和前面的诗意相照应。他想象那时他会住在那白云深处的山寺之中,在静静的夜里独对孤灯,此时悠扬的磬声响起,思绪也会随着磬声飞扬,更加思念朋友。诗人仿佛也听见了那遥远然而却是清越在耳的磬声,两人的相思随着磬声在山间回荡,在夜色中弥漫,无穷无尽了!这一结尾写得非常巧妙,不仅和开头的一联呼应紧密,使全诗显得结构完美,而且把那相思的情意消融在具象化的磬声中,让人自去体会。这种曲折婉转而又含蓄不尽的结尾,给人留下了多么悠长的韵味!

饮茶歌诮崔石使君

(唐)◎皎 然

越人遗我剡溪茗,采得金芽爨金鼎。素瓷雪色飘沫香,何似诸仙琼蕊浆!一饮涤昏寐,情思爽朗满天地。再饮清我神,忽如飞雨洒轻尘。三饮便得道,何须苦心破烦恼。此物清高世莫知,世人饮酒多自欺。愁看毕卓瓮间夜,笑向陶潜篱下时。崔侯啜之意不已,狂歌一曲惊人耳。孰知茶道全尔真,唯有丹丘得如此。

皎然(720?—?),诗僧,名昼,字清昼,本姓谢,为谢灵运十世孙。湖州长城(今浙江长兴)人。有《皎然集》。

这首诗的作者是唐代著名的诗僧皎然,他俗姓谢,是谢灵运的第十世孙,浙江湖州人。他的诗歌写得很好,格调清淡闲适,富于深厚的意境和情趣,《宋高僧传》说他“文章俊丽,当时号为释门伟器”。他还有诗歌理论著作《诗式》,被人们推为古代诗歌理论著作的典范。皎然和“茶圣”陆羽是忘年之交(他比陆大十多岁),关系很好,交往也很多。因此他对饮茶也很爱好,并且很有研究,第一个提出了“茶道”的概念。这首诗就是写“茶道”的,笔势飞扬而又天然浑成,体现了他在《诗式》里提出的“状飞动之趣,写真奥之思”的诗旨。

我们且看他如何来写这“茶道”。

诗歌的前四句先写具体可见的茶叶,主要是赞誉剡溪茶清郁隽永的香气,甘露琼浆般的滋味。这次诗人饮茶,是和崔石使君(崔石约在唐德宗贞元初任湖州刺史,时皎然居湖州妙喜寺)一起对饮的剡溪茶,产于浙江嵊县,是越地的朋友送给他的,可见来历不凡。他对这难得的茶中佳品也是珍爱有加,说它是“金芽”(鹅黄色的嫩茶),又用金鼎来烹煮,极言可爱。茶汤倒在洁白的瓷碗里,飘着诱人的香味,在他看来,那真是神仙饮用的琼浆玉液呀!这些形象化的、生动具体的描写,当中自然也带着夸张的意味,但却给人以非常亲切的感觉,仿佛把人带到了那个饮茶的环境里了。

这种朋友赠送的剡溪茶这么名贵,那饮了以后的感觉又是怎样的呢?诗歌接下来就深入一层,通过一个个生动的比喻,来追寻进入“清高”境界的“茶道”的轨迹图。首先是“一饮涤昏寐”:第一杯茶喝过,提神醒脑的作用得到了发挥,那种昏昏欲睡的昏昧状态一扫而空,让人一下子变得情思爽朗起来,而且弥漫到了天地之间,使心胸非常开阔。其次是“再饮清我神”:饮罢第二杯,更加觉得神清气爽了,那种感觉就像燥热的夏天忽然飞来一场大雨,荡涤了尘灰,驱除了暑气,令人通体清爽,浑身安静了。再次是“三饮便得道”:这里的“道”,就是禅家所说的禅定以后那种物我两忘,个人与自然融为一体的不可言说的美妙境界。到了这种境界，哪里还有烦恼呢？所以紧接着说“何须苦心破烦恼”，喝了茶烦恼自然就没有了，何必还要苦苦修炼来破除呢？在这里，诗人已经把饮茶和禅宗的修炼水乳交融地融合在一起了，茶耶禅耶，两者浑然一体，简直不可分辨了——到了这种神妙的境界，那就是饮茶的最高境界“道”了。诗人在这几句诗歌中，通过一层层的譬喻，生动具体地阐明了他的“茶道”，这比那种理论上的辨析和逻辑上的推理，不知生动形象了多少！这正是诗歌的妙处，也是诗人的高妙处。

接下来诗歌又峰回路转，另入新境——“此物”四句，是拿饮酒来和饮茶相比，表现饮茶的“清高”：在诗人看来“饮茶”是很“清高”的，那些嗜酒之徒不过是借饮酒来自我麻醉，求得片刻的解脱罢了，甚至醉后有时也是很可笑的。这里他又拿毕卓来和陶潜作了具体的对比。毕卓是晋朝新蔡酮阳人，字茂世，平生嗜酒成性。据《晋书·毕卓传》：毕卓“为吏部侍郎，常饮酒废职，比舍郎酿酒熟，卓因醉夜至其瓮间盗饮之，为掌酒者所缚，明旦视之，乃毕吏部也，遽释其缚。卓遂引主人宴于瓮侧，至醉而去”。您看这个堂堂的毕吏部，为了喝酒荒唐到什么程度，真叫人哭笑不得！而陶渊明呢，他平生厌弃官场，后来弃官隐居，“采菊东篱下，悠然见南山”，何等清高！言下之意，诗人对陶渊明的“清高”是非常向往的。而茶的“清高”，正好也可以折射出人品的“清高”。——当然，陶渊明也是酒徒，他喝酒之后的可笑丝毫也不比毕卓好到哪里去，但这毕竟是写诗，所以这里就略而不计，只取其“清高”的一面，来突出饮茶的妙处了。

诗最后正面提出了“茶道”。诗人看崔石使君饮茶也已经进入佳境，不禁引吭高歌起来，那兴致之高可以想见了。他不禁问道：您哪里知道，这正是“茶道”使您保持了自然的本性，能够达到丹丘（神仙所居之地，昼夜长明，这里指神仙）那样的神仙境界啊！这里是对崔石使君的调侃，表现出二人之间的亲密关系，但也是郑重宣布他“茶道”的美妙作用，为本诗做了水到渠成的结束，也引起了读者深长的遐思。

全诗围绕“茶道”，作了多方位、多层面的细致描写，一步步引人入胜。读罢皎然的这首诗，我们不禁掩卷而想：要进入他的“茶道”，一是要有很好的茶叶，二是要有很好的亲密朋友，三是要有清静美好的环境，然后慢慢饮来，细细品尝，这样才能渐入佳境，最后达到物我浑然、虚静空明的美好境界。如果您有闲暇和兴趣，也不妨试试吧！

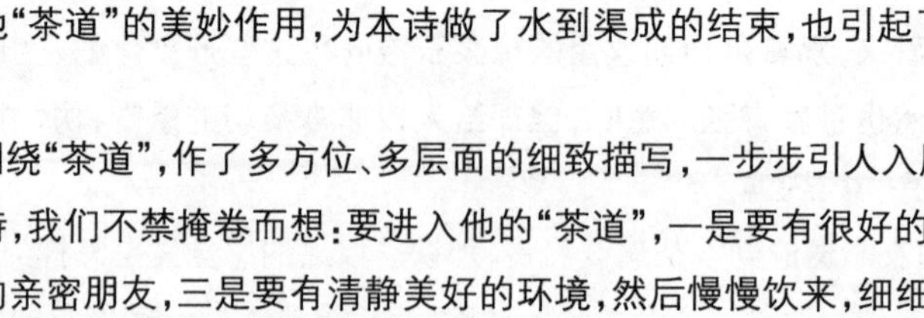

与赵莒茶宴

（唐）◎钱　起

竹下忘言对紫茶，全胜羽客醉流霞。尘心洗尽兴难尽，一树蝉声片影斜。

钱起（722？—780？），字仲文，吴兴（今浙江湖州）人。玄宗天宝十载（751）登进士第。官至考功郎中、太清宫使。有《钱考功集》。

这首七言绝句是写诗人和朋友赵莒一起举行茶宴。看来诗人很喜欢饮茶，看他描写饮茶情景，描写饮茶之后的感觉，真是喜不自禁，让读者也禁不住悠然神往了。

起句“竹下忘言”是用了《晋书·山涛传》的故事：“（山涛）与嵇康、吕安善，后遇阮籍，便为竹林之交，着忘言之契。”这里诗人是把自己和朋友赵莒比作晋代“竹林七贤”中的人物，彼此交游而心领神会，完全不需要言语，就非常默契了，说明他们是极好的朋友。那么他们现在在竹下做什么呢？原来是对饮“紫茶”。这里的紫茶，叫做紫笋茶，是一种很名贵的茶叶。忘言相对之际，他们把这紫笋茶饮得如痴如醉，所以紧接着就说：“全胜羽客醉流霞。”饮得完全胜过了那些道士们喝那流动如彩霞的仙酒了。这里是用对比的方法，来衬托这种紫笋茶的美好，也说明诗人的嗜好不是喝酒，而是饮茶。

第三句就具体说明了饮茶的好处。这样饮茶，能够洗尽“尘心”，亦即荡涤那些世俗的、鄙吝的思想，叫人身心超越，通体轻松愉快，真有飘飘欲仙之感。而这种美好的境界，这种难以言喻的兴致，就真是一言难尽了！这里把“洗尽”和“难尽”对举，又一次表明了诗人对于饮茶的爱好和兴趣。正因为这样，他们就一直静静地饮着，直到日影西斜，只听见那高树上传来一阵阵的蝉声。“蝉噪林愈静”，此时暮霭四起，这竹下更加安宁静谧了，他们想来已经饮得进入佳境，正在自我陶醉哩！

据说，茶有清心、醒脑的作用，也有使饮者内心超脱，去除一切烦恼的佳妙效果，这是一种很高的境界。这首诗就是写这种境界的。从诗中的具体形象的描写中，我们仿佛也领略了这种境界。“竹下”表示一种高雅，苏轼后来就说过：“宁可食无肉，不可居无竹。无肉使人瘦，无竹令人俗。”而“忘言”，更是一种有如禅家的出世的境界了。还有“蝉声”，也是一种高雅的象征，因为据说蝉是饮清露而生的，不染尘心。全诗就是这样，通过这些具体可感的事物，来表现饮茶时的雅人深致，所以读来生动形象，能够给人以很深的启迪。

山　家

（唐）◎顾　况

板桥人渡泉声，茅檐日午鸡鸣。莫嗔焙茶烟暗，却喜晒谷天晴。

顾况（725—814），字逋翁，号华阳山人，又号悲翁，苏州海盐（今浙江海盐）人。肃宗至德二载（757）登进士第，曾官著作佐郎，以作诗嘲诮权贵贬饶州司户参军，后归隐茅山。有《华阳集》。

看来这是一个以制茶为业的山上人家。虽说是山上，却也并不在深山，而是在临近山下渡口的浅山脚下，因为可以看见河沟上的小桥，看见有人在渡河，也能够听见山上泉水的响声。这里背山临流，风景淡远、清幽，真是一个宁静的好去处。作者以简练的笔墨，一开始就勾画了山家的地理环境，作了形象的交代。那么山家的居处怎样呢？——走进一看是茅屋，这是典型的山上民居特色。此时正当日午，阳光照在院子里，鸡正在鸣叫。公鸡在正午时候要打鸣，这里写得非常真实贴切。这时家里正在焙茶，燃烧柴草的烟气弥漫了整个小院，浓烟有点呛人；院子里正晒着刚刚收获的金黄的稻谷（这也交代出正是金秋时节）。这就是山家小院的情景，如果这样平直叙述，自然也可以交代清楚，但却少了诗意。富有巧思的诗人在两句之间加了“莫嗔”、“却喜”四个字，就顿然活泼起来。这仿佛是山家主人的说话：客人您不要责怪这浓烟呀，您看满院的稻谷趁着好天气晒着，我们正高兴着呢！这就很有情趣了，生动地写出了山家茶民的纯朴、风趣而又开朗愉快的性格，自然也表达出作者看到这一切，从心底流露出来的喜悦之情。

这首诗的开始两句，仅仅用了六个名词（或名词性词组），中间没有连接词，就很自然生动地写出了山家的环境和茅屋的景象，笔墨经济而又耐人咀嚼。这使我们想起后来元代的马致远《天净沙·秋思》的著名句子：“枯藤老树昏鸦，小桥流水人家，古道西风瘦马。夕阳西下，断肠人在天涯。”这是历来传诵的名曲，将表现羁旅愁思的一些名词组合在一起，完全采用白描手法，旅思愁情便从景象中自然生发出来，非常生动形象。王国维说它：“寥寥数语，深得唐人绝句妙境。”显然，马致远学习的唐人绝句，也应该包括这首诗歌吧。由此也可见它的创造性和对后来的深远影响。

还应该说明的是，唐代的山区农村经济，主要是一种自给自足的自然经济。我们从这首诗歌中看见的农家就是这样，他们虽然也采茶、焙茶出售（可能也种茶），也养殖家禽，但这只是副业，真正的主业还是种植稻麦一类的粮食作物，并以此来维持生计，所以山家主人看见满院晒着的黄澄澄的稻谷，就掩饰不住那溢于言表的喜悦了。从这个意义上说，这首诗歌也给我们提供了唐代山区茶民的生活状况，对于认识那个时代，具有一定的意义。

与元居士青山潭饮茶

（唐）◎ 灵 一

野泉烟火白云间，坐饮香茶爱此山。岩下维舟不忍去，青溪流水暮潺潺。

灵一（728—762），诗僧，姓吴氏，广陵（今扬州）人，居余杭宜丰寺。与朱放、张继、皇甫曾诸人为尘外友。

这是写和尚和居士相对饮茶的一首小诗，写得清新可喜。居士，梵语的音译是“优婆塞”，意思是在家奉佛的男子。

诗人是很爱饮茶的，看来他在云游之际也时时不忘喝茶。现在他来到青山潭，元居士热情地接待了他。他们在白云缭绕的山间，舀来清洌的山泉，开始煮起茶来，相对共饮。这样的香茶使诗人饮得神清气爽，而且爱屋及乌，连这青山也觉得更加可爱起来了。不是么？他在潭边的岩下把小船系好，舍不得离开了。此时，渐近黄昏，山里升起袅袅的烟岚，听见青溪的流水在暮色中泠泠有声，一声声沁人心脾。此情此景，该是令人觉得何等清静虚灵啊。诗人的心境也和这山中的溪水一样，清新流动，活泼畅快。

据说，出家人是不三宿桑下的，为的是怕时间久了生了留恋之意，因此时时警惕自己要超脱于情感，对一切都淡然处之。但是我们看灵一的这首诗，对于茶，对于青山白云，对于青溪的潺潺流水，多么一往情深，一字字、一句句都写得情真意挚，他也真是一位深于情的出家人了！而这一切，都是饮茶的结果。看来饮茶可以得到精神的解脱而忘怀世事，高蹈远引，但是也可以让人更加热爱自然，热爱朋友，热爱生活。这首小诗描写的，就是后一种情况的一个美好的例子。

茶之为用，亦大矣哉！

歌

(唐)◎陆　羽

陆羽(728—804),字鸿渐,又号竟陵子、桑苎翁,竟陵(今湖北天门)人。一生嗜茶,精于茶道。有《茶经》。

不羡黄金罍,不羡白玉杯。不羡朝入省,不羡暮入台。惟羡西江水,曾向竟陵城下来。

后代人们对陆羽非常敬仰,称之为"茶神"、"茶圣"。他的诗也作得很好,可惜大多已经散佚,《全唐诗》只保存了他两首完整的诗和一些联句、残句。这里选的是其中一首。《全唐诗》在诗下有一条简明的注释:"(文宗)太和(827—835)中,复州(按即竟陵)有一老僧,云是陆弟子,常讽此歌。"看来这首诗也是后人根据陆羽学生的歌唱、背诵记录下来的,可见当时人们对他的景仰,也可见这首诗在那时流布之广泛。

在内容上,这首诗说的是陆羽浮云富贵、敝屣王侯的人生态度,和一心隐居于乡野、醉心于茶事的高尚情操。这是一种非常可贵的品格。

在艺术上,这首诗也很有值得称道的地方。第一是采用借代和隐喻的手法,来形象地表现自己的思想。第一、二句说的是不羡慕财产的富有,但是他没有直说,而是用"黄金罍(酒杯)"、"白玉杯"来代指。这里指代得很贴切,因为这些东西正是富豪之家特有的饮具,是奢华的象征。第三、四句是说不羡慕高官,但是也没有直说，而是用“朝入省”、“暮入台”来代指朝廷的要员。“省”是官署名，尚书、中书、门下等官署都设于禁中，叫做省。“台”也是官署名，御史台、兰台都是朝廷的重要办公机构。这里说不想到什么“省”、“台”来，就是表示和朝廷的不合作态度，是对于官场的厌弃。这四个排比的“不”字句，把自己的立场表达得清清楚楚，斩钉截铁，不可动摇。

第二个值得称道的地方，是采用跌宕的手法，形成强烈对比，进一步鲜明地表达了自己的志向。前面四个“不”字句，排宕而下，造成了强有力的气势，而到最后以“惟羡”两个字领起，极为肯定地说，我只羡慕家乡清清的西江之水，它静静地流淌在竟陵城下，比起那个什么“黄金罍”、“白玉杯”，还有什么“省”、“台”来，才是真正可爱，真正值得留恋的地方啊！这里的“西江水”，意思有两层：一是指家乡，隐居之处的山清水秀的美好地方；二是指用西江清清的活水，来烹煮自己手制的茶叶，陶然人生。这一跌宕，就像浩浩奔流的长江大河突然遇见了断层，一泻直下，奔腾咆哮，其势不可阻挡。“不羡”——“惟羡”，何等鲜明，何等强烈，这无异于是作者的一份气贯长虹的政治宣言，让我们至今读来也还非常感动！

然而更加令人感动的是，作者不是沽名钓誉的市侩，也不是口是心非的伪君子，而是说到做到，一生隐居，与茶为伴，高蹈出尘，真是令人高山仰止，肃然起敬！真情出好诗，诗歌的最终感染力不在藻饰，而在情感，这首诗可谓语浅情深。作者以他浓挚的真情，感动着过往的人们，感动着今天的我们，也必将感动着千千万万的后来者。

喜园中茶生

（唐）◎ 韦应物

洁性不可污，为饮涤尘烦。此物信灵味，本自出山原。聊因理郡余，率尔植荒园。喜随众草长，得与幽人言。

韦应物（737—792？），京兆万年（今陕西西安）人。出身关中望族，玄宗天宝十载(751)以门资恩荫入官为三卫郎。肃宗乾元元年(758)进太学，折节读书。代宗广德元年(763)为洛阳丞。大历九年(774)为京兆府功曹。贞元中曾任左司郎中，世称韦左司。在此前后曾任滁州、江州、苏州刺史，世称韦江州、韦苏州。有《韦苏州集》。

韦应物是中唐著名诗人，他好佛事，也好饮茶，这首诗是表现他在公余之暇种植茶树的情形，可见他超逸出尘的个性。他曾经先后在滁州、江州和苏州做过刺史，这首诗就是写在任上时候的作品。

据《国史补》卷下："韦应物立性高洁，鲜食寡欲，所居焚香扫地而坐。"可见韦应物的个性是很好洁的。诗歌的前四句就是表达他的这种性格。诗人认为饮茶是为了涤除尘烦，亦即洗去心中的郁闷，使高洁的性格不会受到污染。而茶叶之所以有这种功效，原因是茶树生长在山冈，那里清新洁净，没有外来的污染。陆羽在《茶经》卷上说过："茶之为用，味至寒，为饮最宜。精行俭德之人，若热渴凝闷，脑疼目涩，四肢烦，百节不舒，聊四五啜，与醍醐甘露抗衡也。"这就是他为什么要在工作之余亲自种植茶树的原因了。

后半首四句就直接写种植茶树的情况。他在治理一个郡（汉代的行政单位，这里指唐代的州）的业余时间，就随随便便地在官署的荒地里种上了茶树。这里的"聊因"、"率尔"，都表现出诗人漫不经心的一种态度，写得很轻松自然。唯其如此，"无心插柳柳成荫"，他的茶树才能自然生长；也唯其如此，才能表现出佛家那种不执著人生，一切任运随缘的人生态度。也许正是这样随其自然吧，他手种的茶树居然一天天生长起来，诗人的心情也是很惊喜的。"喜随众草长，得与幽人言"，他欣喜地看着新生的茶树，就像看着一个个成长起来的孩子一样，能够和自己相对说话了——这里使用拟人化的艺术手法，赋予茶树以人的品格，诗人的喜悦之情就表现得格外生动形象。今后，他可得要精心照料这些新生的茶树了，就像呵护自己的孩子一样，让它们好好生长，陪伴自己这个"幽人"一起生活，永远保持高洁的品格。

韦应物的诗歌以描写田园山水为多，长于五言，技巧纯熟，总体风格是闲淡简远。《四库全书总目提要》说他的诗"源出于陶而融化于三谢，故真而不朴，华而不绮"。这些都可以帮助我们对于这首诗歌的理解。至于饮茶，禅家都很喜欢，据说和禅意相通。诗人这首诗讲的是种茶而说到底还是讲饮茶，他在诗中表现的那种希望涤去尘烦，保持高洁的、轻松淡远的人生态度，自然也是禅意的表现。然耶否耶，读者可以在细细品味之后，作出自己的判断。

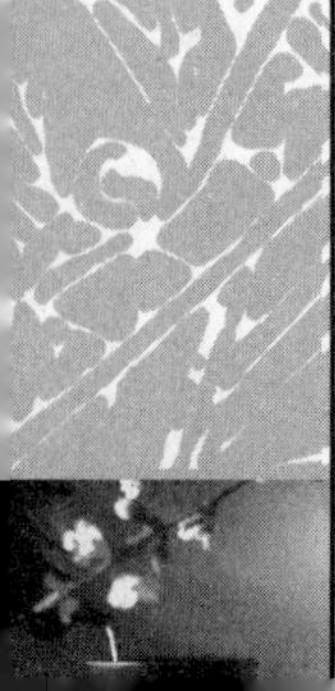

凉风亭睡觉

(唐)◎裴　度

饱食缓行新睡觉，一瓯新茗侍儿煎。脱巾斜倚绳床坐，风送水声来耳边。

裴度(769—839)，字中立，河南闻喜人，宪宗时名相。

关于喝茶，鲁迅说过："有好茶喝，会喝好茶，是一种'清福'。不过要享这'清福'，首先就须有工夫，其次是练习出来的特别的感觉。"裴度这首七绝，就是讲自己如何享受这喝茶的"清福"。按说，他老人家应该是没有这样的"清福"可享的。他从小刻苦读书，废寝忘食，后来，贞元五年(789)举进士及第，再后来当官，一步步兢兢业业地当上去，一直当到宰相。他是中唐重要的政治家、文学家，要开会，要起草文件、批阅奏章，甚至还要挂帅领兵打仗(唐宪宗元和年间，淮西藩镇吴元济反，朝廷派军队讨伐，四年不克。元和十二年七月，裴度以宰相而兼彰义军节度使、淮西宣慰处置使，亲自督师征讨，十月生擒吴元济，平定了淮西叛乱)，真是日理万机，工作的繁忙是可以想见的了。不过，也许就是太忙的缘故吧，他也就急流勇退，晚年在政治上不复以出处进退为意，在东都洛阳建起了私人别墅绿野堂，尽林园赏玩之趣。这个时候，他已经算是退休领导干部了，才有了机会开始享享"清福"。而喝茶，就是"清福"之一。这首诗，也就是写在能够享"清福"的晚年。

诗歌把这种“清福”写得非常具体生动，主要表现在对人物行为动作的精细的描写刻画上。从题目上我们可以知道，他活动的地点是在他别墅的一个亭子——凉风亭里；“睡觉”的“觉”，是觉醒的“觉”，也就是睡醒的意思。他显然是才吃过了午饭，吃得饱饱的，鼓腹而行，缓缓地走向凉风亭。“饭后百步走，能活九十九”，他是很讲究养生之道的哩！然后诗人在亭子里睡午觉，一觉醒来，万千潇洒，侍儿已经把刚刚煎好的一壶新茶端过来了，侍候得多么周到！这时，他脱掉帽子，尽量放松，斜斜地靠在躺椅上，一阵阵凉风吹来，清凉惬意，也带来了别墅里溪流的潺潺水声，轻轻地、若有若无地响在耳边。也许，这比我们今天茶楼里播放的低低的轻音乐还更好听哩！此时的他，完全没有公务的打扰了，闲工夫有的是，一边啜着新茶，一边随意地想着什么，也许是什么也不想，就这样静静地半躺半坐着，把自己融化在这美好的自然之中。

这就是他的“清福”。诗中用“饱食缓行”来形容饭后的满足和散步的从容，很能传神。喝茶时“脱巾斜倚绳床坐”的姿势以及凉风送来水声的侧耳倾听的神态，都一一显示出诗人的安详、雍容和怡然自得。可以看出，他的感觉是很美好的。诗歌也在从容不迫中，用精微细致的笔触，恰到好处地表现了这种美好的感觉。这也就是鲁迅说的“特别的感觉”之一吧！

西山兰若试茶歌

(唐)◎ 刘禹锡

山僧后檐茶数丛,春来映竹抽新茸。宛然为客振衣起,自傍芳丛摘鹰嘴。斯须炒成满室香,便酌砌下金沙水。骤雨松声入鼎来,白云满碗花徘徊。悠扬喷鼻宿酲散,清峭彻骨烦襟开。阳崖阴岭各殊气,未若竹下莓苔地。炎帝虽尝未解煎,桐君有箓那知味。新芽连拳半未舒,自摘至煎俄顷余。木兰沾露香微似,瑶草临波色不如。僧言灵味宜幽寂,采采翘英为嘉客。不辞缄封寄郡斋,砖井铜炉损标格。何况蒙山顾渚春,白泥赤印走风尘。欲知花乳清泠味,须是眠云跂石人。

刘禹锡(772—842),字梦得,匈奴血统,祖上于北魏孝文帝时改汉姓,入洛阳籍。贞元九年(793)与柳宗元同榜登进士第,同年又登博学宏词科。永贞革新时为屯田员外郎,后贬朗州(今湖南常德)司马。元和十年(815)召还长安,复出为连州(今广东连县)刺史。敬宗宝历二年(826)还洛阳。开成元年(836)以太子宾客分司东都,与白居易颇多唱和,编为《刘白唱和集》。有《刘宾客集》。

在唐代,茶叶虽然是以蒸青团茶为主,但那个时代也出现了炒青。刘禹锡这首诗中反复说到“斯须炒成满室香”、“自摘至煎俄顷余”,就是讲的这种炒青茶。诗歌详尽地描写了茶叶从采摘到炒成、烹煮的整个过程,以及这种炒青的好处,不仅诗歌写得生动感人,而且也是我们了解唐代制作炒青的珍贵资料。

这里的西山,在江苏苏州。据《古今图书集成·方舆汇编·职方典》卷六八一苏州府物产考:“茶多出吴县西山,谷雨前采焙,争先腾价,以雨前为贵也。又虎丘西山地数亩,产茶极佳,烹之色白,香气如兰,但每岁所采不过二三十斛,止供官府采取,吴人尝其味者绝少。”可见西山的茶是很珍贵的。兰若是寺庙,但是这首诗讲的是苏州的哪个寺庙已经无可查考了。刘禹锡曾经在苏州做过刺史,这首诗大约作于大和六年至八年(832—834)之间。

诗歌的第一大段,即前面十句,形象地描写了苏州西山炒青的制作情况。从描写的内容看,是诗人到寺庙去拜访和尚,和尚为了招待客人,立即到后檐的茶

园采摘刚刚冒出新芽的“鹰嘴”，并且立即炒、煮，那煮出来的效果真是太好了：“骤雨松声入鼎来，白云满碗花徘徊。”鼎中茶水的沸腾声，如同松涛乍起；冲到碗里，茶的雾气就像白云一样缭绕，泡沫宛如花一样在碗中浮动。诗句通过比喻，生动形象地描写了炒青烹煮以后的美妙效果，所以贺裳在《载酒园诗话又编》中兴奋地说：“令人渴吻生津。”诗人刚一闻见那扑鼻而来的香味，隔宿犹存的酒意就顿然消散了，胸中的烦恼也一扫而空了。这一段，细细描写整个过程，但是笔墨又很简练传神，诗人的赞美之意洋溢在字里行间。

第二大段也就是接下来的八句，诗歌宕开一笔，从茶树生长的地方写起，就是宋子娄《东溪试茶录》里说的：“茶宜高山之阴，而喜日阳之早。”但是神农氏炎帝虽然尝过百草，而饮茶是起于后世的，所以他不知道这种煎烹的方法；就是后代的陶弘景的《本草序》里说到的桐君，他著的《采药录》也只“说其花叶形色”，而不知其味道。言下之意是，这种现采现炒的方法是今天的新创，所以他再次说到“新芽连拳半未舒，自摘至煎俄顷余”，赞叹这种新方法的佳妙，既快又好。通过这种方法制成的炒青，它的香味连木兰沾露也赶不上，它的颜色比那临波瑶草还要碧绿，真是美不可言了。这一段着重赞美炒青方法的创造，诗人对和尚们的制茶技艺给予了高度评价，表示了景仰。

第三大段就是最后的八句，作者变化手法，通过和尚的口吻，介绍了炒青的特点，也是进一步赞美了炒青的佳美。和尚说，它的最大特点就是要在我们寺庙这样幽寂的地方，用刚刚采来的新芽招待嘉宾，才能吃出它的美味。如果寄到您的郡斋，时间久了，又是用普通的井水和铜炉来烹煮，那就鲜味大减了。何况像四川那么远的蒙顶茶，还有浙江湖州顾渚山水边的紫笋茶，做好了远远地送来，经过长途风尘运输，茶叶也要受损，也没有新鲜味了。所以，和尚最后说：“欲知花乳清泠味，须是眠云跂石人。”要想真正领略到这炒青的清凉味道，还得像我这样眠于云间、坐在石上的山区种茶人啊！诗歌到这里戛然而止。诗人不仅借和尚之口，赞美这山中“幽寂”之地的茶叶如何美好，还对幽栖隐居于山野的人，寄予了深深的理解。作者自从参加王叔文集团的政治革新，遭到贬官外放的打击以后，对于污浊的朝廷政治，也有了厌弃的感觉，他到苏州做刺史，也是待罪之身，故而这首诗在一定程度上表现了他对隐居的向往，也含蓄地表明了他的政治态度。

这首诗的价值，一在于提供了炒青的珍贵资料，二是它生动形象的描写，具有很高的艺术水准。两者天衣无缝地结合在一起，使得这首诗在茶叶史和诗歌史上，都具有无可替代的重要地位。

琴 茶

（唐）◎ 白居易

兀兀寄形群动内，陶陶任性一生间。自抛官后春多醉，不读书来老更闲。琴里知闻唯渌水，茶中故旧是蒙山。穷通行止常相伴，谁道吾今无往还？

白居易（772—846），字乐天，晚号香山居士，又号醉吟先生，下邽（今陕西渭南）人。先世本龟兹人，汉时赐姓白氏。德宗贞元十六年（800）登进士第，十九年中书判拔萃科，授秘书省校书郎。宪宗元和十年（815）一度被贬江州司马。晚年以太子宾客分司东都，武宗会昌二年（842）以刑部侍郎致仕。有《白居易集》（《白氏文集》）。

一边喝茶，一边听琴，这也是休闲的一种好方式。这首诗就是写这种生活情况的。

这首诗作于唐敬宗宝历二年(826)。这一年，诗人五十五岁，因为久患眼病，请求朝廷免去了他的苏州刺史职务，开始过着闲散的退居生活。闲暇无事，他不禁想到，人生不过是昏昏沉沉地在各种人之间活动着，与其如此，不如选择自己的生活方式，任运随缘、安安静静地独自过日子，这才能和乐地度过一生。于是，他退居以后就经常喝酒睡觉，甚至连书也不看了，觉得老来真是很清闲啊！

不过这种离群索居、块然独处的生活，毕竟有些乏味，还是要找点事情来做才行。他选择了两件事：一件是听琴，他最喜欢的是《渌水》这首琴曲，就经常请人来弹奏欣赏；还有一件事，就是喝茶。这里的“蒙山”，就是指的蒙山茶，是四川邛崃山脉中蒙山顶上出产的茶，又称蒙顶茶，在唐代是一种极为贵重的茶。诗中说“故旧”，一则表示自己素来喜欢这种茶，过去就经常喝，可见对这种茶的特别钟爱；二则对茶以“故旧”相称，也是把茶拟人化了，好像这茶叶也有了感情，和自己成了很好的老朋友。如今，他一边听着琴，那叮叮咚咚的琴声，就像是欢快的溪流的歌唱，那么悦耳；还一边喝着茶，那茶叶的碧绿，茶汤的清香，和着琴声，是多么赏心悦目。这真是美妙的生活啊！看来他是非常满意这种琴茶相伴的生活的，所以诗歌在结尾处不无赞叹地说：“穷通行止常相伴，谁道吾今无往还？”不管我的情况怎样，现在退居在家，有琴、茶相伴，谁说我不和人交往呢？言外之意是，和琴、茶为伴，也是一种很好的交往啊！所以这首诗歌就以琴、茶为题，表示了对这种生活的满意和自得其乐。

当时的朝廷，外有藩镇跋扈，内有宦官专权，政治斗争翻云覆雨，好多官员因为卷进政治斗争的漩涡而被杀头，真是人命危浅、朝不保夕。在这样的情况下，作者为了明哲保身，主动采取了避祸全身的办法，毅然退出政治舞台，摒除一切人事交往，免得受到牵累而得罪，过着就像这首诗中所写的深居简出，以琴、茶为友的生活。所以这首小诗，其实是隐含着作者的政治态度。当然，听琴、喝茶，也是他一生的爱好，不过在这种情况下来听琴、喝茶，就不仅仅是为了清闲，而是另有其他深刻的含义了。

晚春闲居杨工部寄诗杨常州寄茶同到因以长句答之

（唐）◎ 白居易

宿酲寂寞眠初起，春意阑珊日又斜。劝我加餐因早笋，恨人休醉是残花。闲吟工部新来句，渴饮毗陵远到茶。兄弟东西官职冷，门前车马向谁家？

喝茶、写诗（或者吟赏诗歌），都是很高雅的事情。有些诗人写诗要靠喝茶来激发灵感，增加情趣；而常常喝茶的文人，喝茶时也往往要作一点诗。这两者的自然结合，对文人来说是很高兴的一件事情。

白居易也是这样，而且他碰见了一次二者得兼的难得的好机遇。那是大和八年（834）的春天，他的曾经做过工部尚书的妻舅杨汉公给他寄来了新作的诗歌。恰在同时，他的另一个正在常州（即毗陵）做刺史的妻舅，也就是杨汉公的哥哥杨虞卿，也从常州给他寄来了新茶。这新诗加新茶，同时寄到，使白居易不无高兴之意，于是拈笔濡墨，写下了这首很具闲适意味的律诗。

诗歌的前四句，他先写自己的闲散生活。因为昨晚喝酒较多，到今天还留着余醉，起来看看那春日的太阳，已经稍稍偏斜，也就是时间已经过了中午了。他真是沉沉昏睡，起得很迟啊！因为有了新鲜的嫩笋，觉得饭菜也还可口；花朵也没有完全凋零，为了及时赏花也没有大醉。这些，就是他的现实境况。诗中用了“寂寞”、“阑珊”这样的词，而关心照顾他的也只有“早笋”和“残花”这样的东西，这就告诉我们，他一方面是彻底的清闲，另一方面也感到孤单落寞，在离群索居、形单

影只的生活中，他这个“恨人”（失意抱恨的人）内心深处也是万般的无奈。在浅显的诗句中间，显露出深沉的诗思和怅惘的情绪。

这四句是反衬，为下面的描写作了厚重的铺垫。就在这时，他收到了两个妻舅寄来的新诗和新茶，他欣赏着诗歌，品味着新茶，精神上感到了很大的慰藉，暂时驱除了寂寞和失意。诗中用“闲吟”来形容吟诗时宁静、愉快的心情，而且特意点出“工部”，隐然把杨汉公的诗歌比作杜工部（即杜甫）的诗歌，给予了很高的评价。“渴饮”，更表示出他对亲人消息的渴盼，以及对亲人关心的渴望。由于一齐收到了两位亲人的馈寄，诗人的心情也稍稍振起，显出了亮色。但是，紧接着诗人又想到了他的两个亲人又都是闲冷的官职，情况也恐怕是“门前冷落车马稀”吧？“门前车马向谁家”是拿自家的门可罗雀来和别的人家的门庭若市相对比，隐隐慨叹自家的孤寂，心情在刚才稍稍振起之后又一下子滑落下来，使得整首诗蕴涵着一种低回婉转的情思，这就是白居易渐近晚年时生活情况之一斑，也是他思想的真实流露。

尽管白居易今天碰见了一次既有新诗可赏，又有新茶可喝的难得的好机遇，但是由于处境的孤独和心情的抑郁，并没有表现出应有的兴高采烈的情怀来。可见，做什么事情都是要有好心情的：做大事业，能够始终以乐观的情绪来应对环境，以宽广的胸怀洞察一切，以敏锐的判断抓住稍纵即逝的机遇，是不用说的了；即便喝茶、吟诗这点小事情，也概莫能外。没有好心情就不能享受美好的人生，只能锁闭自己的情绪，桎梏自己的精神。从这里，我们也可以看出一个人要随时保持一种愉快的心境，该是多么的重要。

问刘十九

(唐)◎ 白居易

绿蚁新醅酒，红泥小火炉。晚来天欲雪，能饮一杯无？

这首诗的内容，坦率地说是请人喝酒。绝句体制短小，宜于表现这种不大的题材。此诗的题材虽小，但反映的是朋友间亲切、真挚的情意，仍是极动人的。

唐代的酒，相当于今日米酒。新酿出的米酒，未过滤时，上面会有些浮渣，微呈黄绿色，细如蚁，叫做“绿蚁”。这时的酒味最为醇美，香甜可口，而且醉人。这句的意思本不过是说：我家已酿出新酒以待友人。诗人不取直露，却把这层意思包含在一个描写性的句子中。通过“绿蚁”这一细节的刻画，正见酒属“新醅”，使人仿佛亲眼看到那颜色可爱的美酒，嗅到醉人的芬香，不禁津生于口。

酒是新醅，温酒的火炉也可意，红的涂料，色泽还十分新鲜。“红”是暖色，给人一种温暖、舒适的感觉；“小”，表明火炉式样精微小巧，造型美观。通过生动地渲染酒和炉子的优美来表达主人邀饮的诚意，这种写法的确亲切感人。

第三句不马上写邀请，却转到环境——天色、天气方面。“晚来”点时间，“天欲雪”写天气。冬夜漫长，很容易生出寂寞之感，再加上气候寒冷，是要下雪的天气，就更难熬了。这种易生无聊、闷倦的冬晚，好朋友坐到一块聊聊天，喝上两杯，不是很快乐的事吗？环境的刻画交代，进一步加强上两句所产生的诱惑力，于是请客的意思脱口而出。

不过，诗人并没有用那种请帖式的刻板语言，偏用问话的口吻，而且只说喝“一杯”，不是“会须一饮三百杯”。这也很有意思。这好比人们平常请客说“聊备薄馔”、“小意思”等等，语意谦厚、亲切。再者，冬晚对饮，乐在御寒解闷，不同于酒楼、华筵的开怀畅饮，话要款款说来，酒要慢慢地喝下去，自然别有乐趣。杜甫《拨闷》诗云：“闻道云安麴米春，才倾一盏即醺人。”李重华说：“与其鲁酒千钟，不若云安一盏。”饮酒之乐，确有不在多的时候。田雯说：“乐天诗极清浅可爱，往往以眼前事为见得语，皆他人所未发。”(《古欢堂集》)

这首小诗语言清新平易，却饱含醇浓的诗意、丰富的感情。不过请人小酌，就写下如此精美的诗作请柬，在今人看来简直奢侈，而在唐代却很普通，诗人几乎是信笔而就的，并没想到传世。诗完全是生活化的，这就是唐诗产生的社会背景。

别石泉

（唐）◎ 李　绅

素沙见底空无色，青石潜流暗有声。微渡竹风涵淅沥，细浮松月透轻明。桂凝秋露添灵液，茗折香芽泛玉英。应是梵宫连洞府，浴池今化醒泉清。

李绅（772—846），字公垂，无锡（今属江苏）人。元和进士，武宗时拜相。与元、白等友善。

石泉就是无锡的惠山泉，即“天下第二泉”。

喝茶离不开水，好茶还须有好水。李绅的这首诗就是赞美无锡惠山寺的“天下第二泉”的。这首诗的题目下有作者的小序：“（惠山泉）在惠山寺松竹之下，甘爽，乃人间灵液，清澄鉴肌骨，含漱开神虑。茶得此水，皆尽芳味。”赞美的就是这泉中的水。

李绅是无锡人，唐宪宗元和元年(806)举进士，拜右拾遗。穆宗时召为翰林学士，与李德裕、元稹同列，时号“三俊”。武宗时为宰相，终淮南节度使。李绅短小精悍，人称“短李”。他一生关注社会问题，与元稹、白居易一起推动了新乐府的创作高潮，写了不少新乐府诗。他还有一些小诗也很著名，比如《悯农二首》：“春种一粒粟，秋收万颗子。四海无闲田，农夫犹饿死。”“锄禾日当午，汗滴禾下土。谁知盘中餐，粒粒皆辛苦。”这两首连小孩子也能背诵的诗歌，就是李绅写的，于此也可见他的诗歌影响之深远。他对自己家乡的惠山泉非常热爱，就在要暂时离开无锡的时候，他写了《别石泉》这首诗。

诗歌以饱蘸激情的笔墨，细致精微的描写，写出了泉水之清：“素沙见底空无色，青石潜流暗有声。”泉里沙明水净，只有潜流暗出时汩汩的水声。也写出了周围美丽的景色：微风轻轻吹过竹林，只听见淅沥的声音；月色透过松林，照在泉中一片轻明。当他直接写到泉中的水时，笔墨更加富于感情了：这泉中的灵液，就是那桂花的秋露凝结而成的，才能如此甘甜香美；用它来烹煮香茶的嫩芽，那茶汤简直就是神仙喝的晶莹如玉的“玉英”啊！他的思绪不禁张开了想象的翅膀，觉得这里恐怕就是佛寺连着神仙的洞府，菩萨洗澡的地方变成醴泉了吧！这就赋予了惠山泉以更加神秘的意味，诗人的赞叹之意也深深地流露了出来。这里的“浴池”，是指梵宫中的浴池。据《初学记》卷二三引《普曜经》：“菩萨成道，入水洗浴。”“醒泉”据诗歌小序中说的“甘爽”，应是“醴泉”之误。整首诗无论直接描写泉水，还是描写景色、发挥想象，无一处不紧密地扣合着石泉，无一处不饱含着作者的激情，通过相互映衬，交相融合，写出了整个泉水的特色和美好，让人读来心驰神往。

据记载，惠山泉最早在唐大历元年至十二年(766—777)由无锡县令敬澄开凿。“惠山”的得名是因为古代西域和尚慧照曾在附近结庐修行，古代“慧”、“惠”二字通用，所以又叫惠山。据传，以前茶圣陆羽曾经亲自来品尝过水味，故一名陆子泉。宋徽宗时，这里的泉水还成为向宫廷进贡的贡品。后来经清代乾隆皇帝御封，就成为“天下第二泉”了。

这里不仅泉水很好，人杰地灵，还因为这“天下第二泉”孕育了一位著名的二胡演奏家阿炳(华彦钧)。他本来是个双目失明的穷愁的道士，但是他的二胡却拉得很好。据说，他常在夜深人静之时，来到惠山泉畔，聆听那叮叮咚咚的泉声，饮着清凉的泉水，想着皎洁的月色，幻想着自己和人们能有自由幸福的生活。他用二胡的旋律抒发自己内心的忧愤和人间的疾苦，希望光明和幸福的降临，为此他创作了许多二胡独奏曲，其中以惠山泉为题材的名曲《二泉映月》，更是享誉中外、脍炙人口的名曲。那婉转低回的动人乐章中，分明体现着“素沙见底空无色，青石潜流暗有声。微渡竹风涵淅沥，细浮松月透轻明”的优美意境。我们如今听着这音乐，不也会油然想起李绅的这首同样优美的诗歌吗?

巽上人以竹间自采新茶见赠酬之以诗

（唐）◎ 柳宗元

芳丛翳湘竹，寒露凝清华。复此雪山客，晨朝掇灵芽。蒸烟俯石濑，咫尺凌丹崖。圆方丽奇色，圭璧无纤瑕。呼儿爨金鼎，余馥延幽遐。涤虑发真照，还原荡昏邪。犹同甘露饭，佛事薰毗耶。咄此蓬瀛侣，无乃贵流霞。

柳宗元（773—819），字子厚，河东（今山西永济）人。德宗贞元九年（793）登进士第，十九年擢监察御史里行。顺宗永贞元年（805）与刘禹锡等参与革新，同年宪宗即位，革新失败，贬永州（今属湖南）司马。元和十年（815）回京，复出为柳州（今属广西）刺史。有《柳宗元集》（《河东先生集》）。

柳宗元是散文名家，唐宋八大家之一，他的诗歌也写得很好，和韦应物齐名，世称“韦柳”。不过，关于茶叶的诗歌他倒写得不多，这一首就是很珍贵的作品。

柳宗元于永贞元年（805）冬，因参加王叔文集团，政治改革失败后获罪，被贬到湖南永州做司马的闲官，寄居在龙兴寺，因而与和尚巽上人相识。巽上人是龙兴寺僧人，里贯不详，他对佛经的阐释有过人之处，是“楚之南”首屈一指的高僧，颇受当时学佛的士大夫的尊崇。当时柳宗元与其朝夕相处，交往非常密切。在佛学方面，巽上人对柳宗元产生了很大影响。这首诗是巽上人送茶叶给柳宗元以后，柳写给他的答谢诗。

从诗歌的描写中我们知道，这是巽上人自采自制的茶叶。前八句就写巽上人亲自采摘茶叶的情形和所制茶叶的精美。这里的茶树本来就生长在斑竹遮蔽之中，水木清华都凝结其上了，和别处的相比显得更加珍贵。而巽上人又趁着朝露，老早就上山采摘，他穿过云雾，跨过小溪，爬上高高的崖壁，采摘来的茶芽就真可以叫做非常美好的“灵芽”了。他采回来制成了“圆方丽奇色，圭璧无纤瑕”的茶饼。这和我们今天看见的散茶是很不相同的，唐宋时代基本都是团茶，有圆形的，也有方形或其他形状的，这其中凝结着制作者的巧思和智慧。巽上人送给柳宗元的就是圆形和方形的两种，看上去非常美好而又有奇特的颜色，就像宝玉那样没有半点瑕疵，简直就是很好的艺术品了。从这一段的描写中，我们可以看到当时野生茶树的生长情况，了解采摘的辛苦，同时还可以了解到巽上人是一个制茶高手。这也说明当时很多僧人都是会制茶的，正是因为有了他们，才大大促进了茶叶事业的发展和进步。

诗歌的后半部分，是写烹茶、喝茶的情况。从这里我们知道，这种茶叶烹煮之后，有清新悠远的香味。这种茶喝了以后，“涤虑发真照，还原荡昏邪”，也就是禅宗所说的可以涤除烦恼，净化心灵，使人照见自我，“明心见性”；还可以使人还归本原，驱除昏昧和邪恶，达到“真如”的境界。可见这种茶的神奇功效。这也是禅宗提倡喝茶，把茶文化和禅宗文化融合在一起，进行普遍推广的重要原因。诗歌还用佛家的甘露饭来比喻茶叶，更显出这种香茶的珍贵。最末二句，点明蓬瀛仙人不贵茶而贵流霞仙酒之可叹。这里，作者是在赞美茶叶，也是透过一层，赞美采摘、制作茶叶的巽上人，赞美他制茶的精湛技艺，并通过这首答谢诗，表达对巽上人的深挚友谊。

柳宗元的诗歌风格，有奇峭明净、悲愤沉郁的一面，但也有自然清新、空灵隽永的一面。苏轼指出柳诗的特点在于：“外枯而中腴，似淡而实美。”（《东坡题跋》）“发纤秾于简古，寄至味为淡泊。”（《书黄子思诗集后》）这些都是很中肯的评价。这首诗，偏重在清新隽永的一面，和要描写的内容相一致，但是里面也隐含着高洁明志的用意，表示自己对被贬谪荒远的愤懑和不平，有沉郁的成分在内。通过欣赏这首诗，我们一方面可以窥见柳宗元诗歌的思想、艺术之一斑，同时也可以了解当时茶文化和禅宗文化相结合的有关情况，从而得到新的启示。

寄杨工部闻毗陵舍弟自罨溪入茶山

(唐)◎ 姚 合

采茶溪路好,花影半浮沉。画舸僧同上,春山客共寻。芳新生石际,幽嫩在山阴。色是春光染,香惊日气侵。试尝应酒醒,封进定恩深。芳贻千里外,怡怡太府吟。

姚合(775?—846?),陕州硖石(今河南三门峡)人。元和进士,授武功主簿。官秘书少监。有《姚少监诗集》。

这首五言排律是描写入山采茶情况的,乍看起来简直就是一首清新明丽的山水诗。

诗题中的"杨工部"就是白居易《晚春闲居杨工部寄诗杨常州寄茶同到因以长句答之》中的杨工部,也就是白居易的妻舅杨汉公,他曾经做过工部尚书。姚合的这首诗作于大和八年(834)春天。"舍弟",是对自己弟弟的谦称。此时姚合的弟弟姚勖正在任毗陵(今江苏常州)刺史。这里的"罨溪",即罨画溪,在浙江长兴县西面,又叫西溪。"茶山",是指顾渚山,是当时江浙一带著名的产茶地区之一。诗歌以丰富的想象,描绘了姚勖与僧人一道坐着画舸,由罨溪进入茶山采茶,制作以后进献朝廷,定会受到皇上的赏赐。这一切,作者娓娓道来,仿佛亲临一般。

诗歌的前八句写入山采茶情况。时令正值春光明媚的季节,姚勖一行沿着风景如画的罨画溪,和僧人一起乘船往茶山进发,但见春山处处山花烂漫,他们仿佛是在花的海洋里出没一样。那山石边,山的背阴处,到处是丛生的茶树新芽,它们在春风的吹拂中,在春阳的照耀下,显得那么娇嫩!这几句没有具体写采摘的情况,只是写出了明丽的风景,人们的采摘活动也自然包含其中了。这种采摘活动,与其说是劳动,不如说是一种轻松的春游,人们在采摘春茶的活动中,既有了劳动的收获,也领略了春光的美好,劳动和游玩自然地融而为一,大家心情的愉快就可以想见了。诗中也写到和尚,看来僧人是这次采茶活动,也是制作茶叶的技术指导，可见在唐代，不少僧人都是以采摘和制作茶叶为技术专长的。佛教传入中国以后，僧人从只会念经，到此时掌握了一定的劳动技能，也算是一种新的进步吧。

诗歌的后四句顺势写到茶叶制作好了以后的两个结果。第一个结果是他的弟弟和大家把茶叶制好以后，一定要先尝尝那种清香的味道，使人从醉意中清醒过来，感到格外的舒爽，可见这是很好的茶叶了。第二个是把这些质地优良的茶叶进贡到朝廷里，芳香四溢，一定会受到朝廷的欣赏而得到封赐，而那时的老弟，也一定会怡然自乐，高兴不已了吧！这四句诗，是直接发抒议论，和前面的描写形成了对照，起到了情景交融的作用。这些话是专门针对他弟弟说的，态度很亲切，就像两兄弟亲热交谈一样，充满了温馨和谐的气氛。

读完这首诗，我们可以知道，这次入山采茶是毗陵刺史组织的一次为朝廷做贡茶的集体活动，它不是一般的游山玩水，或者个别人的采茶，而是具有重要意义的“政治任务”。茶叶采得好不好，制作是不是精良，能不能超过其他地方的贡茶而得到朝廷的肯定，还关系到刺史的政绩和前途问题，想来这位刺史先生也不敢游山玩水，掉以轻心的。——通过这首诗歌，我们也能够认识到唐代政治生活的一个小小侧面。

走笔谢孟谏议大夫寄新茶

（唐）◎卢　仝

日高丈五睡正浓，军将打门惊周公。口云谏议送书信，白绢斜封三道印。开缄宛见谏议面，手阅月团三百片。闻道新年入山里，蛰虫惊动春风起。天子须尝阳羡茶，百草不敢先开花。仁风暗结珠琲瓃，先春抽出黄金芽。摘鲜焙芳旋封裹，至精至好且不奢。至尊之余合王公，何事便到山人家？柴门反关无俗客，纱帽笼头自煎吃。碧云引风吹不断，白花浮光凝碗面。一碗喉吻润，两碗破孤闷。三碗搜枯肠，唯有文字五千卷。四碗发轻汗，平生不平事，尽向毛孔散。五碗肌骨清，六碗通仙灵。七碗吃不得也，唯觉两腋习习清风生。蓬莱山，在何处？玉川子，乘此清风欲归去。山上群仙司下土，地位清高隔风雨。安得知百万亿苍生命，堕在颠崖受辛苦！便为谏议问苍生，到头合得苏息否？

卢仝（775？—835），自号玉川子，范阳（今河北涿州）人。终生未仕。有《玉川子诗集》。

皎然在《饮茶歌诮崔石使君》一诗中说：“一饮涤昏寐，情思爽朗满天地。再饮清我神，忽如飞雨洒轻尘。三饮便得道，何须苦心破烦恼。”他饮三碗也就够了。卢仝这首诗却说，他要饮到七碗才有特殊的美好感觉。可见，卢仝的茶瘾要比皎然大得多，他的豪兴也要高得多，所以这首诗和皎然的相比，写得更加酣畅淋漓！

正是因为如此，这首诗也叫做《七碗茶歌》。

卢仝曾因家贫隐居少室山，清介苦吟，自号玉川子。他的诗歌风格和韩愈相似，是属于尚奇尚怪一路的。他也酷好饮茶。这首诗赞美了孟谏议（其人不详）所送新进贡茶的色香味美，以及怡情悦性的特殊作用，写得笔墨恣肆。诗歌也致慨于茶农的辛苦，具有一定的讽谏作用。

全诗可以分为四个段落。开始六句是第一段，写军将到他家敲门送茶。军将是受孟谏议派遣的，他带来了一包白绢密封并加了三道泥印的新茶。诗人读过信，就像和孟谏议见了面一样亲切，于是打开包封，并且亲手点视了三百片圆圆的茶饼。这里，密封、加印可见孟谏议对诗人的郑重与情真意切，而诗人的开缄、手阅，又见出他格外的珍惜与喜爱。两人的互相尊重与真挚的友谊洋溢在字里行间。

从“闻道新年入山里”到“白花浮光凝碗面”，一共十四句，是第二段。这一段写茶的采摘与焙制，以烘托孟谏议所赠之茶的珍贵。在这一大段里，诗人先说这新春之际采摘、焙制的阳羡好茶（产于江苏宜兴），本来是专门供给皇帝享用的，为了这茶叶，山中连百花也不敢先开了，以保持其清香；皇帝要赏赐的话，也应该只送到王公贵族之家，却不料由孟谏议送给了我这样一个地位卑微的隐者，既感到一丝诧异，自然也感到格外的兴奋。这里，在具体的描写中隐隐包含着对于皇帝和王公贵族们享有如此这般特权的不满，愤慨之意深深地隐含在字里行间，为诗歌最后一段作了细针密线的铺垫。于是接着就写反关柴门，自己独饮，诗中的“柴门反关无俗客，纱帽笼头自煎吃”，表现出“山人”的超尘绝俗的清高，也和上面的王公贵族形成对比，隐隐表示出对他们的鄙视态度。而“碧云引风吹不断，白花浮光凝碗面”，进一步描写了茶叶煎煮以后的美好情景，见出他对这难得的阳羡好茶的钟爱，也自然地引出了第三段。

第三段从“一碗喉吻润”到“唯觉两腋习习清风生”，长短错落的十一句，写出自己对喝茶的特殊感觉。这是全诗写得最为精彩的部分，也是最为人称道的神来之笔。诗人不惮其烦地一碗一碗写他喝茶的具体感受，但是中间也富有变化。一碗、两碗是淡淡地平直叙起，不过说润了喉吻，破了孤闷而已，破了孤闷自然就是

解放了精神，也是一次小小的飞跃。到第三碗，情况就迥然不同了，引出了胸中块垒。这美好的茶汤进入诗人的枯肠，在腹中流淌转动，它好像要寻找什么一样，但是搜索的结果，却只有文字五千卷，如此而已！而“文字五千卷”应该是满腹经纶了，照说应该锦衣玉食，但是自己却只是一个毫无地位的隐者，这使人平添了无限感慨。不过，作者倒是隐然以腹中有五千卷文字自豪的，比起那些腹中空空甚至“金玉其外，败絮其中”的王公贵族，自己的隐者地位该是何等的美好和高尚！在短短的两句诗中，包含着欲说还休的深厚的意蕴，见出作者思想的深沉。正是因为诗人有了这些感受，所以到第四碗，心中的不平也就自然挥发净尽了。五碗、六碗更加神清气爽，简直就和神仙的灵气相通了。如果再吃下去怎么样呢？那就真是要“两腋习习清风生”，自己长出翅膀，乘风高举，“飘飘乎如遗世独立，羽化而登仙”（苏轼《赤壁赋》）了。所以诗人说“七碗吃不得也”，因为再喝下去，就要到那“高处不胜寒”的地方去了。这里，看似说“吃不得也”，其实诗人是以丰富的想象，来赞美茶叶的美好，以及自己喝了茶以后特别愉快的感觉。整个这一大段中，有愤慨，有喜悦，作者交织写来，把两种情绪的消长表现得清清楚楚，而又兴会淋漓，我们今天读来也仿佛看到作者那格外兴高采烈的样子。

最后九句是第四段，忽然转入为苍生请命。说是忽然，因为诗情在这里来了一个大的跳跃，从一己的饮茶转到了天下的百姓。但是又转得很干净自然，接逗无痕，衔接得非常紧密。因为前面已经隐含了对皇帝和王公贵族的不满，中间又写出自家的感慨和不平，这些细密的针线，把全诗天衣无缝地连接在一起。作者先问蓬莱神山在哪里，想要乘风归去，这只是轻轻的一点。接下来说“山上群仙司下土，地位清高隔风雨”，自然不是游仙的描写，而是以“群仙”比喻那些高高在上者，他们对那些辛辛苦苦种茶、采茶、制茶的劳苦茶民，对广大的艰苦挣扎的下民，都是一种非常隔膜的漠不关心的态度，他们哪里知道民间的疾苦！所以他希望负责进言，以匡正天子得失的孟谏议，去反映下界苍生的事，问一问他们究竟何时才能够得到生息的机会。这里表现出诗人对社会的关心，对人民的同情，以及希望改变现状的良好心愿，这就使得全诗的思想得到了升华，诗歌不仅仅是写喝茶，而且有了深厚的政治意义，读来能够给人更加深刻的启迪。

这首诗歌在形式上是杂言体的歌行，而篇幅较长的歌行体诗，用来表现激情奔放的情绪，正是恰到好处的。这首诗写得气势磅礴，而又挥洒自如，好像毫不费力，体现出作者娴熟的驾驭诗体的能力。句式长短参差，音节跳荡变化，有时如溪流涓涓，轻灵活泼，有时又如长江大河，奔腾咆哮，处处打动读者的心，给人以强烈的艺术美感。卢仝诗歌那种特有的别致风格，于此获得了比较完美的表现，在众多的咏茶诗中别具一格，耐人品读。

春　霁

（唐）◎ 施肩吾

煎茶水里花千片，候客亭中酒一樽。独对春光还寂寞，罗浮道士忽敲门。

施肩吾（？—？），字希圣，号栖真子，睦州分水（今浙江桐庐）人。曾寓居吴兴（今浙江湖州）、武进（今属江苏）。宪宗元和十五年（820）登进士第，不待除授即离京东归，栖居洪州（今江西南昌）西山而终。《全唐诗》存诗1卷。

在唐代，不仅僧人喜欢喝茶，道士也把饮茶引入他们的修炼和日常生活之中，成为不可或缺的饮料。

这首诗歌的作者，实际上就是一个道士。他叫施肩吾，号栖真子、华阳真人，浙江桐庐人。少年时隐居四明山，元和十年（815）前后赴长安应举，十五年（820）进士及第，不等授官就离京东归，不以名利为意。他慕洪州（今江西南昌）为十二真君羽化之地，遂栖其山天宝洞，修炼终老。平生笃好道家养生之术，常以诗文自娱。

这首诗大约就是写于他在洪州栖居修炼之时。时候正是春天，久雨新晴，诗人的心情也为之一爽。他于是来到亭子里饮茶，看见煎茶的锅里漂浮着茶叶，就像无数的花朵一样，非常可爱。面前还放着一只酒杯，一边饮茶一边喝酒。但是亭子里毕竟只有自己一个人，面对的春光虽然美好，不免也感到孤独。就在这时，听得有人敲门，一问，原来是远道从广东博罗一带的罗浮山来访的客人。罗浮山被道教列为第七洞天，来的人自然是诗人的道中朋友了。——“有朋自远方来，不亦乐乎”，诗人的惊喜之情该是如何，我们就不难想象了！

诗歌截取了客人将到未到之时，个人生活的一个片断，来对比表现孤寂和欣喜的这两种情绪的转换，很富有诗意。“花千片”与“酒一樽”，是一层对比，以多形少，表现的是孤樽独对时心情的空虚和无奈。“春光”与“寂寞”，又是一层对比，本来面对天气新晴，看见无限春光，是应该特别高兴的，但是就是因为是“独对”，就只能是一片“寂寞”了。然后是与整个空虚寂寞的环境形成对比，突然来了罗浮山客人，打破了原来的寂寥。随着敲门声起，诗人的心情来了一个突然的转变，诗思在最后升腾而起，让读者感到了意外的高兴和欣喜，这是第三层也是最重要的一层对比。从这些地方，可见作者构思的别致，用意的新巧。

从这首诗歌的情感表现，我们可以看出道家和佛家的不同。佛家的诗歌，从主要方面说，它的意境注重空旷孤寂，表现的是悟透人生以后的超世绝俗，远离尘缘的超脱感，也就是说是一种出世的情怀。而相对来说，道家则是一种较为入世的思想，它表现的是优游旷达、随缘任运的人生态度，因此诗歌的境界也较多地注重人生现实和日常生活情趣。这首诗歌，就非常生动地表现了不甘寂寞，喜欢和朋友交往的那种热烈情怀，充满了生机和人生的活力。

夜饮

（唐）◎元　稹

灯火隔帘明，竹梢风雨声。诗篇随意赠，杯酒越巡行。漫唱江朝曲，闲征药草名。莫辞终夜饮，朝起又营营。

元稹（779—831），字微之，洛阳（今属河南）人，北魏鲜卑族拓跋部后裔。八岁丧父，依倚舅族。德宗贞元九年（793）明经擢第，十五年（799）初仕河中府。与白居易同年登书判拔萃科，授秘书省校书郎。宪宗元和元年（806），与白居易同登才识兼茂明于体用科，列名第一。穆宗长庆二年（822）以工部侍郎同平章事。有《元氏长庆集》。

元稹这首诗，是写当时有的官员和文士们厌倦那种蝇营狗苟、投机钻营、明争暗斗的官场生活，通过整夜的饮酒娱乐来求得精神的解脱，在诸多描写夜饮的诗歌中，另具一种深刻的含义。

诗歌开头写出夜饮的地点、环境和氛围。那是在深宅大院的深处吧，只有透过帘子才能看见那隐约的半明半暗的灯光；此时正下着雨，近旁的竹子传来飒飒的声音。这真是一个深幽安静，与世隔绝的地方啊！这就和白天他们身处的喧嚣的尘世形成了鲜明的对照，显得很是难能可贵。接着写了夜饮的具体活动：一是互相赠诗；二是一巡一巡地尽情饮酒，无拘无束；三是即席唱起了他们自编的“江朝曲”，这种原本产生于民间的曲子词，从初唐、盛唐一直到元稹所处的中唐，都有不少文人仿作和演唱；四是以药草为名，联诗、联句或者行酒令，大家把药名嵌入到作品里，来进行文字游戏。总之，夜饮的时候，在这特定的环境中，大家的心情非常放松，通过各种娱乐形式来求得心情的愉悦，从而忘掉那官场带来的抑郁和烦躁。诗歌中使用了“随意”、“漫唱”和“闲征”这些富于表现闲适心情的词语，使得大家愉快的心情从诗意中自然流露出来。

最后两句是本诗的点题之笔：他们互相劝说今夜要通宵畅饮，因为明天早上大家又要身处官场，去过那种自己也不愿意的污浊的生活。有此两句，诗歌的境界就提升到了一个新的认识层次，这也是此诗不同于一般描写饮酒的诗歌之处。自然，通宵夜饮，这对于大家厌倦的官场只是一种消极回避的办法，而且通宵饮酒，酒醒之后，那无名的烦恼又会袭来，如此恶性循环，不仅官场的恶浊不会改变，就是自己的身心也会受到很大的摧残。但是，在那时这也是没有办法的事。于此，我们也可以看见元稹所处时代的官僚文士们生活的一个侧面。

一字至七字诗·茶

（唐）◎元　稹

茶。
香叶，嫩芽。
慕诗客，爱僧家。
碾雕白玉，罗织红纱。
铫煎黄蕊色，碗转曲尘花。
夜后邀陪明月，晨前命对朝霞。
洗尽古今人不倦，将至醉后岂堪夸。

闻一多先生在谈到中国新诗的格律时曾经说过，诗歌要讲究音乐的美、绘画的美和建筑的美。他说音乐的美就是指节奏和声韵，绘画的美是诗歌中色彩（通过文字表现的色彩）的运用，建筑的美是因为中国的文字是单音节的方块字，在排列时容易构成很美的形式。唐代元稹的这首《一字至七字诗·茶》，就是以宝塔的形式来排列的诗歌，句式从一字到七字都有，不仅形式特别，而且在声韵上也很和谐，这是中国文字和诗歌独特艺术魅力的表现。

这首诗题下原有小注："以题为韵。同王起诸公送白居易分司东都作。"据《唐诗纪事》卷三十九记载："乐天分司东洛，朝贤悉会兴化亭送别，酒酣，各请一字至七字诗，以题为韵。"其中王起赋花，李绅赋月，令狐楚赋山，元稹赋茶，其他几人还有赋竹、赋愁、赋书、赋诗的。看来，这是一次以"一字至七字诗"为题的小型的诗歌笔会，但是因为参加的都是中唐的重要诗人，因而这也是一次很重要的文人聚会，对于推动诗歌创作，起到了推动作用。

用“宝塔体”咏茶的诗歌，在历史上很少见。元稹的这首诗，概括地描述了茶的品质、人们对茶的喜爱以及饮茶的习惯和茶的功用，可以说是一个对茶的全面介绍，也是对茶的深情的赞美，可见茶在唐代人们生活中的重要地位。其中特别说到“慕诗客，爱僧家”，把诗人、僧人和茶联系在一起，可见茶文化和唐代的诗歌、佛教文化的重要关系，这就为茶文化增加了新的内涵，具有时代意义。诗还说到“碾雕白玉，罗织红纱”，这是讲茶叶的制作情况：用白玉来雕琢成茶碾，把茶叶碾成细末；用红纱织成筛网，把细末筛过。可见那时的制茶工艺已经很精细、很讲究了。诗中还形象地描写了煮茶的景象：“铫煎黄蕊色，碗转曲尘花。”茶铫（音姚），是一种带柄有嘴的小锅，用它来煎出淡黄色的茶汤，倒在碗里，茶汤上浮着乳状的细末。通过这样生动的描写，我们也仿佛看见唐代的茶汤，闻见它的诱人香味了。正是因为茶在那时有这么好的品质，所以文人墨客总会在晨朝月夕啜茶品茗，驱除疲倦，带来生机和活力并起到提神醒脑的作用。最后一句说，我现在饮酒都快喝醉了，怎么还能再夸它呢！意思是，茶比酒好，我要夸它也夸不够啊！这里表现了诗人对茶的特别钟爱，也反映出那个时代的人们对茶的普遍嗜好。

宝塔式诗歌，属于文字游戏的一种，很难达到较高的诗歌品位。不过这首诗在描写的内容上，能够给后人以茶文化的认识作用，在艺术方面，遣词用语的典雅、形象，描写的生动、活泼，都较好地表现了诗歌的特质。所以，这首形式特殊的诗歌，也是一首比较成功的作品。

致酒行

（唐）◎李　贺

零落栖迟一杯酒，主人奉觞客长寿。主父西游困不归，家人折断门前柳。吾闻马周昔作新丰客，天荒地老无人识。空将笺上两行书，直犯龙颜请恩泽。我有迷魂招不得，雄鸡一声天下白。少年心事当拿云，谁念幽寒坐呜呃。

李贺（791—817），字长吉，唐宗室郑王之后，其父晋肃贞元时曾做过陕县令。福昌（今河南宜阳）昌谷人。宪宗元和二年（807）赴洛阳应进士举，妒之者以犯父名讳为由，加以阻挠。仕途失意，为奉礼郎，两年后因病辞官。有《李贺歌诗》。

元和初，李贺带着刚刚踏进社会的少年热情，满怀希望，打算迎接进士科考试。不料竟因避父名"晋肃"之讳，被剥夺了考试资格。从此"怀才不遇"成了他作品中的重要主题，他的诗也因而带有一种哀愤的特色。但这首困居异乡感遇的《致酒行》，音情高亢，别具一格。

"致酒行"即劝酒致词之歌。诗分三层，每层四句。

从开篇到"家人折断门前柳"四句一韵，为第一层，写劝酒场面。先总说一句，"零落栖迟"（潦倒游息）与"一杯酒"连缀，略示以酒解愁之意。在写主人祝酒前，先从客方（即诗人自己）对酒兴怀落笔，突出了客方悲苦愤激的情怀，使诗一开篇就具"浩荡感激"（刘辰翁）的特色。接着，从"一杯酒"而转入主人持酒相劝的场面。他首先祝客人身体健康。"客长寿"三字有着丰富的潜台词：忧能伤人，折人之寿，而"留得青山在，不怕没柴烧"啊！七字画出两人的形象，一个是穷途落魄的客人，一个是心地善良的主人。紧接着，似乎应继续写主人的致词了，但诗笔就此带住，以下两句作穿插，再申"零落栖迟"之意，命意婉曲。"主父西游困不归"是说汉武帝时主父偃的故事。"主父偃西入关，郁郁不得志，资用匮乏，屡遭白眼"（见《汉书·主父偃传》）。作者以之自比，"困不归"中寓无限辛酸之情。古人多因柳树而念

别，“家人折断门前柳”，通过家人的望眼欲穿，写出自己久羁异乡之苦，这是从对面落墨。引古自喻与对面落墨同时运用，都使诗情曲折，生动有味。经此二句顿宕，再继续写主人致词，诗情就更为摇曳多姿了。

“吾闻马周昔作新丰客”到“直犯龙颜请恩泽”是第二层，为主人致酒之词。“吾闻”二字领起，是对话的标志。这几句主人的开导写得很有意味，他抓住上进心切的少年心理，似乎看穿诗人引古自伤的心事，有针对性地讲了另一位古人一度受厄但终于否极泰来的奇遇：唐初名臣马周，年轻时受地方官吏侮辱，在去长安途中投宿新丰，逆旅主人待他比商贩还不如。其处境狼狈岂不比主父偃更甚？为了强调这一点，诗中用了“天荒地老无人识”的生奇夸张造语，那种抱荆山之玉而“无人识”的悲苦，以“天荒地老”四字来表达，可谓无理而极能尽情。马周一度困厄如此，以后却时来运转，因替他寄寓的主人、中郎将常何代笔写条陈，太宗大悦，予以破格提拔。“空将笺上两行书，直犯龙颜请恩泽”即言其事。主人的话到此为止，只称引古事，不加任何发挥。但这番语言很富于启发性。他说马周只凭“两行书”即得皇帝赏识，言外之意似是政治出路不特一途，囊锥终有出头之日，科场受阻岂足悲观！事实上马周只是为太宗偶然发现，这里却说成“直犯龙颜请恩泽”，主动自荐，似乎又怂恿少年要敢于进取，创造成功的条件。这四句真是以古事对古事，话中有话，极尽循循善诱之意。

“我有迷魂招不得”至篇终为第三层，直抒胸臆作结。“听君一席话，胜读十年书”，主人的开导使“我”这个“有迷魂招不得”者茅塞顿开。作者运用擅长的象征手法，以“雄鸡一声天下白”写主人的开导生出奇效，使自己心胸豁然开朗。这“雄鸡一声”是一鸣惊人，“天下白”的景象是多么光明璀璨！这一景象激起了诗人的豪情，于是末二句写道：少年正该壮志凌云，怎能一蹶不振，老是唉声叹气！“幽寒坐呜呃”五字，语亦独造，形象地画出诗人自己“咽咽学楚吟，病骨伤幽素”（《伤心行》）的苦态。“谁念”句，同时也是一种对旧我的批判。末二句音情激越，颇具兴发感动的力量，使全诗具有积极的思想色彩。

《致酒行》以抒情为主，却运用主客对白的方式，不作平直叙写。《李长吉歌诗汇解》引毛稚黄说：“主父、马周作两层叙，本俱引证，更作宾主详略，谁谓长吉不深于长篇之法耶？”本篇富于情节性，饶有兴味。在铸辞造句、辟境创调上往往避熟就生，如“零落栖迟”、“天荒地老”、“幽寒坐呜呃”，尤其“雄鸡一声天下白”句，或意新，或境奇，都属李长吉式的“锦心绣口”。

将进酒

（唐）◎李　贺

琉璃钟，琥珀浓，小槽酒滴真珠红。烹龙炮凤玉脂泣，罗帏绣幕围香风。吹龙笛，击鼍鼓；皓齿歌，细腰舞。况是青春日将暮，桃花乱落如红雨。劝君终日酩酊醉，酒不到刘伶坟上土！

李贺这首诗以精湛的艺术技巧表现了诗人对人生的深切体验。

此诗用大量篇幅烘托及时行乐情景，作者似乎不遗余力地搬出华艳词藻、精美名物。前五句写筵宴之华贵丰盛：杯是“琉璃钟”，酒是“琥珀浓”、“真珠红”，厨中肴馔是“烹龙炮凤”，宴庭陈设为“罗帏绣幕”。其物象之华美，色泽之瑰丽，令人心醉，无以复加。它们分别属于形容（“琉璃钟”形容杯之名贵）、夸张（“烹龙炮凤”是对厨肴珍异的夸张说法）、借喻（“琥珀浓”、“真珠红”借喻酒色）等修辞手法，对渲染宴席上欢乐沉醉气氛效果极强。炒菜油爆的声音、气息本难入诗，也被“玉脂泣”、“香风”等华艳词藻诗化了。运用这么多词藻，却又令人不觉堆砌、累赘，只觉五彩缤纷，兴会淋漓。奥妙何在？乃是因诗人怀着对人生的深深眷恋，诗中声、色、香、味无不出自“真的神往的心”（鲁迅），故词藻能为作者所使而不觉繁复了。

以下四个三字句写宴上歌舞音乐，在遣词造境上更加奇妙。吹笛就吹笛，偏作“吹龙笛”，形象地状出笛声之悠扬有如瑞龙长吟——乃非人世间的音乐；击鼓就击鼓，偏作“击鼍鼓”，盖鼍皮坚厚可蒙鼓，着一“鼍”字，则鼓声宏亮如闻。继而将歌女唱歌写作“皓齿歌”，也许受到“谁为发皓齿”（曹植）句的启发，但效果大不同，曹诗“皓齿”只是“皓齿”，而此句“皓齿”借代佳人，又使人由形体美见歌声美，或者说将听觉美通转为视觉美。将舞女起舞写作“细腰舞”，“细腰”同样代美人，又能具体生动地显示出人体的曲线美，一举两得。“皓齿”、“细腰”各与歌唱、舞蹈特征相关，用来均有形象暗示功用，能化陈词为新语。仅十二字，就将音乐歌舞之美妙写得尽态极妍。

“行乐须及春”(李白),如果说前面写的是行乐,下两句则意味“须及春”。铸词造境愈出愈奇:“桃花乱落如红雨。”这是用形象的语言说明“青春将暮”,生命没有给人们多少欢乐的日子,要及时行乐。在桃花之落与雨落这两种很不相同的景象中达成联想,从而创出红雨乱落这样一种比任何写风雨送春之句更新奇、更为惊心动魄的境界,这是需要多么活跃的想象力和多么敏捷的表现力。想象与联想活跃到匪夷所思的程度,正是李贺形象思维的一个最大特色。他如“黑云压城城欲摧”、“银浦流云学水声”、“羲和敲日玻璃声”等等例子不胜枚举。真是“时花美女,不足为其色也;牛鬼蛇神,不足为其虚荒诞幻也”(杜牧《李长吉歌诗叙》)。

由于诗人称引精美名物,运用华艳词藻,同时又综合运用多种修辞手法,使诗歌具有了色彩、线条等绘画形式美。

诗中写宴席的诗句,也许使人想到前人名句如“葡萄美酒夜光杯,欲饮琵琶马上催”(王翰《凉州词》),“兰陵美酒郁金香,玉碗盛来琥珀光”(李白《客中作》),“紫驼之峰出翠釜,水晶之盘行素鳞。犀箸厌饫久未下,鸾刀缕切空纷纶”(杜甫《丽人行》),相互比较一下,能更好认识李贺诗的特点。它们虽然都在称引精美名物,但李贺“不屑作经人道过语”(王琦《李长吉歌诗汇解序》),他不用“琥珀光”形容“兰陵美酒”——如李白所作那样,而用“琥珀浓”取代“美酒”一词,自有独到面目。更重要的区别还在于,名物与名物间,绝少“欲饮”、“盛来”、“厌饫久未下”等等叙写语言,只是在空间内把物象一一感性呈现(即不作理性说明)。然而,“琉璃钟,琥珀浓,小槽酒滴真珠红”,诸物象并不给人脱节的感觉,而自有“盛来”、“欲饮”、“厌饫”之意,即能形成一个宴乐的场面。

这手法与电影“蒙太奇”(镜头剪辑)语言相类。电影不能靠话语叙述,而是通过一些基本视象、具体画面、镜头的衔接来“造句谋篇”。虽纯是感性显现,而画面与画面间又有内在逻辑联系。如前举诗句,杯、酒、滴酒的槽床……相继出现,就给人酒宴进行着的意念。

省略叙写语言,不但大大增加形象的密度,同时也能启迪读者活跃的联想,使之能动地去填补、丰富那物象之间的空白。

此诗前一部分是大段关于人间乐事的瑰丽夸大的描写,结尾二句猛作翻转,出现了死的意念和“坟上土”的惨淡形象。前后似不协调而正具有机联系:前段以人间乐事极力反衬死的可悲,后段以终日醉酒和暮春之愁思又回过来表露生的无聊,这样就十分生动而真实地将诗人内心深处所隐藏的死既可悲而生亦无聊的最大的矛盾和苦闷揭示出来。总之,这个乐极生悲、龙身蛇尾式的奇突结构,有力表现了诗歌的主题。这又表现了李贺诗歌艺术构思上不落窠臼的特点。

温庭筠(812? —867?),本名岐,字飞卿,太原祁（今山西祁县)人。少负才华,“能逐弦吹之音,为侧艳之词”,因忤权贵而累试不第,曾为方城尉、隋县尉、国子监助教等微职。为晚唐词坛巨擘,亦有诗名,与李商隐齐名,称“温李”。有《温飞卿诗集》,近人王国维辑《金荃词》。

夜宴谣

（唐）◎ 温庭筠

长钗坠发双蜻蜓,碧尽山斜开画屏。虬须公子五侯客,一饮千钟如建瓴。鸾咽姹唱圆无节,眉敛湘烟袖回雪。清夜恩情四座同,莫令沟水东西别。亭亭蜡泪香珠残,暗露晓风罗幕寒。飘飖戟带俨相次,二十四枝龙画竿。裂管萦弦共繁曲,芳樽细浪倾春醁。高楼客散杏花多,脉脉新蟾如瞪目。

温庭筠是晚唐著名诗人,“能逐弦吹之音,为侧艳之词”,好痛饮,与公卿子弟“酣醉终日”。他的诗歌以设色秾艳、辞藻繁密为特色。这首描写夜宴欢饮的诗歌,也具有这方面的特点。

诗歌大致可以分为两个部分。前八句为第一部分,主要写夜间宴饮情形。夜宴之处,也许是在楼上宽敞的厅堂之中吧,歌女们头上插着长长的发钗,垂着一对玉做的蜻蜓,一个个显得袅袅婷婷;屏风上画着青绿山水,斜斜地迤逦摆开,陈设非常考究雅致。这一开始就把读者带到了一个豪华、香艳而又热闹的场所,真有身临其境之感。参加夜宴的人,有“虬须公子”和“五侯客”,都是贵族公子和富家官僚子弟,喝起酒来“一饮千钟”,如同高屋建瓴,气势非凡。歌女们歌声婉转,舞袖飘飘。大家相嘱今晚要尽情热闹,不分彼此,极尽欢乐之能事。第二部分是后半八句,写夜宴渐近清晨,晓风给罗幕送来了轻寒。此时,但见宴会厅里装点气氛的二十四枝画戟还整整齐齐地排列着,上面的彩带在随风飘扬,使夜宴显得更有气势。歌声、音乐声也一齐更加响亮,美酒在杯子里翻着细浪。这次宴会至此进行到了高潮,真是好不热闹！但是天下没有不散的筵席,快到天明,夜宴终于结束了。这时,“高楼客散杏花多,脉脉新蟾如瞪目”,等到人去楼空,才猛然看见那刚刚开放的杏花,已经是一片雪白,空中的一弯新月,也正脉脉深情地注视着它,仿佛多少感到有些惊讶。经过一夜的狂欢,又迎来了一个春日的晴朝,一切都是这样美好啊！

这首诗在秾艳的设色中,也有对比。如果说前十四句是浓的话,那么最后两句就是淡了。浓后之淡,淡得这样清新,淡得这样叫人惊喜,仿佛杏花的清香也已经沁入人的心脾,让人们感受到了难以言说的喜悦。这正是诗人的高妙处,结尾两句让人引起深长的诗思,回味无尽。

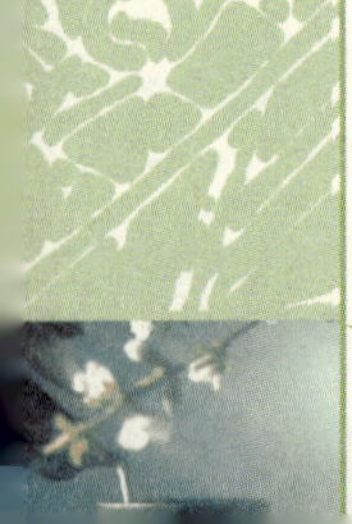

西陵道士茶歌

（唐）◎ 温庭筠

乳窦溅溅通石脉，绿尘愁草春江色。涧花入井水味香，山月当人松影直。仙翁白扇霜鸟翎，拂坛夜读黄庭经。疏香皓齿有余味，更觉鹤心通杳冥。

这首诗是赞扬西陵道士的仙风道骨的，以烘托饮茶对于道士养生修炼的重要作用。

道家注重服食养生，他们主要靠两种药物，一种是金石类药物，另一种是草木类药物，而草木类药物中，茶占有重要的地位。他们在修炼中以茶散郁气，以茶驱睡气，以茶养生气，以茶除病气，可以说，茶是他们不可或缺的饮料。

不过，这首诗歌并没有用更多笔墨来直接写道士喝茶，而是用层层烘托渲染的手法，来表现道士喝茶以后的特殊效果。前面四句主要是描绘道士居住的环境：那里有石钟乳的山洞，潺潺的流水连着山溪；山涧边生长着花草，花落入井中，连井水也香了；又正是月亮当空的半夜，清亮的月光投下斑驳的松影，朦胧而幽静。这一切，描写出环境的静谧、安宁和清幽，也表现了道士的非同尘俗的高洁。此时，道士正喝着茶哩！"绿尘愁草春江色"一句，轻轻一点，仿佛在这个幽静的暗夜里亮起了一点幽幽的青灯，使读者的眼睛也为之一亮，茶的位置就被凸现了出来，给人以深刻的印象。"绿尘"，指粉末状的茶叶。"愁草"，人见春草而感怀发愁，因此称春草为愁草，这里指茶叶。"春江色"，指茶叶绿如春江水色。仿佛这绿色的茶也和着这环境，增加了清幽、高雅的意味。

接着，作者把镜头对准道士，来了一个特写镜头："仙翁白扇霜鸟翎，拂坛夜读黄庭经。"原来，这位像仙翁一样的道士，手里挥着白色的羽毛扇，拂去座坛上的灰尘，正在专心地读着《黄庭经》哩！《黄庭经》是道教的经名，全称《太上黄庭内景经》、《太上黄庭外景经》，是七言歌诀，讲修炼的道理。他一边喝着茶，一边读着经，茶叶的清新香味，久久地留在齿颊之中，他的神情也更加专注，似乎自己的道心也随着香茶的伴送，修炼得更加成熟了，轻轻地飘扬到了极深极远的道乡中去了。

这后面四句，也是采用烘染的艺术手法，来表现道士喝茶。和前面不同的是，把笔墨主要对准了道士，直接描写道士的活动，也就是读经。而"疏香皓齿有余味"一句，也是轻轻一点，在读经中突出了茶的清香，也表现了道士在茶的作用下，那清朗的神情，飘逸的情怀，和周围的环境融为了一体，实现了人对大自然的回归。

这就是这首诗歌所要表现的思想：返朴归真，茶道一体。

花下醉

（唐）◎ 李商隐

寻芳不觉醉流霞，倚树沉眠日已斜。客散酒醒深夜后，更持红烛赏残花。

这首七言绝句是李商隐的名作之一。在流畅清丽的诗句中，表面看是说花下醉酒，但是通过醉酒来赏花，非常含蓄委婉地表达了对于美好事物的惋惜和留恋之情，意蕴很深厚。

“寻芳”就是看花。“醉流霞”语意双关：是在花下饮那美如流霞的仙酒使自己陶醉了呢，还是那姹紫嫣红的花儿本来就使自己看得如痴如醉了呢？这简直难以分清，花和酒打成了一片，让读者也不觉有些陶醉了！诗人也终于醉了，他靠着花树睡到黄昏，这时酒阑人静，已经深夜，诗人也清醒了，他点燃红烛照着快要凋零的残花仔细观赏、品味，那该是别一番情趣，看见了白天看不见的花儿的更加惹人怜爱的情态了吧！诗情在流畅自然中，又曲折婉转，表达出诗人对花儿，也是对世间所有美好事物的深深眷恋之情。

清人马位在《秋窗随笔》中说：“李义山诗‘客散酒醒深夜后，更持红烛赏残花’，有雅人深致；苏子瞻（按即苏轼）‘只恐夜深花睡去，故烧银烛照红装’，有富贵气象。二子爱花兴复不浅。”这里所引的苏轼的诗也是历来传诵的名句，它是直接从李商隐的这首诗中脱化出来的。此外，《红楼梦》中有史湘云醉眠芍药裀的故事情节，历来脍炙人口，也是从这首诗中汲取的意境。可见这首短短的小诗，对后代产生了多么大的影响。

李商隐（813—858），字义山，号玉溪生。祖籍怀州河内（今河南沁阳），自祖父起迁居郑州（今属河南）。九岁丧父，从堂叔学习古文。大和三年（829）为令狐楚辟为幕僚。开成二年（837）登进士第。三年入泾原节度使王茂元幕，且入赘王家。为牛党中人所忌，致使仕途蹭蹬，长期辗转于幕府。有《李义山集》。

美人尝茶行

（唐）◎崔　珏

云鬟枕落困春泥，玉郎为碾瑟瑟尘。闲教鹦鹉啄窗响，和娇扶起浓睡人。银瓶贮泉水一掬，松雨声来乳花熟。朱唇啜破绿云时，咽入香喉爽红玉。明眸渐开横秋水，手拨丝簧醉心起。台前却坐推金筝，不语思量梦中事。

崔珏（？—？），字梦之，清河（今属河北）人，寄寓荆州（今湖北江陵）。大中进士，官至侍御史。《全唐诗》存诗1卷。

我们现在为醉酒者解酒，是用管装水剂“解酒灵”，而唐代却是用茶水。这首诗就是写一个男子为一位美女用茶解酒的事。

诗歌写美女的醉意和娇态，很是生动传神，读来很有情趣。

这位美女大概是歌女，她陪人喝酒已经醉得不省人事，沉沉入睡了。她的这位男子（玉郎是对青年男子的美称）看来有些为她的大醉担心，就把碧绿色的团茶碾成粉末，然后用泉水烹煮成茶汤，扶她起来喝茶。她喝了一点，立即觉得浑身轻松，清醒了许多。前面八句就是写这些情节的，但是诗人没有平铺直叙，而是用交叉错综的笔法来描写，跳宕婉转，表现出浓郁的诗情。其中“闲教鹦鹉啄窗响”是插叙，写男子在煮茶的间隙教鹦鹉啄窗，想把美人唤醒，这位男子的风趣活泼的性格跃然纸上，也见得他们之间的关系融洽亲昵。“银瓶贮泉水一掬，松雨声来乳花熟”两句，是写煮茶的情况，本来是应当在“和娇扶起浓睡人”之前，因为只有煮好了茶才能叫女子起来，但是这里却置于“扶起”一句之后，和第二句遥遥相接。接下来“朱唇”二句，又和“扶起”一句紧接，写女子喝茶的情景。这样，诗歌显

得跳脱而有变化，情绪也显得轻松活泼，可见作者安排的匠心。还应该值得注意的是，这几句写女子的形象，先是“云鬟枕落困春泥(“春泥”指春天)”，只写到如乌云一样的发结从枕头滑下，其醉卧的神态就已经非常鲜明了；然后“和娇扶起浓睡人”，醉后的娇态和睡眼惺松的样子，更加生动；至于“朱唇”、“红玉”，则写出了女子的娇嫩美丽。诗歌用非常俭约的笔墨，准确地抓住一些很有代表性的形象细部来刻画，以少少许胜多多许，女子的娇憨的醉态就栩栩如生了。

以下四句写女子喝茶以后的情况。看来，这以茶醒酒的办法还不错，女子很快就睁开明亮的眼睛，像秋水一样的清亮，还用手指拨弄着琴弦，清醒过来了。不过，不知是女子喝酒太多呢，还是这茶汤醒酒的力度还不够，女子并没有完全恢复常态。你看她，回身坐在琴台前，又把筝推开，愣愣的一句话也不说，好像还在回味梦中的情事呢！

这四句是通过女子的动作和活动来描写其半醉半醒的情态。诗歌也只是写出睁开眼睛、手拨丝簧、却坐推筝和不语思量几个动作，女子的恍恍惚惚的神态也就非常生动逼真了。在短小的诗歌中，要刻画好人物形象是很不容易的，这位作者却是做到了，而且做得很好，我们不得不佩服诗人的高超本领。

在唐代诗歌中，写美女以茶醒酒的不多，这是一首生动而富于情趣的作品，值得从艺术上加以鉴赏。同时，我们也可以明白茶叶的醒酒作用，要是有醉酒的读者，自己不妨一试吧！

茶舍

（唐）◎ 皮日休

阳崖枕白屋，几口嬉嬉活。棚上汲红泉，焙前蒸紫蕨。乃翁研茗后，中妇拍茶歇。相向掩柴扉，清香满山月。

皮日休（834?—883?），字逸少，后改袭美，襄阳（今属湖北）人。早隐鹿门山，自号间气布衣、醉吟先生等。懿宗咸通七年（866）举进士不第，退居寿州（今安徽寿县）自编诗文为《皮子文薮》。八年始及第。十年为苏州军事判官。僖宗乾符二年（875）任毗陵副使。黄巢军入江浙，劫以从军，为翰林学士。《全唐诗》存诗9卷。

皮日休和陆龟蒙是很好的朋友，两人经常互相写诗唱和，在诗坛同享盛名，世称“皮陆”。

他们二人也都喜欢喝茶。一次，皮日休写了一组诗歌《茶中十咏》，是十首咏茶的五言诗，包括茶坞、茶人、茶笋、茶籝、茶舍、茶灶、茶焙、茶鼎、茶瓯、煮茶等十题，寄给陆龟蒙。他在组诗的前面写了一篇序，末尾说：“昔晋杜育有《荈赋》，季疵（按即陆羽，一字鸿渐，又字季疵）有《茶歌》，余缺然于怀者，谓有其具而不形于诗，亦季疵之余恨也。遂为十咏寄天随子。”陆龟蒙接到诗以后，也写了十首和诗。他们专门就茶进行唱和，留下了珍贵的篇章，是中国茶史上的一段佳话。

这里所选的《茶舍》，原列组诗的第五首，是写茶农的日常生活情景。茶舍就是茶农的房舍，建在山上靠南的岩石旁边，是茅草搭成的，一家几口人就在这里快快活活地生活着。他们日常的工作除了种地就是制茶，在焙茶的棚子里引来山泉（“红泉”指仙泉，是对山泉的美称），一边焙茶一边利用焙茶的火蒸着下饭的蕨菜。丈夫负责把茶叶研成粉末，妻子则把粉末拍打做成圆形的团茶。一天的劳作下来，不觉已经月上东山。这时，他们夫妇俩一起去关柴门，准备歇息了，满院子弥漫着新茶的清香和明月的清辉。

这首诗对于我们认识唐代茶农的生活很有意义，因为它具体描写了当时茶农的劳动情况，再现了历史的真实，是不可多得的资料。作为诗歌来说，前面六句都是叙述，比较平直，但是末尾以景作结，那茶叶的清香和月亮的清辉融合在一起，给茶民的小院蒙上了一层朦胧幽静的夜色，一切都显得那么清静美好，流露出诗人对于茶农生活的赞美。这种以景作结的艺术手法，使诗歌在平直中具有空灵感，给人留下了回味的余地和悠长的韵味。

陆龟蒙对这首《茶舍》的和诗是这样的：“旋取山上材，架为山下屋。门因水势斜，壁任岩隈曲。朝随鸟俱散，暮与云同宿。不惮采掇劳，只忧官未足。”表现了茶民不怕采制茶叶的辛苦，忧虑的是官府催逼的贡茶还未满足，体现出诗人对茶民的体恤和同情，角度和思想都和皮日休的《茶舍》不同了，这也正是两人的相异之处。两首诗对观，从比较中当会得到更多的启迪。

茶　人

（唐）◎ 陆龟蒙

天赋识灵草，自然钟野姿。闲来北山下，似与东风期。雨后探芳去，云间幽路危。唯应报春鸟，得共斯人知。

这是陆龟蒙对皮日休《茶人》一诗的和诗。皮日休的原诗是这样的："生于顾渚山，老在漫石坞。语气为茶荈（音喘，茶），衣香是烟雾。庭从櫰子（一种玉色的木拄杖）遮，果任獳师（獳音如，獳师是一种兽名）虏。日晚相笑归，腰间佩轻篓。"这首诗描写了生长于顾渚山下漫石坞的茶民的采茶生活。堂屋里放满了木拄杖，可见上山采茶的人之多；院子树上的果子随便让野兽来摘吃，可见全家都出动采茶了。到了傍晚大家腰佩茶篓，欢笑着下山归来，见出采茶是一种很愉快的劳动生活，也表现出诗人对茶民生活的赞美。

陆龟蒙的诗歌与皮日休的有所不同。他说，这些茶民天生能够辨别茶叶的好坏，上苍也似乎对这里的野茶特别眷顾，让它们带上了灵气。到春日农闲的时候，他们就来到北山下，好像和春风相约过一样，进山采茶了。诗歌的后四句，就是具体描写茶民采茶情况。"雨后探芳去，云间幽路危"——下雨以后，茶叶更加鲜嫩，所以要雨后才去采摘；这些野生的优质的茶树总是生长在白云深处的高山悬崖边，道路艰难而危险。这里特意点到"雨后"，雨后可能有山洪爆发，还可能有泥石

陆龟蒙（？—881？），字鲁望，号天随子。姑苏（今江苏苏州）人。曾任苏、湖二州从事，后隐居甫里。与皮日休友善，世称"皮陆"。有《甫里集》。

流，而且又山高路滑，是非常危险的。茶民们就是这样冒着生命危险采摘茶叶而养家糊口的，他们工作的艰辛就不难想象了，诗人对茶民的艰苦生活寄予了深切的同情。

最后两句，“唯应报春鸟，得共斯人知”，诗人在这两句后面有一个小注：“顾渚山有报春鸟。”据《顾渚山茶记》：“顾渚山中有鸟如鸲鹆，而色苍，每至二月作声曰春起也，三四月云春去也，采茶人呼为报春鸟。”这里的意思有两层：一层是茶民进山以后，就只有报春鸟和他们相伴，听见报春鸟的叫声当然也有愉悦的心情，但是在这空旷的深山，却免不了孤寂的感觉；再一层是报春鸟的“春起也”、“春去也”的叫声，似乎也在一声声地催促茶民抓紧时间采摘，不然时令一过，茶叶变老，也就没有用处了。他们怎么去完成规定的上缴贡茶的任务呢？据载，唐时湖州每年贡茶一万八千斤，称“顾渚贡焙”。从这里，我们也可以想见茶民们在采茶时内心深处的心理负担是很沉重的，诗人在看似描写景物的诗句中，真实地道出了茶民生活的痛苦，也是对当时社会现实的一种有力的揭露。

我们读完这两首唱和的诗歌，能够看出哪一首更接近生活的真实呢？已经不言自明了。皮日休的诗，更多的是单凭个人的想象，把茶民生活诗意化了，这就离现实比较远。而陆龟蒙就生活在顾渚山下，他在山下有自己的庄园，所以他对茶民的真实生活很了解，再加上他的现实主义的创作思想的指导，他的诗歌反映的现实就很深刻。所以，陆龟蒙的这首诗更加值得称道。

陪金陵府相中堂夜宴

（唐）◎韦　庄

满耳笙歌满眼花，满楼珠翠胜吴娃。因知海上神仙窟，只似人间富贵家。绣户夜攒红烛市，舞衣晴曳碧天霞。却愁宴罢青娥散，扬子江头月半斜。

这首诗，俞陛云先生已经在《诗境浅说》中有了详细而精到的解说。

他说："诗记府中夜宴之盛。前两句言满耳所闻者笙歌嘹亮，满眼所见者花影缤纷，益以满楼之粉围香阵，艳夺吴姬。三用'满'字，见府第之繁华，几无隙地，真如锦洞天矣。三、四句若言人间富贵不异仙家，不过寻常意境，诗用倒装句法，言海上神仙只似人间富贵，便点化常语为新颖之词。五句言石家蜡烛辉映千枝，疑入五都夜市；六句言舞袖争翻，如曳碧天之霞绮。……末者言所愁者酒阑客散、斜月楼空耳，所谓'绝顶楼台人散后，满场袍笏戏阑时'。作者不为谀颂语以悦贵人，而作当头棒喝，为酬酌诗中所仅见。韦夙著才名，府相招致词客，本以张其盛会，而得此冷落之词，能无败兴耶！"

应该补充的还有三点。一是题中所说的"金陵"，不是指现在的南京，而是江苏的镇江，当时是浙西节度使治所。当时的节度使是周宝，按唐宋时代的习惯，节度使加同平章事者称为府相、相公，周宝是唐僖宗中和元年（881）十一月加为同平章事的。这些节度使也就是藩镇，周宝父子专擅一方，沉湎酒色，穷奢极欲，本诗真实生动地反映了这一事实。二是三、四句的倒装比拟，不仅仅是"点化常语为新颖之词"的问题，也就是说不单是技巧方面的问题，而是暗含讽喻之意在其间，等于说你家这样奢华富贵，就是海上的"神仙窟"也不过如此罢了，穷极奢华到了极点，看你能到几时。三是结尾两句，很含蓄，意义非常深刻，是说酒席散后，人去楼空，只有扬子江上的半个月亮斜斜地挂在空中，惨淡地照着黑沉沉的暗夜，一片凄惨的景象。这预示着像这样穷极奢华的酒宴，好景不长，藩镇的擅作威福也绝没有好结果。这表示出韦庄反对藩镇的政治态度，这正是他的高明的政治见识，在当时很有积极意义。所以，周宝"得此冷落之词"，那就不只是"败兴"的问题，是应该作一番深长的反思而有所省悟了，这也正是韦庄写作本诗的真正目的。

韦庄（836—910），字端己，京兆杜陵（今陕西长安）人。孤贫力学，曾长期流落江南。乾宁元年（894）始中进士，释褐为校书郎。天复中为西蜀王建掌书记，王建称帝后拜相。有《浣花集》（《韦庄集》），近人王国维辑《浣花词》。

峡中尝茶

（唐）◎郑　谷

簇簇新英摘露光，小江园里火煎尝。吴僧漫说鸦山好，蜀叟休夸鸟嘴香。入座半瓯轻泛绿，开缄数片浅含黄。鹿门病客不归去，酒渴更知春味长。

郑谷（848—910），字守愚，袁州宜春（今属江西）人。光启进士，官都官郎中，人称郑都官。又以《鹧鸪》诗得名，人称郑鹧鸪。有《郑守愚文集》。

唐代茶业发展很快，到了晚唐时期，全国各地都有了一些名茶，各具特色，竞相发展，整个茶业呈现一片蓬勃兴旺的景象。作者郑谷在这首诗中赞扬的就是湖北宜昌小江园的碧涧明月茶。

郑谷，江西宜春人，曾经进士及第做过都官郎中，人称“郑都官”，后归隐家乡的仰山书堂。他曾经游历过巴蜀、江南，好结交山僧，他的诗多纪行咏物，于轻巧流利中含思宛然，是晚唐重要的诗人之一。

这首诗中所说的“峡中”，是指峡州，因为三峡而得名，治所在夷陵（今湖北宜昌）。诗人在这里的小江园里品尝碧涧明月茶，觉得这种茶的质地非常优良，于是禁不住写诗赞扬。据记载，唐代“茶圣”陆羽在三峡地区有多次活动，不仅发现了野生高大的茶树，而且品尝峡州茶后，认为品质上乘。又宋赵汝砺《北苑别录》记载：“茶之产于天下多矣！若剑南有蒙顶石花，湖州有顾渚紫笋，峡州有碧涧明月……皆茶之极品。”说明峡中的碧涧明月茶的确名不虚传。

作者在诗中采用的赞扬方法主要有两种：一种是直接描写。“簇簇新英摘露光”是说新萌发出的茶芽聚集在一起，上面凝集着晶莹的露珠，在朝阳的照耀下闪闪发光，样子非常好看，人们就在这个时候带露采摘下来，可见这茶叶从一采摘下来就是多么的美好！“入座半瓯轻泛绿，开缄数片浅含黄”，这两句是倒装，打开茶叶包拿出几片来一看，那浅黄色的茶叶真是非常可爱；等到煎出茶汤，那碗里泛着轻轻的绿色，又是那样的诱人胃口。这些描写非常直观，但是里面饱含的诗人的赞美之意，却是鲜明地流露出来了，诗意也很深厚。另一种是间接的描写，主要是用反衬法，即扬此抑彼的笔法，通过比较而进行赞美。吴僧称赞的安徽宣城的鸦山名茶，蜀叟夸说的四川青城山的鸟嘴茶，那都算不了什么，哪有这碧涧明月茶好呢？诗句中用了“漫说”、“休夸”，抑扬的意思非常明白，而且增加了语气的生动感。还用酒来作反衬，说就是喜欢喝酒的人，一喝了这碧涧明月茶，也觉得意味（“春味”即茶味）更长，酒又怎么比得上茶呢？所以，诗人说我到了这里就不回去了，因为这碧涧明月茶真是太使我留恋了！这里的“鹿门病客”是指皮日休，唐诗人皮日休早年住湖北鹿门山，自号“鹿门子”，他很喜欢喝茶，曾宦游江南，这里是作者自指。通过这些直接的、间接的描写，作者对于峡中的名茶给予了高度的评价，整首诗歌也表现了作者寄情山水之间，吟诗品茗，优游天下的思想，蕴涵着诗人飘逸的情怀。

醉着

（唐）◎韩偓

万里清江万里天，一村桑柘一村烟。渔翁醉着无人唤，过午醒来雪满船。

韩偓（844—923），字致尧，一作致光，小名冬郎，号玉山樵人。京兆万年（今陕西西安）人。昭宗龙纪元年（889）登进士第。官至中书舍人、吏部侍郎。有《玉山樵人集》、《香奁集》。

韩偓是晚唐的重要诗人，他常常有意识地以画景入诗。他曾说，“景状入诗兼入画”（《冬日》），“入意云山输画匠”（《格卑》）。诗人善于把手中的诗笔变为画笔，在诗中展现画意，让生动的形象打动读者的心灵。这首诗前两句为一幅画，着意表现平远的画面，诗人连用了两个“万里”，来描写清江的开阔绵长和天空的广远无际，又连用了两个“一村”，来表现平野的广阔和村落的连续不断。诗中点到的景物不多，只有“江”、“天”、“村”、“桑柘”和“烟”，但它们却恰到好处地交织在一起，互相映带，组成一幅清新明朗的画面，并且连续地展现下去，犹如一幅长卷，把万里清江及其两岸的景色都一一再现在读者面前。这当中，也巧妙地包含着一叶渔舟在江中移动的情景，显得轻松自然，悠然神远。还有“万里”、“一村”的有意重复出现，不仅使诗句读起来流利畅达，在声情上也造成轻轻的跳跃感，宛如小舟在水中轻轻簸扬，顺流而下，与诗情画意十分合拍。至于后两句中的另一幅画，作者重点在描写山川寂寥，点出的景物更少，只有渔翁、小舟和大雪，这和雪后四望皎然、茫茫一片的景色是完全吻合的。作者用最精炼的语言，用最俭省的笔墨，把诗情画意准确而生动地表现出来，可谓为山水传神写照。

更加耐人玩味的是，作者也在为自己的心情写照。这两幅画的前后组合，在短暂的时间联系和强烈的对比中，流露出值得认真体味的诗人的内在情绪。从最末一句“过午”二字看来，这首诗在时间上只写了半天，上午还是清江万里，风光明朗，而中午却降下一场纷纷扬扬的大雪来，风云变幻如此之快，真有些出人意外。这是单指自然风云吗？联系作者生活的晚唐和五代初期的情况看，那正是沧海横流、朝野大乱之际，形势瞬息万变，这当中显然包含着作者对政治风云变幻莫测的深沉感叹。那么，对这急剧变化的政治风云持什么态度呢？作者又巧妙地从渔翁形象中作了暗示。渔翁是旷达的，他喝醉睡着了，也没有人唤他，多么安闲自在，无忧无虑！直至寒气逼得冻醒了，他看着满船积雪，对这突如其来的变化，诗中流露的情绪虽然不无惊讶，但主要的仍然是平静、安详，处之泰然，这是多么超然的态度！作者写此诗而以《醉着》为题，也暗中透露了这个消息。当然，其中也多少流露出一些迷惘和孤独感，甚至有“一切皆空”的意思，似乎暗示着作者当时处境的艰难和心情的悲凉，这在那样复杂的历史条件下，也是自然之理。从两幅画的联系和对比中，可以启人遐思，发人深省。

这首诗纯用白描。语言平易却景物鲜明，画意很浓。文字虽然很短，高度凝练，却寓意深长，真叫人含咀不尽。

咏茶十二韵

(唐)◎齐　己

百草让为灵，功先百草成。甘传天下口，贵占火前名。出处春无雁，收时谷有莺。封题从泽国，贡献入秦京。嗅觉精新极，尝知骨自轻。研通天柱响，摘绕蜀山明。赋客秋吟起，禅师昼卧惊。角开香满室，炉动绿凝铛。晚忆凉泉对，闲思异果平。松黄干旋泛，云母滑随倾。颇贵高人寄，尤宜别匮盛。曾寻修事法，妙尽陆先生。

齐己(860? —937?)，诗僧，本姓胡，名得生，长沙(今属湖南)人。出家后先后居衡山、庐山。有《白莲集》。

这首诗赞扬的是湖南衡山茶。又是一首五言排律，共有十二联，前两联首先介绍了百草之灵的茶所具有的品性，后十联分别描绘了茶的生长、采摘、入贡、功效、烹煮、寄赠等一系列茶事。唐代湖南澧县籍诗人李群玉曾经游览南岳，有僧人以衡山产的方茶和团茶相待，李群玉即以诗答谢，诗中认为南岳的茶可与当时浙江顾渚和福建方山的名茶比美，但由于衡山茶没有名气，知者甚少，李群玉不禁"持瓯默吟咏，摇膝空咨嗟"(见李群玉诗《龙山人惠石廪方及团茶》)。而齐己的这首诗，对于我们认识那时的湖南衡山茶，是很有价值的资料。

开始四句写得非常流利，读来自然畅达，像小溪的流淌。"百草让为灵，功先百草成”，两句中连用了两个“百草”，突出了茶是百草之灵的地位；而“甘传天下口，贵占火前名”两句，说明了衡山茶到他这个时候，已经是知名天下了，享有盛誉。“火前”，是指阴历三月初寒食节以前采摘的刚刚萌发新芽的茶。寒食节要禁火，节后重新生火，所以叫“火前”。这时的茶叶很嫩，制作的茶叶质量很好，自然也很贵重。这四句是总的赞扬衡山茶，既是百草之灵、百草之先，又是天下知名，非常贵重，那当然是很好的茶了！一开始，在简单的四句中，诗人就给了衡山茶以极高的评价，而且笼罩全篇。

全篇以下的十联就是在这样的基调下一一分别赞扬的。先说它生长在大雁也飞不过的衡山，这里是五岳之一，天下独尊。茶叶制作好了就贡献给京城，茶味非常香美，喝了浑身轻松。诗人特别写到自己对于衡山茶的亲身感受：“研通天柱响，摘绕蜀山明。赋客秋吟起，禅师昼卧惊。”这里，他看见在采摘茶叶的时候，整个衡山（以“蜀山”代指）照耀着春日的光明；研制茶叶的时候，响声直达衡山的天柱峰，把昼眠的他也惊醒了。他是诗僧，这美好的茶叶将伴随着他在秋日里吟诗。他一打开茶叶包，顿然香气扑鼻，然后就开始用茶铛煮茶，那碧绿的茶汤真是非常美好！有时晚上他对着山泉喝茶，连珍奇的水果也觉得很平常，倒是这色泽轻嫩如松花的茶叶，像云母一样的茶汤上面的茶末，更加引人注意。这些诗句里面，一方面在赞美茶叶，同时也表现了作为僧人的他的日常生活；和他一起做伴的只有这难得的好茶，可见这衡山茶是和他相依为命的。当然，这衡山茶也是馈赠的佳品，他也和“高人”（指品德高尚的人，这里特指僧人和山林隐逸之士）互相赠送，以通有无。最后写到：“曾寻修事法，妙尽陆先生。”这说明，他也曾经研究过茶叶的种植、采摘、制作和品尝等茶事，最后觉得还是陆羽的《茶经》研究得最为深入和完备。这里表现了他对茶事的关注，对于陆羽的推崇。

在唐代，僧侣有着广泛的社交圈，他们既和上层社会保持着密切的联系，也和庶民社会频繁接触，因此他们的影响面非常广泛。他们积极参与饮茶等各种茶事活动，并形之于诗文，这对于茶业的进步和发展，对于茶文化的普及和提高，都作出了积极的贡献。从齐己这首热情赞美衡山茶的诗，也能够清楚地认识到这种有益的作用。

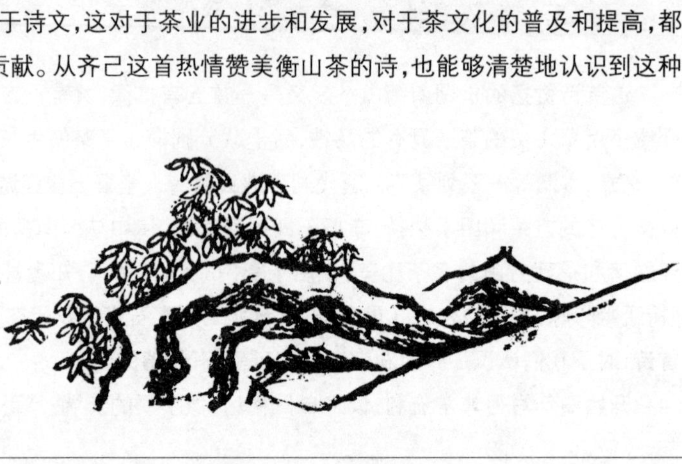

谢朱常侍寄贶蜀茶剡纸二首(选一)

(唐)◎ 崔道融

瑟瑟香尘瑟瑟泉,惊风骤雨起炉烟。一瓯解却山中醉,便觉身轻欲上天。

崔道融(?—907?),自号东瓯散人,荆州(今湖北江陵)人。唐末避乱永嘉。昭宗时为永嘉令。后入闽,以右补阙召,未赴。《全唐诗》存诗1卷。

这也是一首写以茶解酒的诗歌。

作者崔道融,荆州人,以征辟为永嘉令,累官右补阙,后来避地入闽。题中的朱常侍,名未详。常侍即散骑常侍,从三品,掌侍奉规讽,备顾问应对,是经常接近皇帝的官员,地位重要。“贶(音况)”,赠送的意思。“蜀茶”,当指四川的蒙顶茶,是唐代很名贵的茶叶。“剡纸”即剡溪纸,据《唐国史补》卷下记载,剡溪在浙江嵊县,所产剡藤宜于造纸,唐时颇负盛名。这组诗一共两首七绝,这里选的是谢茶叶的一首,还有一首谢剡纸的诗是这样的:“百幅轻明雪未融,薛家凡纸漫深红。不应点染闲言语,留记将军盖世功。”

这里单说谢茶叶的这一首。

第一句连用了两个“瑟瑟”——“瑟瑟”在这里是碧绿的意思,说碾出的香茶是碧绿的,烹茶的泉水也是碧绿的,都是极为可爱的绿色,首先从视觉上给人一个爽心悦目的形象。碧绿蕴涵着一种生机和活力,能使我们联想到大自然,联想到存在于大自然中的那些茂密的森林和植被,给人以精神上的幽静和安宁。但是第二句马上就来了一个对比,在烹煎茶叶的时候,炉烟起处,茶汤在锅里沸腾,就像“惊风骤雨”一样,又给人以非常热烈的印象。两句诗在描写茶叶的颜色和烹煮的情况时,真是妙趣盎然。

不仅如此,诗人喝下茶汤以后,产生的效果就更加美妙了:“一瓯解却山中醉,便觉身轻欲上天。”原来诗人还醉着酒,可能有些头脑沉重,喝下一碗这碧绿的蜀茶以后,醉意就消失得无影无踪了,而且直感到“两腋习习清风生”,一身轻松爽快,要乘风飘举,直上云霄,变成神仙了。诗人在这里运用夸张的手法,以极为生动形象的笔墨,赞扬了朱常侍所赠的蜀茶的美好,感谢之意自在其中,写得非常委婉而又得体。

看来,蜀茶的醒酒功效也要比《美人尝茶行》中的那种茶好得多吧?

龙凤茶

（宋）◎ 王禹偁

样标龙凤号题新，赐得还因作近臣。烹处岂其商岭水，碾时空想建溪春。香于九畹香兰气，圆如三秋皓月轮。爱惜不尝惟恐尽，除将供养白头亲。

王禹偁（954—1001），字元之，济州巨野（今属山东）人。世代务农。太平兴国八年（983）进士。历任右拾遗、翰林学士、知制诰。遇事敢言，屡以事贬官。真宗时，预修《太祖实录》，直书史事，为宰相不满，降知黄州。后迁蕲州，病卒。有《小畜集》。

王禹偁这首诗写的龙凤茶，是宋代建安（今福建建瓯）贡茶，为蒸青团茶，圆形，面上印着龙凤花纹，龙纹的称“龙团”、“团龙”，凤纹的叫做“凤团”、“团凤”。后制的直径小的龙凤茶称“小龙团”、“小凤团”。宋徽宗《大观茶论》说：“本朝之兴，岁修建溪之贡，龙团凤饼，名冠天下。”龙凤茶入贡，朝廷也拿出一部分分赐臣僚，文人中以龙凤茶为题的酬唱诗作也比较多。

但是这一首不是酬唱之作，而是王禹偁被贬官到陕西商州做团练副使时写的。王禹偁曾因直言敢谏得罪，贬谪商州。他在商州时期，思想是很苦闷的，大多时候是读书消遣，探访名胜，和文士诗酒流连，以排遣自己的愁绪和怅惘之情。有时也想到朝廷。这首诗就是他看到自己留存的龙凤茶而生发的感想。

王禹偁的诗歌风格和唐代的白居易有些近似，明白浅近，比较好理解。这首诗也写得比较通俗流畅。诗中写道，他的龙凤茶是过去在朝廷“作近臣”时得到的赐品，现在到商州来汲水烹煮，碾着茶叶时就想到“建溪春”（建溪春是茶名，指建安所产的上等茶叶，因建溪流贯其中，故称），它那像兰花一样的香味，像秋夜月轮一样的圆形，真是太美好了！正因为如此，很值得珍惜，生怕很快就尝完了，还是留着给年迈的父母亲喝吧！

看来，诗歌是在赞赏龙凤茶的美好，诗歌也的确从它的香味和外形进行了赞美，写得很生动形象，但是我们只要透过这层意思作深入的分析，就不难发现诗歌也隐含着诗人的牢骚。当初因为得到“龙凤茶”的赏赐，是因为“作近臣”，如今，自己却被贬到了荒远的商州来任毫无实际权力的团练副使，两相比较，不平之气见于言外。还有“空想”二字，也隐隐透露出诗人对朝廷的眷怀是毫无意义的。至于“九畹（一畹等于十二亩，一说三十亩。九是虚数，表示多的意思）香兰”，更是直接用了屈原《离骚》中“余既滋兰之九畹兮，又树蕙之百亩”的典故，表明自己是坚贞清白的。从这些地方，我们可以看出诗人的寄托，在赞美龙凤茶的同时也抒发了自己心中的愤懑，诗意更加深厚了。

烹北苑茶有怀

（宋）◎ 林　逋

石碾轻飞瑟瑟尘，乳香烹出建溪春。人间绝品应难识，闲对茶经忆古人。

林逋（967—1028），字君复，钱塘（今浙江杭州）人。早岁浪游江淮间，后归杭州，隐居孤山二十年，种梅养鹤，终身不娶，亦不仕，时称“梅妻鹤子”，卒谥和靖先生。有《林和靖诗集》。

北苑茶是福建建安（今建瓯）凤凰山出产的名茶，因产地是北苑而得名。宋代北苑茶是向朝廷进贡的好茶，名重天下。

林逋是宋代有名的隐士和著名的诗人。他是钱塘（今杭州）人，早岁浪游江淮，后来归隐西湖孤山，终身不娶也不仕，只是种梅养鹤，世称“梅妻鹤子”。这首诗是他在烹煮建安北苑茶时，有所怀想而写下的一首小诗，在轻灵活泼的笔调中，寄寓着深长的诗思。

前两句是写碾茶时碧绿的茶末在随风轻飞，等到烹煮之后，茶汤里茶末散发着清香，颜色就和建溪的春天一样，漫山遍野一片碧绿。“建溪春”本来是茶名，因出产于福建建溪而得名，但是这里是用来指“北苑茶”，意义双关了。这两句写出了北苑茶的极为优良的质地，是对它的高度赞美。后两句由此生发开来，感叹像北苑茶这样的人间极品，真正认识的人应该是不多的；翻开《茶经》看看，也只有像唐代“茶圣”陆羽那样的人，才能够真正认识啊！不禁对陆羽这位“古人”产生了非常敬佩的心情，追忆不尽，怀想联翩了！

我们联系林逋的身世来看，他有很高的学识，但是却一生没有出仕，始终采取了对北宋朝廷不合作的政治态度，应该说他对当时的政治其中包括选用人才、整顿吏治等方面，是有自己的看法的。他作为一个隐士，生活在社会的下层，能够接触到一些同样身处下层而又有真才实学的人士，看到他们怀才不遇的境况，心里也替他们抱不平。这首诗，就是这种心情的表现。所以，这首诗的深层含义，是用“人间绝品”的“北苑茶”来比喻杰出的人才，而用“古人”（《茶经》作者陆羽）来比喻识拔人才的有识之士，感叹识拔人才之不易，也表露出对当时政治的不满。这首诗和韩愈在《杂说》中关于“世有伯乐，然后有千里马。千里马常有，而伯乐不常有”的感叹，正好后先辉映，具有异曲同工之妙。

天仙子

（宋）◎张　先

水调数声持酒听，午醉醒来愁未醒。送春春去几时回？临晚镜，伤流景，往事后期空记省。　　沙上并禽池上暝，云破月来花弄影。重重帘幕密遮灯，风不定，人初静，明日落红应满径。

张先（990—1078），字子野，湖州乌程（今浙江吴兴）人。天圣八年（1030）进士。曾任吴江令。晏殊知永兴军，辟为通判。官至尚书都官郎中。晚年退居湖杭之间。有《安陆词》。

原注："时为嘉禾（秀州）小倅（通判），以病眠，不赴府会。"作者这年五十二岁。在春天即将流逝的日子，因身体不适，便未去参加同僚的聚会，躺在床上想心事。狂风之夜，他偶尔捕捉了一个清丽景色，得了短暂的安慰和莫名的感伤。词中细腻的心理描写，在诗中是罕见的，令人想到王国维的妙语："词之为体，要眇宜修，能言诗之所不能言，而不能尽言诗之所能言。诗之境阔，词之言长。"

午睡前，词人曾小饮遣闷，也曾唤家妓唱曲消遣。人在愁中须听忧伤的曲调才能排遣，而《水调》的词情较苦（王昌龄《听流人唱水调子》"岭色千重万重雨，断弦收与泪痕深"），所以就听这个。为什么是"数声"呢？也许只听了个开头便不耐烦，于是就着枕儿被儿，昏昏沉沉睡去，殊不知"酒醒添得愁无限"。这愁的来因，似与时序流逝有关——"送春春去几时回"，这是喃喃自语。对于少年朋友根本不存在的问题,却触动临老者的神经。那真是少一年是一年。“临晚镜,伤流景”,便是李白说的“君不见高堂明镜悲白发,朝如青丝暮成雪”,杜牧说的“自悲临晓镜,谁与惜流年”,不仅如此,作者这一日的伤春还有特定的心事掺杂其中:“往事后期空记省。”这“往事”指什么事儿? 古人用“后期”一词多指错失时机(如张说《蜀道后期》),可见作者追记到的是些令人懊恼的往事,正所谓“此情可待成追忆,只是当时已惘然”。

下片时间从长昼跳到夜晚。“沙上并禽池上暝”这个景色,与其说是词人傍晚看到的,不如说是他想到的。“并禽”亲昵双栖,与索居卧病者形成对照。这是一个风高月黑之夜,本来没有指望看到任何好的景致。然而好风紧处,吹破云层,月光透露,花影动摇。“云破月来花弄影”,“好处在于‘破’、‘弄’两字,下得极其生动细致。天上云在流,地下花影在动,都暗示有风,为以下‘遮灯’、‘满径’埋下伏线”(沈祖棻),像黑夜般暗淡的心情,该也豁然开朗一下了吧? 然而这绝非愁云一扫,愁城全破。风越来越紧,“重重帘幕密遮灯”,可见烛光是摇曳不定的。在这夜深人定的时候,风声甚紧。于是词人想到,那花枝也应摇动得更加猛烈,“明日落红应满径”呢。

要之,词中写出一个暮春风夜的独到感受。那个白天,必是相当烦闷,故有不少恼人之思。到风起后,反有一破愁颜的欣喜,但感伤之意较深。词中通过富于唱叹的句式,抒发得淋漓尽致,有对句、句中对、句中接字,如“午醉醒(来)——愁未醒”、“送春——春去几时回”、“临晚镜, 伤流景”、“沙上并禽——池上暝”、“云破月(来)——花弄影”、“风不定,人初静”等等,无往不复,一唱三叹。至于“云破月来花弄影”一句的警策,在词史上为人津津乐道,更是为人广知的事实。

青门引

（宋）◎ 张 先

乍暖还轻冷，风雨晚来方定。庭轩寂寞近清明，残花中酒，又是去年病。 楼头画角风吹醒，入夜重门静。那堪更被明月，隔帘送过秋千影。

此词为寒食怀思之作。上片写春寒天气与低落的情怀。寒潮形成的过程是，在冷空气到来前，气候潮湿而暖和；冷空气到来后，就会降雨，然后就是气温下降。“乍暖还轻冷”二句，写的正是寒潮到来的天气，风雨方定，正在降温，人最容易生病，故李清照说“乍暖还寒时候，最难将息”。人的情绪本来也有周期性变化，有时晴转阴，有时阴转晴，而且也会受天气影响。寒潮到来，要多穿衣服，令人觉得不太愉快，何况是心中有事的人呢。“残花中酒”二句，也就是小晏所谓“去年春恨却来时”，远一点也就是冯延巳所谓“每到春来，惆怅还依旧”、“为问新愁何事年年有”。

下片写入夜后的感觉，并逗漏怀人之意。“楼头画角”二句写夜境寂静，造句奇警。起码包含几层意思——本已入睡，却被画角吹醒；这时感到凉飕飕，又觉得是被冷醒，画角之声，因风传送特别嘹亮，故黄蓼园说“角声而曰‘风吹醒’；‘醒’字极尖刻”；夜深人静，画角吹过，更感觉重门深院之静。结二句写人醒后所见，明月西斜，矮墙那边秋千架的影子老长老长地伸到这边院里来。这比前面两句更为奇警，“那堪”、“送影”云云，分明是怨意，不但将明月人格化，而且十分传神地写出怀思之意。《红楼梦》中贾宝玉行酒令有绝妙好辞云“女儿乐，秋千架上春衫薄”，那是有人的秋千，是动荡的秋千；这里写的却是空无一人的秋千，是一动不动的秋千。表情细微幽渺之至。

这首词无论是写环境，还是写心境，都相当细腻，表现了对人生敏锐尖新的感受，充分表现了词体的特长。

浣溪沙(二首)

(宋)◎晏　殊

晏殊(991—1055),字同叔,抚州临川(今江西抚州)人。景德中赐同进士出身。庆历中官至集贤殿学士、同中书门下平章事兼枢密使。谥元献。有《珠玉词》,清人辑有《晏元献遗文》。

其　一

一曲新词酒一杯,去年天气旧亭台,夕阳西下几时回?

无可奈何花落去,似曾相识燕归来,小园香径独徘徊。

《浣溪沙》是唐五代常用曲调,也是宋人使用频率最高的词牌。上下片各三句,皆七言律句。上片前二句相当于仄起式首句入韵的七律前两句。下片前二句相当于同式七律的颈联。每片结句与第二句为相同之律句,即既相粘复入韵,同时具有律诗下一联两句的特点。故可以视为简化的七律。与律诗不同者,特在一奇句上寓取风情耳。无怪宋人皆通此调。

晏殊此词为暮春酒筵之作。上片从对酒当歌写起。首句通过“一曲”、“一杯”的复叠,以轻快流利的语调表明,词人先是怀着一种闲适的心情饮酒听曲的。次句发生转折,亦以“去年”、“旧”相复叠,表明当前情景引起一种回忆、一种联想——就是在去年暮春,同样的天气,同在这座亭台中,也曾有过同样的聚会。“似曾相识”四字已呼之欲出。三句再作转折,便是分明感觉到这绝不是简单的重复,似曾相识之中又有某些东西已经发生了难以逆转的变化,那便是流逝的时光和变迁的人事。本来,词的前两句就化用或借用唐人郑谷“流水歌声共不回,去年天气旧亭台”(《和知己秋日伤怀》)。太阳不是天天升起么?怎么问“夕阳西下几时回”呢?可见词人看到的是“夕阳西下”的景色,想到的却是流逝的光阴。“太阳下山明早依旧爬上来,花儿谢了明年还是一样开。美丽小鸟飞去无影踪,我的青春从此一去不回来”(《青春舞曲》)。

过片是一联对仗,是以具象的景物对上述思致作更深的玩味,成为使此词增价的名句。“花落去”三字妙在不具言什么花、如何落，却以其抽象而产生一种象征意义，可以代表一切正在消逝的美好事物；“无可奈何”四字则好在包含一个生活哲理，即自然规律不以人的意志为转移。遗憾只是事情的一个方面，事情的另一方面，则是遗憾的补偿。“燕归来”就在无可奈何的主题中，奏出了一个对比的音符；伤春的人们，可以从归来的燕子身上找到些许慰藉。它表明有旧的美好事情消逝的同时会有新的美好事物再现——“似曾相识”精确地判明这种再现之不完全等于重复，不管怎样，生活不会因此变得空虚，人们也不必为此感到悲观。如果说“无可奈何”句是说自然无情，那么“似曾相识”句则是说自然多情，这是一对二律背反的命题。从音情上说，“无可奈何”四字作入上去平，以富于起伏的四联音，与人生无常、毫无办法的情感内容配合得丝丝入扣，对概括全篇的基调发挥着卓越的作用；而“似曾相识”四字，则以去平（阳）平（阴）入，同样富于变化的四联音，奏出对比的音符，同时在用虚字构成工整的对仗及唱叹传神方面，表现出词人的深情巧思，所以为妙。据说大晏在咏出上句后，久久对不出下句，还是江都尉王琪帮他找到了感觉完成这联佳句，两人也因此成为忘年之交（见《渔隐丛话》引《复斋漫录》），传为佳话。王士禛《花草蒙拾》说：“或问诗词分界，予曰‘无可奈何花落去，似曾相识燕归来’，定非香奁诗。”他的意思是，诗是诗，词是词，这两句如作为写景的诗句未免纤弱，然而作为表现一种思致的词句则很本色。

末句不复言情，出现了词人徘徊于小园香径的身影。这是一种漫无目的彷徨或悠游，也是沉浸在思绪中的一种情状。外观平静，却很有内涵。

其　二

一向年光有限身，等闲离别易销魂，酒筵歌席莫辞频。
满目山河空念远，落花风雨更伤春，不如怜取眼前人。

这首词在抒情中极有思致。一开始就用唱叹平静的口吻述说着人生最大的憾事——光阴短暂，生命有限，因而最寻常的离别也令人难堪。从"马上琵琶关塞黑；更长门翠辇辞金阙；看燕燕，送归妾；将军百战声名裂，向河梁、回头万里，故人长绝；易水萧萧西风冷，满座衣冠似雪，正壮士悲歌未彻"（辛弃疾《贺新郎》）一类生离死别感到"销魂"并不难，难的是点出寻常的离别（"等闲离别"）也"易销魂"，这是人人心中所有，笔下所无的。词人似乎要告诉人们："没有一个人长生不老，也没有一件东西永久长存。兄弟，记住这一点而欢欣鼓舞吧。"（泰戈尔）于是才能以从容自若的口吻告诫道："酒筵歌席莫辞频。"读者从这里分明感到一种超脱，一种彻悟，一种味外味。

过片的两句重复了上片的唱叹，分别承接"等闲离别"和"一向年光"而来，一伤别，一伤春。"满目山河"字面还分明涵蕴了"山川满目泪沾衣，富贵荣华能几时"（李峤）那样伤逝的意念。"空"、"更"二字包含有这样的思致——"满目"一句除念远之情外，更使人想到人生对一切不可获得事物的向往之无益；"落花"一句除伤春之情外，更使人想到人生对一切不可挽回事物的伤感之徒劳（叶嘉莹语）。然而"如果错过太阳时你流了泪，那么你也要错过群星了"（泰戈尔），词人用觉悟的口吻再度告诫："不如怜取眼前人。"此语出自《莺莺传》"还将旧来意，怜取眼前人"，但已易其意，"眼前人"云云已超出于具体指称而具有一种象征性，使人想到的不仅是身边的某个"人"，而是应该把握的现在的一切。它和唐诗中的"即今相对不尽欢，别后相思复何益"（张谓）、"花开堪折直须折，莫待无花空折枝"（《金缕衣》）一样，都是好话。据说某名人赠雪茄给别人时说道："一定要抽掉它。这雪茄妙如人生，而人生是不能保存的，要充分享受它。不能享受人生就没有乐趣。"这也是好话。人说大晏词雍容华贵，圆融平静，道理就在此中。

踏莎行

（宋）◎ 晏 殊

小径红稀，芳郊绿遍，高台树色阴阴见。东风不解禁杨花，蒙蒙乱扑行人面。　　翠叶藏莺，朱帘隔燕，炉香静逐游丝转。一场愁梦酒醒时，斜阳却照深深院。

乍看词的上片写郊外与行人，下片写深院与居者，与欧阳修同调“候馆梅残”略近。但从“一场愁梦酒醒时”之句，可知词中抒情主人公即词人自己，而“行人”则泛言也。词中出现的是暮春初夏景象，抒发的是时序流逝的轻愁。

《踏莎行》这个词调属双调不换头，每片由两个四字句起，须对仗工稳，其余三句为七言律句，押仄韵。上片写陌上春归。“红稀”、“绿遍”四字极精要地写出春末夏初物色，不点明花草，而以红绿代之，是一种感性显现的手法，如印象派画。“高台树色”句与下片“翠叶藏莺”二句同妙，写出初夏绿树成阴后特具的景趣。“东风不解”二句令人百读不厌，语出唐武昌妓与韦蟾联句“武昌无限新栽柳，不见杨花扑面飞”，一面表明无计留春，一面描绘柳絮因风起的迷人景色。“乱扑”二字尽其动态，将春风人格化，出以嗔怪的语气，欣赏之中即有叹惋，是表情的微妙处。

下片转入深院闲愁。“翠叶藏莺”二句，写初夏特具的幽深，给人以封闭的感觉。“炉香静逐”句，通过香烟的动态刻画室内静谧的氛围，也有暗示初夏昼长的意味。“一场愁梦”二句，“愁梦”表明梦境与春愁相关，但未表明有何实质性的内容，梦醒后夕阳仍照深院，与“炉香静逐”句映带，既见得深院之岑寂，又含初夏日长难消的意味。

此词所写的闲愁，固然与养尊处优的生活培养出的敏锐感觉相关，但并不等于无聊和无病呻吟。词中流露出对初夏富于活力的景物的欣赏，又隐含着对已逝春光的惋惜，艺术表现手法相当细腻，是其价值所在。前人张惠言、谭献等为提高词的评价，将此词与欧阳修的“庭院深深”一篇臆断为讽刺之作，说什么花稀叶盛就是指君子少、小人多（黄蓼园）等等，令人扫兴。

玉楼春

（宋）◎宋　祁

东城渐觉风光好，縠皱波纹迎客棹。绿杨烟外晓寒轻，红杏枝头春意闹。　　浮生长恨欢娱少，肯爱千金轻一笑。为君持酒劝斜阳，且向花间留晚照。

宋祁（998—1061），字子京，安州安陆（今属湖北）人。后迁居开封雍丘（今河南杞县）。天圣二年（1024）进士。曾官翰林学士、史馆修撰。与欧阳修等合修《新唐书》。书成，进工部尚书，拜翰林学士承旨。谥景文。与兄庠称“二宋”。有《宋景文集》、《笔记》、《益部方物略记》等。

宋祁年辈在晏、欧间，历官翰林学士、史馆修撰，与欧阳修等合修《新唐书》，书成进工部尚书，逾月拜翰林学士承旨。他也是一位余事为词的政要名流。此词为春游抒怀之作。

上片写春日郊游所值美景。写春游地处“东城”，尤如写梅花必曰“南枝”，以其得春光之先也。“縠皱波纹”见得是和风丽日天气，一“迎”字移情于水。然而佳句却在后面两句尤其是煞拍之句，谓绿杨为“烟”是因远看成片，枝叶难分，如一团轻烟笼罩，这是现成的诗词语汇；然谓之“晓寒轻”，则已透露天气渐暖之意，暗逗下句——也就是此词最为脍炙人口之句——“红杏枝头春意闹”。以红杏表春意，诗词习见，关键在词人独得一个“闹”字。前人说好说歹都在这个字上，李渔就认为这个“闹”字用得粗俗、无理，“争斗有声谓之‘闹’，桃李争春则有之，红杏闹春，予实未见也。‘闹’字可用，则‘吵’字、‘斗’字、‘打’字皆可用矣”。这话说得没道理，怎么“争春”可以，“闹春”就不行呢？钱钟书《通感》云，这个“闹”字是把视觉无声的姿态说成好像有声音的波动，仿佛在视觉里获得了听觉的感受，非如此不能形容其杏之红、之繁。甚至还可使人联想到红杏枝头蜂蝶飞舞，春鸟和鸣，由此联想到由春天带来的活泼泼的生机。所以王国维说此句“著一‘闹’字而境界全出”。作者在当时就因此获得“红杏枝头春意闹尚书”的美名，正是读者对它作了肯定。

下片因大好春光而引起惜阴之念。本无甚新意，然而“为君持酒”二句作一气读，劝斜阳“且向花间留晚照”，即请夕阳的余晖多在花间留一会儿，是何多情，“留照”的措语亦新。其实美好的光景虽然会消逝，但美好的印象却是可以保留的。理解了这一点，对此词即会有更深的体味。

和梅公仪尝建茶

（宋）◎ 欧阳修

溪山击鼓助雷惊，逗晓灵芽发翠茎。摘处两旗香可爱，贡来双凤品尤精。寒侵病骨惟思睡，花落春愁未解酲。喜共紫瓯吟且酌，羡君潇洒有余情。

欧阳修（1007—1072），字永叔，号醉翁，晚号六一居士，吉水（今属江西）人。"唐宋八大家"之一。天圣八年（1030）进士。曾任枢密副使、参知政事。因议新法与王安石不合，退居颍州。谥文忠。曾与宋祁合修《新唐书》，并独撰《新五代史》。有《欧阳文忠公集》、《六一词》等。

我国古代采茶，还有一定的仪式，很是热闹。这也是茶文化的一个组成部分。北宋著名诗人欧阳修的这首诗歌里，就有生动的表现。

诗题中"梅公仪"，是指梅挚，字公仪，新繁（今四川成都）人，进士及第后为苏州通判，累官至谏议大夫，知河中府卒。他和欧阳修有很好的交情。"建茶"，是指福建建瓯的名茶，当时以之进贡朝廷。梅挚品尝过建茶以后，写了一首诗谈自己对建茶的感受，然后把自己的诗给欧阳修看，欧阳修就写了这首和诗。

诗歌一开始就写了建茶采摘的古老风俗："溪山击鼓助雷惊，逗晓灵芽发翠茎。"那时采茶前，要在山间聚众击鼓，鼓声在建溪周围的山间震天响，有如雷鸣，意在帮助春雷惊醒、催促翠绿的茶树枝条发出嫩芽，好让人们来采摘。宋赵汝砺《北苑别录》载："采茶之法，须是侵晨，不可见日……故每日常以五鼓挝鼓，集群夫于凤凰山。"人们就是在这样的热闹气氛中采摘刚刚展开的两片嫩叶（即"两旗"）的茶芽，制成印有双凤图案的贡茶，送上朝廷，这是茶中最好的精品了。这四句写采摘情景，写得很是形象生动，我们今天读来，也好像身临其境一样。

第五、六两句一转，写自己的情况。当时诗人正在病中，一天到晚总是昏昏欲睡，看着花开花落，就像酒醉不醒一样，心情的落寞和无聊可以想见。所以最后两句就对梅挚说："喜共紫瓯吟且酌，羡君潇洒有余清。"看了您的诗，我真高兴您能够端着黑釉茶盏，一边品茶一边吟诗；羡慕您喝了建茶而齿颊留香，过着这样潇洒的生活啊！诗句之中表现出诗人对建茶的赞美和渴望，也表现了对朋友能够得到这种好茶而欣喜的情怀，虽然诗中是淡淡说来，却是情真意挚，很能感人。

玉楼春

（宋）◎ 欧阳修

尊前拟把归期说，欲语春容先惨咽。人生自是有情痴，此恨不关风与月。　　离歌且莫翻新阕，一曲能教肠寸结。直须看尽洛城花，始共春风容易别。

词为暮春送别而作。上片从离筵说起。首句写临别拟说“归期”，突出是的恋恋不舍的别情，次句以“欲语”而未语按下不表，是一曲折。“春容先惨咽”一语双关，既指眼前美丽的人儿，又兼指阑珊的春色。“人生自是”二句是情语直说，“恨”指离愁别恨，特别辩解“无关风月”，正是因为它与风月有些纠缠不清的缘故。事实上，风月往往为愁恨之触媒，哪能全然无关？只不过愁恨的根子不在这上面罢了。这里有个内因和外因的关系问题，这虽属常识，却没有人这样痛痛快快地直说过，大是名言。

下片再从离别说起——筵前离歌翻新，一曲令人愁绝，“且莫”的呼告，表明不赞成一味消沉。末二句因作豪语——本意是说正因为离别将近，更应珍惜眼前这段短暂的时光，表达方式上却推开劝酒送客，而转说赏花送春，再一次将惜别与惜春挽合起来。语本孟郊《登科后》“春风得意马蹄疾，一日看尽长安花”，“洛城花”亦即“长安花”，牡丹也。“直须看尽”二句并不否定别情，然正因为有别情，才格外强调尽兴，尽兴才能无憾——所谓“何不潇洒走一回”，打破感伤之误区，直道他人所未道，亦大是名言。

此词与其说是写别情，毋宁说是借离别情事抒发一种人生观。既有感于人生无常，又反对虚无悲观的人生态度。肯定生活的意义，词风因而豪放；承认人生无常，故不流于肤浅。叶嘉莹在《灵溪词说》中则认为欧词不同于晏、冯者，特具豪宕的意兴。而王国维《人间词话》谓此词“于豪放中有沉着之致”，更为全面。伤春与伤别在古人诗词中虽常相关，然而惜春之作与送别之作还是判然有别的。本篇却将二者完全打成一片，既是离歌，又是送春的歌，很有特色。《玉楼春》调名一作《木兰花》，是七言齐言体双调词，与近体诗不同者，以押仄韵耳。全词、特别是煞拍处皆两句一气贯注，意象疏朗，悉如散文语法，使这首词风调上显得流利清新，有如古风，较近韦庄。

颖公遗碧霄峰茗

（宋）◎ 梅尧臣

到山春已晚，何更有新茶？峰顶应多雨，天寒始发芽。采时林狖静，蒸处石泉嘉。持作衣囊秘，分来五柳家。

梅尧臣(1002—1060)，字圣俞，宣州宣城（今属安徽）人。少时应进士不第。历任州县官属。皇祐初赐进士出身，授国子监直讲，官至尚书都官员外郎。曾预修《唐书》。有《宛陵先生文集》。

碧霄峰在浙江乐清县的雁荡山。进入雁荡山，从灵峰寺顺着鸣玉溪北行大约半公里，溪边有一峰，颜色苍碧，拔地而起，高入云霄，就是有名的碧霄峰。峰下有碧霄洞，据山志记载，洞内曾有碧霄庵，于清朝康熙八年(1669)改建为碧霄院。北宋诗人梅尧臣这首诗歌《颖公遗碧霄峰茗》，指的就是这里的茶叶。碧霄峰的山崖之间，自古就有僧人种植茶树。在唐代，雁荡山碧霄峰茶就被誉为浙东第一，现在产的雁荡山毛峰也是中国的名茶。

这首诗是梅尧臣到山上时，受到颖公(名字不详，隐士)馈赠碧霄峰名茶，而写下的一首赞美碧霄峰茶的诗歌。

诗歌的前四句采用自问自答的方法，描写自己在晚春时候得到新茶的惊喜："到山春已晚，何更有新茶？"当他忽然面对颖公赠送的新茶时不禁一惊，心想眼下已经是暮春时节，茶叶已老，哪里来的这么好的新茶呢？再凝神一想，原来这里山高多雨，气温比山下要低，所以茶树发芽很迟啊！这一问一答，把碧霄峰茶的生长情况作了形象的介绍，突出了它的季节很晚的特点，也说明了它的珍贵。

接着，诗人描写采摘和制作茶叶的情况。那时，已经春意阑珊，树林里的“狖”（音又，猿猴类动物，尾巴较长而色黑。这里是以狖来泛指山中的野兽）已经非常安静了，人们可以放心仔细采摘；蒸制茶叶的时候，就用从当地山石中冒出来的泉水，水质很是美好。这样采制的茶叶，自然很值得珍惜。最后写道：“持作衣囊秘，分来五柳家。”诗人说我要像把珍贵东西放在自己的衣服口袋里、密不示人那样，来好好保存这难得的碧霄峰茶叶，因为它是来自“五柳家”的珍贵礼物啊！这里用了晋代陶渊明写的《五柳先生传》的典故：“先生不知何许人也，亦不详其姓字。宅边有五柳树，因以为号焉。”这是陶渊明的自况，“五柳先生”即指像陶渊明这样的高雅隐士。诗人这里是以颖公来比陶渊明，可见颖公也是一位有着高尚品德的隐者。

全诗写得质朴生动而又流畅自然，既描写了碧霄峰茶的珍贵，也表达了对颖公赠送碧霄峰茶的深深谢意，情意非常真挚。

鹧鸪天(二首)

(宋)◎ 晏几道

晏几道(1040?—1112),字叔原,号小山,抚州临川(今江西抚州)人。晏殊第七子。曾因郑侠上书请罢新法牵连入狱。后任颍昌府许田镇监。晚年退职家居。有《小山词》。

其 一

彩袖殷勤捧玉钟,当年拚却醉颜红。舞低杨柳楼心月,歌尽桃花扇底风。 从别后,忆相逢,几回魂梦与君同。今宵剩把银釭照,犹恐相逢是梦中。

"人间别久不成悲",诗句其实饱含一种深层的悲哀。小晏词多写别后之悲,而此词又兼写重逢之喜,充满梦幻的感觉。

上片追忆当年相聚之乐。酒宴上至今有"舍命陪君子"一说,当然也可以"舍命陪红颜",图的是一个尽兴——"彩袖殷勤捧玉钟"写的正是这种情形,"拚却醉颜红"的"拚却",正是"舍命"的意味。而那"彩袖"的歌女在悦己者面前,也显得举措自在,尽兴歌舞——在杨柳围绕的高楼中翩翩起舞,摇动着绘有桃花的扇子缓缓而歌。"舞低杨柳楼心月",是说歌舞的时间之久,几乎通宵达旦,直舞到月亮落下去,说的是尽兴。"歌尽桃花扇底风"的"风"字用得别致,或谓指歌声振荡出的声气(如卢照邻《长安古意》"清歌一啭口氛氲"),或谓指扇子摇出的风。诸说不同。我取吴世昌先生之别解,谓此"风"即"国风"、"风诗"之"风"——盖古人于歌扇一面画桃花,一面列曲目如今日歌厅之点歌单,以便于客人点歌。"歌尽桃花扇底风"即当晚唱完所有曲目,说的还是尽兴。这四句写回忆中情景,不免主观渲染,颇具词彩,"彩袖"、"玉钟"、"醉颜红"、"杨柳楼"、"桃花扇"等词藻,织成一片绚烂,恰是忆境。

下片写别后相思和久别重逢。词中有两个"相逢",一指过去的相聚,一指眼前的重逢。于别后苦情,一言以尽之:"几回魂梦与君同"——多少次在梦中见到你啊,然而每一次醒来,都发现原来是梦,原来是一场空欢喜。接下来写意外重逢,亦承此意,说眼前重逢本来是真的,但还是不敢相信,还疑心是梦。语本杜甫《羌村三首》"夜阑更秉烛,相对如梦寐",而道出的是一种普遍的心理现象,一种普遍的人生况味。先是写梦如真,然后写真疑梦,更造成一种迷离恍惚之感,深刻地表现了人生若梦的主题。"今宵剩把银釭照"的"剩"字,或注为再三,但也以依本字解会,是说目前只剩一盏银灯,一个字就扫空上片所说的"彩袖"、"玉钟"、"杨柳楼"、"桃花扇"种种,遂有不胜今昔之感见于言外。因此,重逢虽有一番惊喜,回思往事,又难免有昨梦前尘之感。

此词在艺术上颇具音情之妙,配合梦幻的主题,词中用了二十多个前、后鼻音的字:殷、勤、钟、年、颜、红、杨、心、尽、扇、从、相、逢、魂、梦、君、同、今、剩、银、釭、恐、相、逢、梦、中等,约占全词字数的一半。这些鼻音字读起来,织成一片嗡嗡之声，将人引入一种似梦非梦的境界，恰好与词情配合，增强了感染力。这种处理不像是刻意的造作，而可能是凭感觉把握的结果。

其　二

小令尊前见玉箫，银灯一曲太妖娆。歌中醉倒谁能恨，唱罢归来酒未消。　　春悄悄，夜迢迢，碧云天共楚宫遥。梦魂惯得无拘检，又踏杨花过谢桥。

词亦怀人之作。上片回忆往昔。唐范摅《云溪友议》载有一个两世姻缘的故事：韦皋与姜辅家侍婢玉箫有情，相别七年后玉箫绝食死，再世为韦皋侍妾。“玉箫”代指旧时相好。四句写歌筵尽欢尽醉的情事，句句有歌（“小令”、“一曲”、“歌”、“唱”），亦几乎句句有酒（“尊前”、“醉”、“酒”），故颇饶唱叹韵味。“妖娆”有心许目成之意，著一“太”字，则成激赏。喝醉不免失态，但没法自制——“谁能恨”则是终不悔的意思。“酒未消”也包含意未消的意思。词人任情、真率的禀性，在此得到充分的表现。

下片写别后相思。春日寂寥，故曰“悄悄”；愁来夜长，故曰“迢迢”。这不是一般春夜的感觉，而是相思情切的表现。下句包含两个语典，一本江淹诗“日暮碧云合，佳人殊未来”，后人多用“碧云天”寓托怀思之意；一本李商隐诗“巫峡迢迢旧楚宫，至今云雨暗丹枫。微生尽恋人间乐，只有襄王忆梦中”，“楚宫”一词隐含昨日风流故事，著“共遥”二字，则表达了“去者日以疏”的恋旧情结。末二句写相思到极，寤寐求之，为全诗警策。人生天地间，受着各种制约，拘检颇多，正因为如此，自由才成为最高的理想。而作为潜意识产物的梦境，却有“无拘检”的好处，能满足人在现实中无法实现的愿望。于是此夜，词人的梦魂又踏着满地白花花的柳絮，走过谢桥，重访意中人去了。

词人化用了张泌《寄人》诗意“别梦依依到谢家，小廊回合曲阑斜。多情唯有春庭月，犹为离人照落花”，也有创新。夜路上白花花的柳絮，正是从月照落花的意境中翻出。点出梦魂“无拘检”，与不自由的人生对照，也是新意。“惯得”、“又”字，则表明类似的梦不止做过一次，即“几回魂梦与君同”也。而踏花过桥，更活生生地展现了梦游情景，较之“别梦依依到谢家”具体生动多矣。据《邵氏闻见后录》载，与小晏同时的程颐读了这两句，笑道“鬼语也”，意甚赏之。连头巾气很重的道学家都受到感染，说明这两句确实富有魅力。

文同（1018—1079），字与可，梓州永泰（今四川盐亭东）人。进士及第后，任过邛州、洋州知州，后改任湖州知州，未到任而病逝，世称“文湖州”。

谢人寄蒙顶新茶

（宋）◎文　同

蜀土茶称盛，蒙山味独珍。灵根托高顶，胜地发先春。几树惊初暖，群篮竞摘新。苍条寻暗粒，紫萼落轻鳞。的砾香琼碎，蓬松绿趸匀。漫烘防炽炭，重碾敌轻尘。惠锡泉来蜀，乾崤盏自秦。十分调雪粉，一啜咽云津。沃睡迷无鬼，清吟健有神。冰霜疑入骨，羽翼要腾身。落落真贤宰，堂堂作主人。玉川喉吻涩，莫厌寄来频！

蒙顶茶，产于四川名山、雅安两县的蒙山之顶，故名。蒙顶茶是中国十大名茶之一。它历史悠久，从西汉时起，当地人就开始在蒙山种植茶树。陆羽在《茶经》中品评天下名茶道：“蒙顶第一，顾渚第二。”唐诗人白居易也有咏蒙顶茶的诗句说：“扬子江中水，蒙山顶上茶。”由是更加知名。可见，蒙顶茶是中国最古老的名茶品种之一，因此人们称它为“茶中故旧，名茶先驱”，是很恰当的。

作者生活的时代，虽然全国各地已经有了更多的地方产名茶，但是蒙顶茶还是以它得天独厚的自然条件和非常悠久的制作历史葆有它的青春和活力，继续享誉海内外。所以文同得到别人赠送给他的蒙顶茶后，仍然非常高兴，专门写了诗歌来表示谢意。

他是怎样表示谢意的呢？

首先，他还是先赞美一通蒙顶茶的好处。“蜀土茶称盛，蒙山味独珍”，这是总起，从它的盛誉和独特的茶味，来赞美它的天下无双。从“灵根托高顶”到“紫萼落轻鳞”，是说茶树的生长和茶叶的采摘：蒙山茶树生在高高的山顶，沾春很早，因而发芽也早，采摘也早，人们在茶树的枝条上寻找极细小的茶芽（“暗粒”），剥落下承托嫩芽的鳞状薄片（“紫萼落轻鳞”），可见它的鲜嫩和珍贵。从“的砾香琼碎”到“重碾敌轻尘”，是说茶叶的制作：那些鲜亮（“的砾”）的茶叶（以“香琼”代指）显得蓬松、嫩绿，个个完整（“趸”，音顿，完整之意）而又均匀，然后对它们进行烘烤，要慢慢烘干而不能使用猛烈的炭火，这样碾制出来的茶的粉末，就和轻尘没有区别了。这是从制作的精心方面看，工艺特别考究，这样制作的茶，当然就有很好的质量了。

其次，是从自己喝了以后的感觉方面来说。从“惠锡泉来蜀”到“堂堂作主人”这一大段，诗人说他用无锡惠山泉来烹煮，用秦地（“乾”是指乾县，“嵴”是指嵴山，都在今陕西，旧为秦国之地）出产的茶盏来盛茶汤，来调制像雪粉一样的茶末，一口就喝下了茶汤。这时，奇迹出现了：睡魔一下子被驱赶得无影无踪（“沃”，荡涤），于是朗声吟诵诗歌，觉得精神倍增，好像冰霜进入骨髓一样，浑身感到特别清爽，仿佛要长出翅膀来，腾空飞去一样了！这个时候，诗人觉得自己真是一个落落大方、堂堂正正的地方长官，能够做主来处理一切政务。言下之意是说，喝了蒙顶茶，身轻体健，精力无穷，做起地方官来，也潇洒轻松多了！这是用非常夸张的笔法，来突出蒙顶茶的特殊效果，对于送茶人的谢意也就自然包含其中了。

最后，他不客气地说：“玉川喉吻涩，莫厌寄来频！”——我就像唐代的玉川子卢仝（卢仝特别喜欢喝茶，写了《走笔谢孟谏议大夫寄新茶》的诗歌，称自己喝了茶“两腋习习清风生”）那样，正在喉干唇燥的时候，您就不要嫌麻烦，今后经常多多地寄来吧！——读到这里，我们不禁为之一笑，诗人真是一个通脱豪爽、不讲客气的人！

这正是诗人真性情的袒露，也是其表示谢意的特殊方法。

寄献新茶

（宋）◎曾　巩

种处地灵偏得日，摘时春早未闻雷。京师万里争先到，应得慈亲手自开。

曾巩（1019—1083），字子固，南丰（今属江西）人。嘉祐进士。官至中书舍人。为“唐宋八大家”之一。有《元丰类稿》。

曾巩是“唐宋八大家”之一，散文名家，诗歌也写得不错。这首小诗，是写他在京城做官的时候，得到地方官员送来新茶的情景。

这首小诗有几点值得注意：一是诗中讲到好茶的条件。第一、二句使我们明白，好茶要种植在气候适宜的地方，特别是光照要很充分，这里的“偏得日”就是多得光照的意思，这样的茶叶质量就高。另外就是采摘一定要早，在春雷还没有到来之前就要采摘，就像文同在《谢人寄蒙顶新茶》诗中描写的那样：“苍条寻暗粒，紫萼落轻鳞。”在茶树的枝条上寻找极细小的茶芽（即“暗粒”），剥落下承托嫩芽的鳞状薄片（“紫萼落轻鳞”），这样采摘的茶叶就极其鲜嫩，也非常珍贵了。

二是第三句所说：“京师万里争先到。”在宋代，一到春天，各地的茶叶主产区就要争先恐后地向中央贡献新茶，不仅要给皇室贡献，也要给朝廷的高官进献，这已经形成了制度。一到春天，各地就忙忙碌碌地采茶、制茶，然后急急忙忙地往中央快送，看谁送得最早最好。由此可见各地官员春天到来的忙碌，这里面自然也含着邀宠的成分；也可见各地老百姓为了贡茶而付出的辛劳，以及他们承受的沉重的负担。

三是官员们在得到新茶后，要首先请家里的长辈喝，这恐怕也是那时的一种礼节。所以，曾巩要请他的母亲来亲自打开这进献的新茶。这里的“手自开”也就是喝茶的意思。这里自然也表现出诗人对母亲等长辈的孝敬之意。王禹偁在《龙凤茶》中也说：“爱惜不尝惟恐尽，除将供养白头亲。”看来，那时的老年人普遍地喜欢喝茶，这也许和茶叶的提神醒脑、驱除疾病的功效不无关系吧！

北客置酒

（宋）◎ 王安石

紫衣操鼎置客前，巾鞲稻饭随粱饘。引刀取肉割啖客，银盘擘臑槁与鲜。殷勤劝侑邀一饱，卷牲归馆觞更传。山蔬野果杂饴蜜，獾脯豕腊如炰煎。酒酣众史稍欲起，小胡捽耳争留连。为胡止饮且少安，一杯相属非偶然。

王安石（1021—1086），字介甫，晚号半山，抚州临川（今江西抚州）人。庆历二年（1042）进士。嘉祐三年（1058）上万言书，提出变法主张。神宗熙宁二年（1069）任参知政事，行新法。次年拜同中书门下平章事。七年罢相，次年再相；九年再罢相，退居江宁（今江苏南京）半山。封舒国公，旋改封荆，世称荆公。卒谥文。有《王临川集》等。

这首诗中说的“北客”，是指当时北方辽国的客人。嘉祐五年（1060）春天，王安石曾经作为北宋的官员奉命送辽国的使臣归国，到过白沟这个地方，受到辽国人员的盛情款待。这首诗大约就作于这个时候。

这首诗歌描写的宴饮情况，与当时主要地域是在南方的北宋相比，具有很浓郁的异国情调，在宴饮诗中别有一种风味。诗歌主要是从三个方面来描写这种异国情调的：首先是待客的人员，这些穿着大红大紫的衣服的辽国主人们，亲自把装满佳肴的鼎摆到客人面前，又端上稻米饭和稠米粥，还亲自动手割肉给客人吃，吃饱了还不算，又把那些准备多余的肉包好，要客人带到居住的馆里去下酒。在南方，主人待客很少有这样一切亲自动手的，可见这些北客真是非常殷勤，把宋朝的官员真正当作了贵宾。其次是食物的不同。前面已经提到的割肉，是蒸煮或烧烤的全猪、全羊之类的北方少数民族特有的待客食物，这在生长南方的王安石看来，就已经很新鲜了；接下来还有“山蔬野果杂饴蜜”（饴蜜是酿成糖浆的蜂蜜），还有烧烤的獾脯，还有煎炸的野猪腊肉等等，一一都是北方的土产，是南方很难遇见的，这些食物鲜明地体现出异国情调，让人开阔了眼界。再次就是待客的方式了，南方待客，特别是在外交场合，总是小心谨慎而又温文尔雅，而这些北客却全然不顾这些礼节，他们从一出现在宴会上，就处处表现出一种不拘细节、热情豪爽的性格来。不仅如此，连北客的小孩子们也极其热情豪爽，就在王安石他们吃饱喝足了准备起身告辞的时候，小孩居然揪住客人的耳朵不放，这真是惊人之举，恐怕客人们也因始料不及而现出窘态来吧！这种类乎粗豪的举动，自然会给宴会平添许多热闹的气氛，也体现出辽国人员与宋朝使者之间的亲密关系。

从以上这些方面，作者作了比较细致的描写，生动形象地表现出这次外交宴会的特有风采。宴会上的一切都显得这么融洽和谐，大家的心情自然也就轻松愉快了。由于主人们的殷勤待客，深深地感动了宋朝的使者，所以诗歌最后说：“为胡止饮且少安，一杯相属非偶然。”既然辽国主人这样热情，那我们就既来之则安之，多坐一会陪陪他们吧，能有今天这样一次聚会也真是很不容易啊！言下之意，是深深地为两国之间的和睦相处而欣慰。这不仅体现出王安石思想的睿智，很能善解人意，而且也表现了一个大国使者的宽广胸怀和雍容大度的气派，至今读来也仍然使人感动。

寄茶与平甫

（宋）◎ 王安石

碧月团团堕九天，封题寄与洛中仙。石楼试水宜频啜，金谷看花莫漫煎。

王安石是北宋宰相，也是“唐宋八大家”之一。这首诗是他送茶给他的弟弟王安国（字平甫）时写的，也算是“以诗代书”，给他弟弟的一封简短的书信吧！王安国，赐同进士出身，任过西京国子监教授、崇文院校书等职，诗文也都作得很好。

这次诗人寄给他弟弟的茶是团茶，所以他用青天圆月来作比喻，很贴切。而且这个团团碧月还是从天上掉下来的，意思是皇帝赏赐的，所以非常珍贵了。当时，王安国正在北宋的陪都洛阳（北宋以洛阳为西京，汴梁也就是开封为东京）做国子监教授，所以诗人说他是“洛中仙”。这里有轻微的调侃意思，见得两兄弟的亲密关系。

后两句关系到当时喝茶的一个习惯问题。据唐代李商隐在《义山杂纂》中记载，有十六种情况都属于杀风景（即败兴），如“看花泪下”、“煮鹤焚琴”、“松下喝道”等，“对花啜茶”也是其中一种。所以王安石对他弟弟说，您在洛阳香山的石楼游玩时，可以多多地喝茶，但是在“金谷园”（在洛阳东北，西晋富豪石崇建园于此，名叫金谷园，极尽奢华之能事）看花的时候，不要煎饮茶，因为“对花啜茶”是“杀风景”的事情啊！

这后两句也有和他弟弟开玩笑的意思，言下之意是，既然有这么好的茶叶，就一定要高高兴兴地好好喝，不要随随便便地糟蹋了呀。全诗轻快活泼，而又意味深长，是咏茶诗中不可多得的佳作。

谢张和仲惠宝云茶

（宋）◎王　令

王令（1032—1059），字逢原，广陵（今江苏扬州）人。以教书为生，为王安石所推重。有《广陵先生文集》等。

故人有意真怜我，灵荈封题寄筚门。与疗文园消渴病，还招楚客独醒魂。烹来似带吴云脚，摘处应无谷雨痕。果肯同尝竹林下，寒泉犹有惠山存。

作者王令是北宋的一位布衣，以教书为生，一生没有做官，但是诗歌作得不错。送给他茶叶的人是张和仲，名次夔，字和仲，福建浦城人，曾经任过西安令、兴国军通判等职。这里诗题上说到的宝云茶，因产于杭州的宝云山，故名。当时杭州的茶，只有香林茶、白云茶和宝云茶入贡，很是珍贵。

诗人得到这难得的好茶，是很高兴的。他怀着感激的心情给张和仲写了这首诗，表示感谢。第一联就是这个意思，“真怜我”、“寄筚门”（筚音毕，筚门是用荆条或竹子编成的门，这里是指自己的贫寒之家），就反复说明了老朋友对自己的一片深情关心，感激之情见于言外。接下来第二联用了两个典故：一个是“文园消渴”，西汉文学家司马相如曾经在汉文帝的孝文园做过孝文园令，得过消渴疾，也就是现在的糖尿病；另一个是“楚客独醒”，战国时诗人屈原遭到流放以后，在江潭遇见渔翁，说“众人皆醉我独醒，是以见放”。诗歌中作者是以司马相如和屈原来比况自己，说张和仲寄来的茶叶正好用来疗治自己的“消渴疾”，用来解酒以保持自己的清醒，简直就是雪中送炭了。这两句仍然是感谢的意思，但是进了一步，说明张和仲非常了解自己的知心朋友，见出两人的亲密关系。

诗歌也正面称赞了茶叶的美好。“烹来似带吴云脚，摘处应无谷雨痕”——他看见自己用张和仲馈赠的宝云茶烹出的茶汤，表面因为浓淡程度不同而呈现出云气之状，就像江南袅袅升起的烟云一样，非常可爱；他因而料到这一定是谷雨之前采摘的“雨前茶”，茶叶和茶汤才有这样的鲜嫩美好。这一联描写得很形象生动，特别是比喻，和茶叶的产地（吴，这里是指江浙一带）联系在了一起，二者构成了自然而美好的一个整体，让人引起丰富的联想。这一联，也是在委婉地表示感谢，只是换了一个角度而已。

诗歌的结尾，很有新意：“果肯同尝竹林下，寒泉犹有惠山存。”这里不是继续顺着前面的思路平板地往下说，而是忽然掉开笔触，想到将来的聚会。诗人说，您如果真的肯光临寒舍，一起来品尝这宝云美茶，我这里还存着清冽的惠山泉水哩！这一联，是诗人对老朋友的殷切期望，期望他有朝一日能够亲自来到家里聚会，那时大家一起用无锡惠山泉水来煮茶，促膝品茗，畅叙友情，该是多么美好的情景！这里，进一步表现了诗人对老朋友的想念，情意深挚而又自然真切，全诗充满了动人的诗思。

与莫同年雨中饮湖上

（宋）◎苏　轼

到处相逢是偶然，梦中相对各华颠。还来一醉西湖雨，不见跳珠十五年。

苏轼（1037—1101），字子瞻，一字和仲，号东坡居士，眉州眉山（今属四川）人。苏洵子。嘉祐进士。曾上书力言王安石新法之弊，因作诗刺新法下御史狱，贬黄州。哲宗时任翰林学士，曾出知杭州、颍州，官至礼部尚书。后又贬谪惠州、儋州。历州郡多惠政。卒谥文忠。有《东坡七集》、《东坡易传》、《东坡书传》、《东坡乐府》等。

苏轼一生曾经两次在杭州任职，这首诗是他第二次亦即宋哲宗元祐四年(1089)以龙图阁学士身份离开京城汴梁(今开封)，出任杭州太守以后写的，这时作者已经五十三岁了。这次，他是和他的“同年”也就是同榜进士莫君陈一起游览西湖并一起喝酒。莫君陈字和中，吴兴人，这时任两浙提刑。这首诗的前两句就是慨叹他们二人的这次相逢，很是偶然，有如梦中一样，看着对方的头发都已经花白了，不禁相对嘘唏，感叹时光的易逝。

后面两句，写这次游湖也正值下雨之时，不觉想起了十五年前雨中游览西湖的往事。那是宋神宗熙宁五年(1072)，苏轼才三十六岁，他正在杭州通判的任上，六月二十七日他在西湖昭庆寺前的望湖楼上喝酒，忽然下起大雨来，不觉诗兴勃发，写下了著名的《望湖楼醉书五绝》，其中第一首就是：“黑云翻墨未遮山，白雨跳珠乱入船。卷地风来忽吹散，望湖楼下水如天。”想不到十五年(实际应该是十七年，恐系苏轼误记)以后，又来西湖雨中饮酒，欣赏那“白雨跳珠乱入船”的景象。诗句中透露出惊喜的心情，隐含着对往昔的追怀和忆念之意。不过，这追忆的“跳珠”，这风雨，可不是自然景象，而是惊心动魄的政治风雨。此时他一定会想到，他当年是因为不赞成王安石变法中的某些过于激进的做法，才不得不从朝中来到杭州做通判的。之后，他又先后从杭州到山东密州、江苏徐州、浙江湖州任太守。就在湖州任上，元丰二年(1079)七月，御史台以苏轼诗文中的有关词句，构陷他讪谤朝廷，八月被押赴御史台狱，酿成了历史上著名的“乌台诗案”，差一点丢了脑袋。后经多人共同营救，才于这年底贬谪湖北黄州充团练副使，本州安置，不得签书公事，实际就是被管制，度过了五年多的贬谪生活。以后，由于政治形势的变化，他又被起用为山东登州太守，不久回朝任中书舍人、翰林学士知制诰。此时，司马光执政尽废新法，苏轼又为新法中某些可行的措施而辩护，得罪司马光，屡遭群小的攻击，于是他又出为杭州太守。这十五年时间，真是风云变幻，个人经受了不知多少磨难，如今，没有想到还能有机会和莫同年一起，在雨中的西湖对饮，来回忆当初的情景，也真有些“相对如梦寐”的感觉了，自然也有庆幸的意思。

全诗从前两句看来，颇有些世事无常、人生若梦的消极情绪。但是转到后两句，雨中醉酒、喜看跳珠，又从消极中振拔出来，表现出对现实人生的肯定、赞赏的态度，所以整首诗读起来仍然给人以积极向上的精神，使人感奋。这也是苏轼诗文的一个特点。

月夜与客饮杏花下

（宋）◎ 苏 轼

杏花飞帘散余春，明月入户寻幽人。褰衣步月踏花影，炯如流水涵青苹。花间置酒清香发，争挽长条落香雪。山城薄酒不堪饮，劝君且吸杯中月。洞箫声断月明中，惟忧月落酒杯空。明朝卷地春风恶，但见绿叶栖残红。

这首诗是元丰二年（1079）在徐州作的，当时苏轼正在徐州太守任上。据《东坡志林》记载："仆（苏轼自指）在徐州，王子立、子敏（即王适、王遹兄弟）馆于官舍，而蜀人张师厚来过，二王方年少，吹洞箫饮酒杏花下。"这里具体说明了题目中的客人是谁，以及当时的一些情况，为理解这首诗提供了背景。吴鹭山、夏承焘等在《苏轼诗选注》说："这诗清新超逸。先写月下杏花，接写花间饮酒，最后深忧洞箫声断，月落杯空，更怕明天风恶花残，好景不常。正是当时政治上的风云变幻在作者思想上的反映，也是作者人生如梦、及时行乐思想的流露。"所说大致是不差的。

苏轼以学识广博著称，他的诗歌大多引经据典，用古事古语较多，和黄庭坚一样，成为宋诗风格的代表作家。但是用得多了，也有"事繁而才损"的感觉。而这首诗却没有用典，只是就当时情况如实地信手写来，显得清新流畅，自然飘逸，很有些李白的风格。尤其是其中写杏花和明月、洞箫的部分，非常精彩。开始四句，是写自己还在屋里，明月把杏花的影子照进来，斑驳扶疏，显得春意阑珊，好像是在特意寻找自己一样，可见明月的多情。于是诗人就撩起衣服信步走了出来，步月踏影，看见那清亮的月光照着杏花，就像水中荡漾着藻荇一样，清景无限！这使人想起他在后来写的《记承天寺夜游》中的句子："遂至承天寺，寻张怀民。怀民亦未寝，相与步于中庭。庭下如积水空明，水中藻、荇交横，盖竹柏影也。"诗中写杏花，与这里的竹柏，真是具有异曲同工之妙，不觉叫人惊叹这绘影绘形的传神之笔了！

诗中在写明月、洞箫时又充分发挥了自己的想象。酒杯在花下，月亮在酒杯中，诗人喝的不是酒，而是杯中明月。这样写，非常富有浪漫色彩，显示出诗人的无限情思。那洞箫声起，"其声呜呜然，如怨如慕，如泣如诉，余音袅袅，不绝如缕"（《前赤壁赋》），又给这一切罩上了一层更加迷离朦胧的梦幻色彩，整个的花下饮酒场面，简直就是神仙的境界了。这些地方，充分表现了苏轼诗歌的艺术天才。他一旦不用典，信笔直写，反而新颖，又是另一番令人叹赏的境界了。

汲江煎茶

（宋）◎苏　轼

活水还须活水烹，自临钓石汲深清。大瓢贮月归春瓮，小杓分江入夜瓶。雪乳已翻煎处脚，松风忽作泻时声。枯肠未易禁三碗，坐听荒城长短更。

哲宗元符三年(1100)写于海南岛的儋州。此时诗人已经六十五岁，被贬谪到荒远的海南岛已经三年。他的生活过得很苦闷，经常以读书、写诗、饮酒、喝茶来打发时光，排遣心中的抑郁。这首诗就是在这种情况下写的。

这首诗主要是写茶叶的烹煮方法。

第一句是关键，“活水还须活火烹”，这是苏轼烹茶的经验总结，也贯穿了全篇。“活水”是指流动的水，“活火”是指有炭焰的猛火，他的经验是烹茶要用活水加猛火来煮，烹出来的茶汤才特别鲜美。所以，他就在月明之夜亲自到临江钓鱼的大石上汲取江心的活水，然后把水取回来用猛火煎煮。果然，猛火一煮，锅里的白色蒸汽就袅袅升起，等到沸腾的时候锅里茶汤也随之翻滚浮动，那声音真像是松风呼啸，非常动听。他连续喝了三碗还觉得余兴未尽，坐着一边喝茶一边听这荒城打更报时的声音：这声音在荒城的静夜里单调而沉闷地响着，一声声敲击在诗人的心上，觉得这荒城的暗夜是那样的旷远无际，个人的境遇也更加孤独而凄凉！“枯肠未易禁三碗”，是用了唐代卢仝的诗歌《走笔谢孟谏议大夫寄新茶》中“三碗搜枯肠”的句意，但是苏轼这里是反用其意，说喝了三碗还不够，言下之意是自己用“活水还须活水烹”的办法煎煮的茶，真是美不可言，喝个不够。这就和篇首的意思紧密呼应，章法结构上显得非常完美。

这里特别值得称道的是第二联：“大瓢贮月归春瓮，小杓分江入夜瓶。”这本来是很简单的事情，无非是说用大瓢把活水舀到瓮里，拿回家又用小勺从瓮里把水舀到煎茶的锅里，如此而已。如果我们这样平板写来，那就毫无诗意可言了。但是苏轼在这里作了高度的艺术处理，他把江水、明月和舀水动作紧密地联系在一起，不仅写出了月夜江边的自然景色，还写出了诗人特别的感觉：明月映在江里，用瓢舀水，仿佛舀起了月亮；回家用小勺把水舀到煎茶的锅里，又好像在为江水分流，把月亮也分到了锅里。这样，茶叶和江水、明月一起煮来，那味道自然就格外不同，分外香美了。这样写来，运用丰富的艺术联想，就把简单的舀水写得情趣盎然，具有丰富的诗意了。我们今天读来，也油然生起对诗人高超的艺术才能的敬佩之情。

惠山谒钱道人烹小龙团登绝顶望太湖

（宋）◎ 苏　轼

踏遍江南南岸山，逢山未免更留连。独携天上小团月，来试人间第二泉。石路萦回九龙脊，水光翻动五湖天。孙登无语空归去，半岭松声万壑传。

茶，不光具有提神醒脑和驱除疾病的功效，文人雅士临水登山也少不了它来助兴。苏轼在这方面很讲究，登临之际大多要喝茶，他这方面的作品也比较多。

这是苏轼晚年从海南贬所回到常州以后的作品。诗题中的惠山，就是无锡的惠山。钱道人，是作者的朋友钱安道的弟弟，为惠山寺的长老。小龙团，是宋代建安的贡茶，小片而印有龙纹的团茶。太湖，在江苏省南部，在江浙两省之间，是我国的第三大淡水湖，风景优美。

苏轼自从因为变法问题得罪司马光以后，一直处在党争的漩涡之中，在垂暮之年被政敌一贬再贬，先是被贬到广东惠州安置，不得签书公事，接着又被贬到更加荒远的琼州昌化军（在海南岛）安置，不得签书公事。他先寄居在儋州的官屋，朝廷知道了，遣使逐出，他只好筑室在儋州城南的桄榔林下，命名桄榔庵。大约在三年以后，朝廷政局有了转机，他才被内调到常州，寓居在孙氏馆。这时，他的心情稍稍安定，但是由于政治斗争的险恶，他仍然有着对前途生死未卜的忧虑。这首诗，就是在这样的情况下写出来的。

第一联是平平叙起，虽有流连山水的兴致，但是，“踏遍江南南岸山”，也包含着在贬谪中转徙穷荒的人世沧桑之感，心情仍然是沉重的。第二联是一个“流水对”，如今带着皇上赐给的像圆月一样的小龙团茶叶，来到“天下第二泉”的惠山泉品尝泉水和茶叶，诗句轻松流畅，可见诗人欣喜的心情。第三联是登高望远的情景：他登上石路曲折的“九龙脊”（九龙山又名冠龙山，据陆羽《惠山寺记》：“山有九龙，若龙之偃卧然。”），放眼望去，但见万顷太湖（也叫五湖）水光翻动，烟波浩渺，一望无际。这一联对得非常工整，而境界也很阔大，表现出苏轼宽阔的胸襟和浩然正气。

最后一联：“孙登无语空归去，半岭松声万壑传。”是抒写这次登临的感慨。孙登是三国时魏国人，隐居在汲郡山中，好读《周易》。他有一次和嵇康交游，对嵇康说：“子才多识寡，难免乎于今之世。”以后嵇康终于被司马昭等人诬陷杀害，临死前作了一首《幽愤》诗道：“昔惭柳下，今愧孙登。”这里，诗人是以嵇康自比，说明自己多年来遭受政敌的诬陷迫害，以至于居无定所，流落蛮荒，命悬一线。自己今后的情况会怎样呢？连孙登这样的人也不好预测，只好无语而去了。言外之意是诗人充满了对于未来前途的担心，内心深处是难以排遣的惶恐和不安。这时候，他听见洪大的松涛声响起来，在山谷间回荡，这松涛的鸣响似乎更加助长了他的忧愤情怀。这是以景作结，诗人的心情就融化在这万豁松声之中，让读者自去领会，留下了深厚而悠长的诗意。

苏轼的诗歌题材广阔，风格清新豪健，语言畅达。他也很喜欢喝茶，经常和僧人、文士品茗，表现出他作为文人的闲情逸致，也表现出佛、老思想对他的深刻影响。他对吴道子的绘画有这样的评说：“出新意于法度之中，寄妙理于豪放之外。”用这两句话来评论苏轼的诗歌，也是很恰当的。

双井茶送子瞻

（宋）◎ 黄庭坚

人间风日不到处，天上玉堂森宝书。想见东坡旧居士，挥毫百斛泻明珠。我家江南摘云腴，落硙霏霏雪不如。为君唤起黄州梦，独载扁舟向五湖。

黄庭坚（1045—1105），字鲁直，自号山谷道人，晚号涪翁，洪州分宁（今江西修水）人。“苏门四学士”之一。治平进士。哲宗时以校书郎为《神宗实录》检讨官，迁著作佐郎，以修史“多诬”遭贬。有《山谷集》、《山谷琴趣外篇》。

茶叶，也是馈赠佳品，朋友相送，也是表示友谊的一种方式。这首诗就是黄庭坚送茶给苏轼而写的。这是宋哲宗元祐二年（1087）的事，当时苏轼在东京汴梁（今开封）任翰林学士知制诰，黄庭坚亦在朝廷任著作佐郎。

黄庭坚比苏轼小十岁，是北宋著名的诗人，他和秦观、张耒、晁补之都是苏轼的学生，号称“苏门四学士”。他的诗歌和苏轼齐名，并称“苏黄”，是北宋诗坛的双子星。他还是“江西诗派”之祖，从他那个时候开始一直影响到近代，非常久远。他的书法，和苏轼、米芾、蔡襄并称“宋四家”。总之，他和苏轼一样，是一个多才多艺的艺术天才。他一生和苏轼保持着友好而亲密的关系，在文学艺术上互相推重，特别在政治上，苏轼得罪贬官总是牵连到他，多次被贬谪到荒远地方接受管制，而黄庭坚无怨无悔，和苏轼的感情更加亲近。所以，这一次送茶给苏轼，绝不是两个普通人之间的一般馈赠，而是北宋文坛上两个文艺巨人亲密交往的一段佳话。

黄庭坚这次送给苏轼的是他家乡的“双井茶”。黄庭坚的家乡在江西分宁，双井是分宁的一个产茶的地方。欧阳修在《归田录》中曾说：“草茶以双井为第一。”

可见双井茶是很有名的好茶。而以家乡的茶叶相赠，其中已经包含了一种亲密的友情。

诗歌的第一联是写苏轼在翰林院所处的环境：不受风吹日晒，清静幽深，宝书如林，就好像神仙居住的天堂一样。第二联是想象苏轼写文章的情景。苏轼在元丰二年(1079)因为“乌台诗案”被贬官到湖北黄州，在东坡筑室，自号东坡居士。这时苏轼已经重新回到朝廷任职，所以说是“旧居士”。黄庭坚很钦佩苏轼的文才，想象他正在挥笔写文章，文词就像千斗明珠那样倾泻而下，极言其文思之敏捷，文才之富赡。第三联就向苏轼夸赞自己家乡的茶了：“云腴”是指茶树在山腰的云雾间生长得特别茂盛，此处是代指茶；这种很好的茶叶用小石磨(硙音未)研磨出来，就是雪花也比不上它的洁白。唐宋人饮茶，大多是先把茶叶磨碎，然后烹煮，和今天用开水泡散茶不一样。相信苏轼看见了黄庭坚送的这么好的茶，一定是很高兴的。

诗歌的最后一联，意义就更深刻了。当时，苏轼虽然被朝廷重新起用，但是由于他反对司马光“尽废新法”的政治举措而受到攻击，一些宵小之徒也趁机弹劾苏轼，苏轼曾经四次上书请求外任，未获批准，处境非常艰难。有鉴于此，黄庭坚给苏轼出主意，希望他吸取黄州被贬的教训，作退一步想，就像春秋时候越王勾践的谋臣范蠡那样，趁早脱离政治斗争的漩涡，“乘轻舟以浮于五湖”(即太湖)。这是在风云变幻的官场中，黄庭坚对自己老师的忠告，也是对苏轼的爱护和体贴，表现了他对苏轼非常敬重而又非常关切的心情。

诗歌由送茶而落脚到政治规劝，一路顺势写来，流利畅达而又情意深厚，表现了黄庭坚诗歌风格的又一个侧面。

阮郎归

（宋）◎ 黄庭坚

烹茶留客驻雕鞍，有人愁远山。别郎容易见郎难，月斜窗外山。　归去后，忆前欢，画屏金博山。一杯春露莫留残，与郎扶玉山。

《阮郎归》是词牌名。作者在题目下原有小注：“效福唐独木桥体作茶词。”据清代万树《词律》卷四说：“黄山谷此词全用‘山’字为韵，辛弃疾作《柳梢青》词全用‘难’字为韵，注云：‘福唐体即独木桥体也。’”并谓：“其源出于《楚辞》，今南北曲亦演之。”又清代沈雄《古今词话·词品》上卷说：“骚体即福唐也。”根据这些解说，可知所谓“独木桥体”源出于《楚辞》，也就是词中押韵的地方都用同一个字。这其实也是近于一种文字游戏，但是做得好也能达到很高的艺术境界。

黄庭坚这首咏茶的“独木桥体”词，通过一个女子的“烹茶留客”，表达了对一个男子的爱慕和依恋，写得情意真切而动人。

词的上阕，先说女子和男子终于见面了，于是就烹茶留住他。为什么要留住他呢？因为女子在他上次离去以后，就一直怀着离愁别恨，“别郎容易见郎难”（从李煜词《浪淘沙》“别时容易见时难”中化出），有多少个不眠的月夜在思念着他啊！此时之所以要烹茶留住他，是因为怕他又匆匆离去了。下阕一开始就追忆他们以前曾经有过的欢聚，欢聚的居处有华美的屏风，有金制的博山香炉，炉烟袅袅，那聚会一定是很温馨的。最后两句又回到眼前，痴情的女子在烹茶留住男子以后，又进了一步，请男子喝酒（“春露”指酒），而且要他不停地干杯，要是醉了就扶着他。这里“与郎扶玉山”，是用了《世说新语·容止》中的故事：“嵇叔夜之为人也，岩岩若孤松之独立；其醉也，傀俄若玉山之将崩。”嵇叔夜就是晋代的美男子嵇康，当时人形容他喝醉了酒就像玉山崩颓。这里是借这个典故中的人物来比喻女子眼前心爱的男子，女子聪慧、机灵而又痴情的形象被刻画得栩栩如生。

这是一对青年男女的爱情欢会，词作写得生动感人，很有生活气息，而茶在其中又起了很重要的作用。要是没有这茶，这女子又该怎么办呢？——不过，看来这男子倒是很喜欢喝茶的，一留即住了。

品令·茶

（宋）◎ 黄庭坚

凤舞团团饼。恨分破、教孤令。金渠体净，只轮慢碾，玉尘光莹。汤响松风，早减了、二分酒病。　　味浓香永。醉乡路、成佳境。恰如灯下故人，万里归来对影。口不能言，心下快活自省。

《品令》也是词牌名。关于这首词，清人黄苏在《蓼园词评》中有很简要精到的解说："首阕'凤舞'至'玉尘'，言茶之形象也。'汤响'二句，言茶之功用也。二阕味浓。三句言茶之味也。'恰如'以下至末，言茶之性情也。凡着物题，止言其形象则满，止言其味则粗。必言其功用及性情，方有清新刻入处。苕溪称结末三四句，良是。以茶比故人，奇而确。细味过，大有清气往来。"

还有两点是值得注意的。一是为了更好地表现对茶的珍爱，作者采用了拟人化的手法，赋予茶以人的品格和灵性，茶就被写活了。本来只是印有凤纹的团茶（"凤舞团团饼"一句中的"舞"字，用得极妙，使得全句一下子生动活泼起来），研末时要掰开，词中却说"恨分破、教孤令（令同零）"，使团茶有了人的感情，爱惜之情见于言外。接下来三句，"金渠体净，只轮慢碾，玉尘光莹"，是说金子做的碾茶的碾槽很干净，一只轮子慢慢地碾出洁白的茶末来，这里虽然不是拟人，但是和前面的拟人联系起来，似乎这一切都有了感情，词句也就更加动人了。下阕说"恰如灯下故人，万里归来对影"，就更是直接以人比茶了，而且是比作与从万里归来的老朋友在灯下聚谈，其关系之密切，感情之深厚，就更加明白热烈了，把对茶叶的爱惜之情，表达得淋漓尽致而又入木三分。

另一点是作者直接采用苏轼的诗句入词。苏轼的原诗是这样的："我官于南今几时，尝尽溪茶与山茗。胸中似记故人面，口不能言心自省。"（《和钱安道寄惠建茶》）作者把苏轼的诗句进行分拆、重组，使之适合于词牌规定的声韵，而变为："恰如灯下故人，万里归来对影。口不能言，心下快活自省。"句子中保留了"似记故人面"这个基本意思，在个别地方进行了增损，读来抑扬顿挫，声情并茂，获得了很好的艺术效果。这种方法与"檃括"有些相似，但又不同，只是局部变化借用，是黄庭坚词作中经常使用的一种手法。

宴谢夫人堂

（宋）◎ 朱淑真

竹引春风入酒卮，森森凉气暗侵肌。冰峦四叠浑无暑，不似人间六月时。

朱淑真，女，号幽栖居士，杭州钱塘（今浙江杭州）人，一说海宁（今属浙江）人。北宋绍圣间在世，一说南宋绍定间在世。出身仕宦之家，尝随父宦游吴、越、荆、楚间。有《断肠集》、《断肠词》。

这首小诗是宋代著名女诗人朱淑真写的，文字浅显通俗，但是读完以后，你明白它说的是什么吗？它说的是以冰盘当空调的事。

你想，盛夏本来就炎热难当，宴会的时候又好多人集中在一起，还有热腾腾的菜肴，那就更是其热难耐了。古代自然没有发明空调，但是我们的祖先很聪明，他们想了一个办法，就是在宴会厅里四面放上装满冰块的盘子，冰块在慢慢融化的过程中就吸掉了热量，屋子里就凉快起来，大家宴会饮酒也不再热了。这种运用冰盘的方法，早在唐代就有了，比如岑参的诗里就写道："冰片高堆金错盘，满堂凛凛五月寒。"看来制冷的效果还不错。朝廷也有夏季向臣子赐冰的事情，得到冰块算是享受了荣宠的待遇。到了宋代运用就较为普遍了，一些商店里也摆着冰块售卖，《东京梦华录》就有当街"堆垛冰雪"的记载。朱淑真的这首诗，就是反映了当时用冰盘消暑的生活情况，是非常真实的。

宋代的士大夫还有暑月宴客，在席上置礬（矾）山，堆于盘中，用以象冰的。陆游《入蜀记》就曾记载："乾道六年（1170）闰五月二十五日晚，叶梦锡侍郎衡招饮，席间置礬（矾）山数盆，望之如雪。"这里说的礬（矾），即明矾，又称白矾，是一种无色透明的晶体，堆在盘中"望之如雪"，只能象征性地从心理上给人一种凉爽感，而实际没有制冷作用，算是宴会时的一种摆设罢了。

作为艺术的诗歌，这首小诗也有值得称道的地方。它头两句写竹里春风瓢入酒杯，而且凉气森森侵入肌肤，使人们感到描写的情景好像是在寒意料峭的初春时节一样。但是当你读了第三句以后，看见"冰峦四叠浑无暑"，这才渐渐明白过来，原来是宴会时冰盘把暑气驱除了，到最后一句就顺势而下，揭穿了谜底，哦，原来这是写的六月盛暑季节，之所以这么清凉，是因为冰盘在宴会中起了重要的作用啊。小诗一波三折，写来情趣盎然，步步引人入胜，可见作者技法的巧妙。

谢人送凤团及建茶

（宋）◎ 韩 驹

韩驹（?—1135），字子苍，蜀仙井监（今四川仁寿）人。政和间赐进士出身，除秘书省正字。宣和中迁中书舍人。有《陵阳集》。

白发前朝旧史官，风炉煮茗暮江寒。苍龙不复从天下，拭泪看君小凤团。

茶不仅是饮料，也是一种身份的象征。北宋和南宋之交的诗人韩驹写的这首小诗，就说明了这个问题。

韩驹，原来在朝廷任过著作郎、中书舍人兼修国史等职，是皇帝的近臣，那时能够得到皇帝赏赐的好茶，这是一种非常的荣宠。但是，后来他因为受到政治排挤（他被划为苏轼"蜀党"一派）被贬到江西抚州（后来死在抚州），远离庙堂而散处江湖，就失去了这样的机会。一次，他的友人送给他"凤团"（也就是龙凤团饼茶，产于福建建瓯）和"建茶"（也是福建建州产的茶，和"凤团"都是很名贵的茶叶），他自然很高兴，但是抚今思昔，想起当年在朝廷得到皇帝赏赐龙凤团茶的情景，何等荣耀，不免从心底生起一种酸楚的失落感，以至于潸然泪下了。

诗中的"白发前朝旧史官"是诗人自指，"前朝"而又"白发"，中间包含着几多沉浮升降和人世沧桑的感叹。如今的处境，是在冷落的江边（代指贬所），自己煮着朋友送来的茶，傍晚天寒，更增加了凄凉的感觉。这里的"寒"字，不仅是指天气，也曲曲透露出诗人自觉如今失却政治地位的"寒心"。所以他紧接着就说"苍龙不复从天下"，这里的"苍龙"是代指茶饼上印有龙纹的团茶，亦即龙团，和凤团都是贡茶；"从天下"，就是从天而下由皇帝赏赐的意思。如今没有这样的光荣了，看着眼前的"小凤团"，不觉想起了以前接受皇帝赐给的龙团，一阵凄楚，不觉老泪纵横，诗人悲伤的情绪毫无掩饰地凸现在读者面前。全诗通过看到"凤团"这样一个小小的生活细节，进行情景交融的描写，把封建时代官吏受到贬谪的处境和内心的痛苦深刻地表现了出来，很具有典型意义。

夜 宴

(宋)◎陆 游

酒浪摇春不受寒,烛花垂烬忽堆盘。山川路邈人将老,丝管声遒夜向阑。四海交朋更聚散,百年光景杂悲欢。自怜病眼犹明在,更把名花半醉看。

陆游(1125—1210),字务观,号放翁,越州山阴(今浙江绍兴)人。"中兴四大诗人"之一。绍兴中应礼部试,为秦桧所黜。孝宗即位,赐进士出身,曾任镇江、隆兴通判。乾道六年(1170)入蜀,任夔州通判。乾道八年,入四川宣抚使王炎幕府。官至宝章阁待制。晚居山阴镜湖。有《剑南诗稿》、《渭南文集》、《南唐书》、《老学庵笔记》等。

这首诗也是陆游在归隐以后的作品,主要表现他在饮酒时感到流年易逝,恢复中原的壮心难以实现,内心深处盘纡着的那种莫名的惆怅和百无聊赖的心情。

这是一首七言律诗,诗的起承转合非常分明,在曲折婉转中表现了自己沉郁复杂的情怀。首联点明了饮酒的时间是在春夜,虽然寒气袭人,但是喝了酒之后就浑身暖和了,荡漾着春意;再看蜡烛已经燃去了许多,蜡烬在盘子里堆积起来,暗示时间已经很晚。这一联起得很自然。第二联在说明自己一生经历了许多磨难,已经渐入老境之后,紧接着就点出音乐正在演奏,而夜已向阑,承接了首联。第三联一转,笔锋宕开,说到四海之内,朋友们聚散无定,好多已经音信杳然,而自己一生的光景也是悲欢相杂,一言难尽。最后一联用"自怜病眼犹明在"一句收拢回来,归结到眼前的自己,眼虽病而犹明,有自慰自欣之意,所以就在醉中拿着名贵的鲜花仔细欣赏起来,与首联的春意、烛花相照应,整首诗歌显得结构完整而圆紧。

这首诗的整个基调是悲叹岁月催人,隐含着忧国之思的愤懑,带着一种无可奈何的情绪。诗中有直接的表露,比如"山川路邈人将老",但更多的是暗示,诸如"烛花垂烬忽堆盘","丝管声遒夜向阑","百年光景杂悲欢"以及"自怜病眼"等等,其中都透露着流光容易把人抛,英雄老大、报国无门的悲凉情思,但是表现得非常含蓄,读来觉得婉转变化,耐人咀嚼回味。这就避免了直说而带来的一览无遗的弊病。另外,结尾的安排也很有匠心。诗人带着醉意观赏名花,既表现出酒醉之后的天真可爱情态,心中的热情未泯,也把整首诗歌的悲伤气氛一下子冲淡了许多,让人觉得诗人还葆有着以往的活力,从而从低沉的情绪中超拔出来,给全诗增加了一种较为欢乐的气氛,体现出一种积极向上的可贵精神。这也正是陆游思想性格的鲜明体现。

醉歌

（宋）◎陆　游

我饮江楼上，阑干四面空。手把白玉船，身游水精宫。方我吸酒时，江山入胸中。肺肝生崔嵬，吐出为长虹。欲吐辄复吞，颇为惊儿童。乾坤大如许，无处著此翁。何当呼青鸾，更驾万里风！

陆游的性格有狂放不羁的一面，这首诗就充分表现了他的这种性格。诗作于宋孝宗乾道九年（1173）秋天，这年作者代理嘉州（今四川乐山）太守，饮酒的地点应该是在岷江边的酒楼上。

诗中生动地写出了他醉中飘然欲仙的感觉。在“阑干四面空”的江楼上，本来就有凌空独立的感觉，加上已经饮酒很多，他在醉眼朦胧中把手中方形的白玉酒杯幻化为“白玉船”，好像自己已经在水晶宫里遨游了一样。这里通过意象叠加来表现自己的错觉，非常生动地写出了他酒醉的神态。以下“方我”四句，继续写这种幻觉，表现饮酒时吞吐江山、气贯长虹的雄豪性格。这里不说“饮酒”而说“吸酒”，是从杜甫的《饮中八仙歌》中来的。杜甫说左丞相李适之，“左相日兴费万钱，饮如长鲸吸百川，衔杯乐圣称避贤”。一个“吸”字，表现出了那种狂饮的非凡气势。人们说李白的诗歌写饮酒非常豪放，我们读了陆游的这几句诗，不是也有同样的感觉吗？在这方面，陆游和李白真堪伯仲了！

但是，陆游毕竟是有火一般的爱国激情的诗人，无时无刻不在渴望恢复中原，而朝廷却一心只想苟安，不思振作，陆游的心底也就随时充满了壮志难酬的愤懑。即或是在醉酒以后也是这样，他在《送范舍人还朝》诗中，就倾吐了这种胸中的积愫：“平生嗜酒不为味，聊欲醉中遗万事。酒醒客散独凄然，枕上屡挥忧国泪。”这里虽然是在江楼饮酒，而且已经有些醉意了，但他内心还是很清醒，不能忘怀世事。所以他就欲吐还吞，怕惊杀了那些“儿童”（指见识平庸的人）。欲吐还吞，表面看是指饮酒，其实说的正是胸中块垒。于是他想到自己真是落落寡合，天地虽大，也难有置身之地，不免有些人生不偶的悲凉情绪。于是在诗歌的末尾他发出了苍凉而悲怆的感慨：“何当呼青鸾，更驾万里风！”什么时候能够唤来神鸟，驾长风奋起高飞呢？这看来是想遁世高蹈，脱离这污浊的现实，但是这其实仍然是在呼唤伐金雪耻的机会早日到来，以便能够实现自己梦寐以求的恢复中原的急迫愿望，诗人一腔爱国之情，在深沉的内心表现得婉转而又强烈。

这首诗是五言古诗，语言不重对偶，写起来比较自由，这正好便于抒写这种狂放的情绪和浪翻水涌的巨大激情，所以全诗一泻直下，显得波澜壮阔，气势奔腾，读了令人精神振奋。

幽居初夏

（宋）◎ 陆　游

湖山胜处放翁家，槐柳阴中野径斜。水满有时观下鹭，草深无处不鸣蛙。箨龙已过头番笋，木笔犹开第一花。叹息老来交旧尽，睡来谁共午瓯茶？

这是陆游晚年退居家乡会稽（今浙江绍兴）的作品。他在闲极无聊的生活中，热切盼望有人来陪他一起喝茶。

诗歌的前六句都是写故乡初夏的景物，有湖山胜处、槐柳野径，有鹭鸶、鸣蛙，还有箨龙（竹笋）、木笔（辛夷花），整个组成了一个幽居的环境。按说，在这个安静而优美的环境中安度晚年，应该感到满意了，但是我们的诗人不满意，他还不住地在叹息哩！

他叹息什么呢？——“叹息老来交旧尽，睡来谁共午瓯茶？”

这自然不是一般的叹息。联系到诗人一生的宏大抱负，联系到他的与生命共存亡的收复失地的雄心大志，我们不难领会，这是诗人在垂暮之年的孤独、悲凉心情的表现。这个时候，南宋政权更加脆弱，主和派占据上风，原来主张抗金收复失地的主战派人士有志难申，也一个个相继被排挤下野，好多人销声匿迹了。此时的诗人，感到旧交零落，感到宏大的理想不能实现，心情格外的沉重，又格外的感伤。也是写在这个时候的《诉衷情》道：“当年万里觅封侯，匹马戍梁州。关河梦断何处？尘暗旧貂裘。　胡未灭，鬓先秋，泪空流。此生谁料，心在天山，身老沧洲！”从词中我们可以看出，他是不甘心“身老沧洲”的（“沧洲”是水边的地方，这里是指退居之处），但是又无可奈何，诗人的叹息正是这个意思。但是他又不甘心就此放弃既定的理想，他问，有谁能来和自己一起午后喝茶呢？这里当然不只是喝茶，而是希望有人来安慰自己，有更多的志同道合的朋友在一起共商国是，甚至希望能够有朝一日南宋政权重整旗鼓，挥师北伐，收复河山！这正是陆游远大抱负的流露，终身一以贯之，之死靡他，即使在喝茶的时候也没有忘记，我们今天读来，仍然是很受感动。

看来，喝茶也不是小事，里面有着重大的内容哩！

夔州竹枝歌(选一)

（宋）◎ 范成大

范成大（1126—1193），字致能，号石湖居士，苏州吴县（今属江苏）人。“中兴四大诗人”之一。绍兴二十四年（1154）进士。历任处州知府，知静江府兼广南西道安抚使，四川制置使，参知政事等职。曾使金。晚居故乡石湖。有《石湖居士诗集》、《石湖词》、《桂海虞衡志》、《吴船录》等。

白头老媪簪红花，黑头女娘三髻丫。背上儿眠上山去，采桑已闲当采茶。

好多诗歌都津津乐道地歌颂皇帝颁赐贡茶的光荣，有的甚至沾沾自喜，但是皇帝的茶是怎样来的呢？读了这首诗，也许就会明白些。

作者范成大是南宋的高官，曾经做到参知政事也就是副宰相，在这之前他担任过四川制置使，对民情还是比较了解的。这是他采用夔州（今重庆奉节，当时属四川）竹枝歌这种当地民歌的形式，来写当地妇女上山采茶的劳动情况。你看，山路上匆匆忙忙走着的，有“簪红花”的“白头老媪”，白发还戴红花，颜色似乎很不协调，倒像今天我们看见西方那些白发盈颠的老妇那种大红大绿的打扮，总觉得有点怪怪的；还有“三髻丫”的“黑头女娘”，年轻女子头上竟然梳着三个发丫，这和内地两个发丫的女子一比，也显得有些奇怪。原来，这是这里少数民族的特异风俗，和其他地区有着明显的区别，看起来倒是很新鲜、很有趣！有的背上还背着熟睡的小孩子，都在急急忙忙地往山上赶，她们刚刚过完了采桑养蚕的农忙季节（养蚕的活主要是妇女干。南宋诗人陈造在一首《田家谣》里写到妇女们养蚕情况是这样说的：“饭熟何曾趁时吃，辛苦仅得蚕事毕。”可见一般），才喘一口气就又上山采茶了，一年四季哪有清闲的时候呢！我们可以想象，她们采回来以后，又要进行多么繁琐的制作，然后才能上缴官府完成摊派，这里面不知包含着多少的辛劳和麻烦！

皇帝颁赐给臣僚的那些精美的龙团、凤团之类的茶叶，就是由这些生活在社会底层的劳动妇女们（当然也有男子）辛勤生产出来的，就是在“山高皇帝远”像夔州这样的地方，人民也不能幸免朝廷的盘剥。这实在是一种扰民的行为。谓予不信，请看也是宋人写的诗歌：“前村犬吠无他事，不是搜盐定榷茶。”（《月泉吟社诗》）为了收缴茶叶，把老百姓闹得这样鸡犬不宁，从这里我们也可以看出当时社会的实际情况——中国古代茶业发展的又一个侧面。

重九后二日同徐克章登万花川谷月下传觞

（宋）◎ 杨万里

老夫渴急月更急，酒落杯中月先入。领取青天并入来，和月和天都蘸湿。天既爱酒自古传，月不解饮真浪言。举杯将月一口吞，举头见月犹在天。老夫大笑问客道："月是一团还两团？"酒入诗肠风火发，月入诗肠冰雪泼。一杯未尽诗已成，诵诗向天天亦惊！焉知万古一骸骨，酌酒更吞一团月！

杨万里（1127—1206），字廷秀，号诚斋，吉州吉水（今属江西）人。"中兴四大诗人"之一。绍兴二十四年（1154）进士。孝宗初，知奉新县，历太常博士、太子侍读等。光宗即位，为秘书监。有《诚斋集》。

这首诗是杨万里在宋光宗绍熙五年（1194）退休家居时作的，他的老家在江西吉水。徐克章是他的朋友，万花川谷是他家的花圃，因为花种的很多而得名。他写诗有自家的风格，也就是所谓"诚斋体"。"诚斋体"的主要特色，按照前人的说法，是"死蛇弄活"、"生擒活捉"，就是要追求一种"活法"，在流转圆美如弹丸中显出新奇活泼、风趣幽默和曲折变化的艺术效果。这一首诗，就体现了他的这种独有风格。

全诗文字通俗，简直就是当时的白话诗了，读来意思晓畅明白。但是诗歌大胆地发挥想象，采用了浪漫主义的写作手法，源于李白而又都出于己意，却是很见妙趣。我们先看看李白的诗歌《月下独酌》："花间一壶酒，独酌无相亲。举杯邀明月，对影成三人。月既不解饮，影徒随我身。暂伴月将影，行乐须及春。我歌月徘徊，我舞影零乱。醒时同交欢，醉后各分散。永结无情游，相期邈云汉。"杨万里这首诗歌的前半部分，就主要化用了李白的这首诗意，写作者自己和朋友对月饮酒那种兴高采烈而又天真烂漫的情态。但他是反用李白的意思。如果说李白表现的是一种孤独、怅惘和愁苦的感情的话，那么杨万里这里表现的却是从骨子里生发出来的一种欢欣、快乐，甚至是与月亮嬉戏的情景了，所以读来给人一种欢快的愉悦感。你看他酒渴时急于饮酒，却看见月亮早就落在酒杯中，把天也带进来一齐打湿了，真是非常惊喜的心情，接着就是一句“月不解饮真浪言”，直接反驳了李白的意思，带着几分顽皮的心情。再往后，一口吞下一杯酒，以为也吞下了月亮，但是“举头见月犹在天”；又大笑问客(徐克章)，“月是一团还两团”；又向天朗诵自己的诗歌；天也不胜惊讶；最后还说到老夫今夜陪客痛饮，频频举杯，“酌酒更吞一团月”。这些地方，反反复复地把月亮和酒与自己和客人紧紧地联系在一起，从各个不同的角度来描写，来调侃，这就造成了极富喜剧性的气氛，显得特别有幽默感，也更加活泼，千载之下读来，也自有一种感人的生气。这就是“诚斋体”独特的艺术效果。

杨万里对自己的风格，特别是对这首诗，是很觉满意的。据罗大经在《鹤林玉露》一书中记载：“杨诚斋月下传杯诗云(按即本诗，略)，余年十几岁时，侍家君竹谷老人谒诚斋，亲闻诚斋诵此诗，且曰：‘老夫此作，自谓仿佛李太白。’”罗大经是杨万里的同乡晚辈，又是杨万里的大儿子杨长孺的熟人，所记应该是可信的。于此，也可见当时人们就对“诚斋体”有所认识和了解。

以六一泉试双井茶

（宋）◎ 杨万里

鹰爪新茶蟹眼汤，松风鸣雷兔毫霜。细参六一泉中味，固有焙翁句子香。日铸建溪当退舍，落霞秋水梦还乡。何时归上滕王阁，自看风炉自煮尝？

杨万里是南宋著名诗人，号诚斋，江西吉水人。诗题中所说的“六一泉”是泉名，在杭州西湖孤山后岩。北宋元祐六年（1091），苏轼任杭州知府时，和尚惠勤新建了讲经堂，掘地得泉，苏轼称其“白而甘，当往一酌”（见《东坡志林》卷一）。他们二人都出于当时的文坛领袖欧阳修门下，泉出之际，恰逢欧阳修病逝，欧阳修自号“六一居士”，为了纪念他，苏轼就给这口泉起名“六一泉”，并为之作铭。“双井茶”，茶名，产于江西省修水县双井村，是杨万里家乡的著名贡茶。所以，他要特意用“六一泉”来烹煮“双井茶”，使这次试茶具有了深厚的历史文化内蕴。

诗歌首联先说“双井茶”，连用四个比喻来形容茶的形态（如同“鹰爪”）、茶汤（茶汤里泛起的小气泡像“蟹眼”）、茶沸（声如松风呼啸）和茶芽上白如兔毫、色泽如霜的白毫，可见双井茶的诸般美好。然后说“六一泉”水，诗人用黄庭坚的诗歌特点来比喻泉水的香味，以诗比水很有特点和新意。黄庭坚的诗歌特点是新鲜活泼，含蓄有味，比得很贴切；而且黄庭坚和欧阳修都是江西人，黄庭坚又是欧阳修门生苏轼的学生，自然也是欧阳修的学生，所以说“细参”之后，觉得是“固有”，就是说因为这些多层关系本来就应当有的啊！而且诗人杨万里也是江西人，他把两个同乡前辈和一个著名诗人苏轼拉到一起，也就是把“六一泉”和“双井茶”烹煮在一起了，这煮出来的浓浓的酽茶汤，就不仅觉

得亲切，而且味道也极其深厚，真是非同一般了。从这些地方，我们也可以看出“诚斋体”诗歌的一个特点，即很富于巧思。

后半首顺势转而说到自己，从喝茶流露出了乡思。他先是从“双井茶”想到绍兴的日铸茶和福建的建溪茶，这些名茶离自己的家乡都不远，然后又就近想到了家乡南昌的美丽景色：“落霞与孤鹜齐飞，秋水共长天一色。”这是“初唐四杰”之一的王勃描写南昌滕王阁的著名作品——《滕王阁序》中的著名句子。于是诗人又想念滕王阁了，不知何时才能回去登上滕王阁，“自看风炉自煮尝”，再重新品尝这家乡的双井佳茗呀！这里表现了诗人对家乡的深深思念，同时又回应篇首，以茶作结，使得整个诗歌结构谨严，浑然一体，给人以诗歌艺术的美感。

我们常常说“茶文化”，喝茶不仅是一种生理需要，更是一种精神享受。特别是附丽于“喝茶”这件简单事情上的由我们古代积淀下来的深厚的历史文化，就更加给简单的喝茶带来了深厚的内蕴和悠长的情思，在品茗的时候就能够“视通万里，心游八极”，想得更多更远，而得到历史优秀文化的熏染和思想的启迪。我们读完杨万里的这首《以六一泉试双井茶》的诗，明白了里面蕴涵着那么多的历史文化内涵，不是也会有这种感觉吗？

过扬子江二首(其一)

(宋)◎ 杨万里

只有清霜冻太空，更无半点荻花风。天开云雾东南碧，日射波涛上下红。千载英雄鸿去外，六朝形胜雪晴中。携瓶自汲江心水，要试煎茶第一功。

喝茶，在南宋的外交上，也起着特殊的作用。杨万里这首诗，就是说这件事情的。

宋孝宗赵昚淳熙十六年(1189)秋，六十二岁的杨万里本来在朝廷任秘书监，这时他又被任命为“借焕章阁学士”，作为金国贺正旦使的接伴使，负责接待、陪伴金国派来祝贺南宋绍熙元年(1190)元旦的使者。因为宋孝宗赵昚就在这年下台，新的皇帝赵惇登基，把年号改为绍熙，元旦时要举国上下热烈庆祝。当时在北方的金国虽然是敌国，但是出于外交上的考虑也要派人来祝贺。按照当时礼节，这种友善使者双方都要派人出境很远接送，照顾得很周到。杨万里此时就是因为这个原因被派到金国去，接待对方的使者来祝贺新皇帝改换年号的第一个元旦。他衔命出使之后，就从杭州一路北进，在镇江渡长江再往北迎接。长江在扬州和镇江之间的这一段，因为有扬子津、扬子县，所以古代就叫做扬子江。杨万里在镇江过扬子江的时候，感触很深，一下子写了两首七言律诗，诗的气象宏阔，境界远大，用意深曲，唱叹沉郁，是他诗歌中的扛鼎之作，非常有名。这里选的是第一首。

诗歌的前四句是写见到镇江边扬子江的雄丽秋景：霜天晴朗，风平浪静，东南一望漫江碧透，日照波涛一片通红。——偏安一隅

的南宋的残山剩水，还是这般美好。五、六句是借今吊古，追忆了南宋渡江以来的抗金名将岳飞、韩琦、张浚等人，但是这些英雄人物就像飞鸿一样离我们远去了；同时又想到这里是“六朝”（从三国东吴到南朝的宋齐梁陈，六个朝代，都以镇江上游的南京为首都，史称“六朝”）形胜之地，如今在雪晴之后，显得更加美丽。这两句联系起来看，言外之意是：抗金将领有的被迫害而死，有的被排挤，江山虽然形胜依然，又有谁来保卫呢？回环往复，感慨深沉。

就在上面六句的有力描写中，逼出了最后两句：“携瓶自汲江心水，要试煎茶第一功。”但是，这两句怎样来理解呢？只是说喝茶吗？

清代诗评家纪昀说：“结乃谓人代不留，江山空在，悟纷纷扰扰之无益，且汲水煎茶，领略现在耳！”（见《瀛奎律髓刊误》卷一）意思是，我把这些事情都看透了，朝廷就是这个样子难以寄望，我不如自己汲来江心之水，煎茶品茗，落得清静吧！但是，当代学者周汝昌先生提出了针锋相对的意见，他说：“（如此解释）这简直糟透了！纪昀这个人有时很有些眼力识见，有时却荒谬绝伦，至令人不能置信。”他认为：“诚斋原句，以表面壮阔超旷之笔而暗寓其忧国虑敌之夙怀，婉而多讽，微而愈显，感慨实深。”（见《杨万里选集》前言）后来，霍松林先生进一步指出：“（纪昀）把这首诗的意境理解得如此衰飒、消沉，可以说完全弄错了。据陆游《入蜀记》记载，（镇江的）金山绝顶建有‘吞海亭’，乃登览胜境。然而到了南宋，这座亭子却蒙受耻辱。每当金国的使者到南宋来，一渡江，便照例要请上吞海亭，‘烹茶’款待。诗人作为‘接伴使’，这种差使是无法避免的。因而在全诗末尾写了这么两句（略），用现代汉语翻译，那就是：亲自取水煎茶侍奉金国的使臣，这就是我这个接伴使为朝廷建立的第一功啊！”（见《历代好诗诠评》）原来，杨万里在结尾两句中说到的喝茶，不是自己清静品茗，而是出于不得已的对敌国使者烹茶接待的感慨，这里面包含着他深沉的恢复之志和拳拳的爱国之心，以及对于不思振作的南宋偏安政权的隐微讽刺。

看来，这喝茶也就非同寻常了，在小小的茶碗中，交织着两个国家之间的错综复杂的关系和难以言说的情感。杨万里在接来金国使者踏上金山例行“烹茶”时，他看着面前的茶汤，想到他这首诗里讲到的这些意思，不知还能不能喝得下去？

沁园春·将止酒戒酒杯使勿近

（宋）◎ 辛弃疾

杯汝来前！老子今朝，点检形骸。甚长年抱渴，咽如焦釜；于今喜睡，气似奔雷。汝说刘伶，古今达者，醉后何妨死便埋。浑如此，叹汝于知己，真少恩哉！　　更凭歌舞为媒，算合作人间鸩毒猜。况怨无大小，生于所爱；物无美恶，过则为灾。与汝成言，勿留亟退，吾力犹能肆汝杯。杯再拜，道麾之即去，招则须来。

辛弃疾（1140—1207），字幼安，号稼轩，济南历城（今山东济南）人。绍兴三十一年（1161），聚义抗金，归耿京，为掌书记。奉京命奏事建康，京为张安国杀害，擒诛安国。次年率部渡淮南归。历任湖北、江西、湖南、福建、浙江安抚使等职。有《稼轩长短句》。

辛词风格极为多样，既不乏本色当行之作，亦多新变奇创之什。这一首滑稽突梯的戒酒词就是突出的一例。词作于庆元二年（1196）闲居瓢泉时。题目“将止酒戒酒杯使勿近”就颇新颖，似乎病酒不怪自己贪杯，倒怪酒杯紧跟自己。这就将酒杯人格化，为词安排了一主（“我”）一仆（杯）两个角色。全词就是这两个角色搬演的一出喜剧。

“杯汝来前”，词就从主人怒气冲冲的呼喝开始，以“汝”呼杯，而自称“老子”（犹“老夫”），接着就郑重告知：今朝检查身体，发觉长年口喝，喉咙口干得似焦炙的铁釜；近来又嗜睡，睡中鼻息似雷鸣。这是为什么？言外之意，是因酒致病，故酒杯之罪责难逃。“咽如焦釜”、“气似奔雷”以夸张的比喻极写病酒反应的严重，同时也见得主人一向酗酒到何等程度。“汝说”三句是酒杯的答辩，它说：酒徒就该像刘伶那样只管有酒即醉，死后不妨埋掉了事，才算古今之达者。这是一种难任其咎的说法。不称“杯说”而称“汝说”，是主人复述杯的答话，于中流露出意外和惊讶的神情。他既惊讶于杯言的冷酷无情，又似不得不承认其中有几分道理。于是无可奈何地叹息道：汝竟然为说如此，“汝于知己，真少恩哉”，口气不但软了许多，甚而还承认了自己曾是酒杯的“知己”。

但他“将止酒”的主意已拿定，不容轻易取消，故仍坚持对杯的谴责。过片以一“更”字领起，似乎还有所升级，使已软的语气又强硬起来，便有一弛一张之致。

古人设宴饮酒大多以歌舞助兴，而这种场合也最易饮酒过量而伤身。古人又认为鸩鸟的羽毛置酒中可成毒酒。换头二句所以说酒杯凭歌舞等媒介使人沉醉，正该以人间鸩毒视之。这等于说酒杯惯于媚附取容，软刀子杀人。如此罪名，岂不死有余辜？然而只说"算合作人间鸩毒猜"，到底并未确认。以下"况"字领四句系退一步说：何况怨意不论大小，常由爱极而生；事物不论何等好（"美恶"偏义于"美"），过了头就会成为灾害。表面仍是振振有词，反复数落，实际上等于承认自己于酒是爱极生怨，酒于自己是美过成灾。这就为酒杯开脱不少罪责，故而从轻发落，也就是只遣之"使勿近"。处死而陈尸示众叫"肆"，"吾力犹能肆汝杯"，话很吓人，然而"勿留亟（急）退"的处分并不重。言实相去何远！主人戒酒的决心可知矣。——虽是"与汝成言"，却早留后路，焉知其不回心转意，朝戒夕犯！杯似乎慧黠地了解这一点，亦不更为辩解，只是再拜道："麾之即去，招则须来。""麾之即去"没什么，"招则须来"则大可玩味。这话表面上是服从，骨子里全是自信，使人感到俏皮、幽默。

词人设为主人与杯的对话，通过拟人化的手法，成功地塑造了"杯"这样一个喜剧形象。它善于揣摸主人心理，能应对，知进退。在主人盛怒的情况下，它能通过辞令，化严重为轻松。当其被斥退时，还说"麾之即去，招则须来"，等于说主人还是离不开自己，自己准备随时听候召唤。其机智幽默大类古代的俳优。而主人的形象与"杯"相映成趣，他性情不免褊躁，前后态度不免矛盾；虽然气势甚盛，却不免被"杯"小小地捉弄了一番。这格局颇类唐时的"参军戏"（由一主一仆两个角色演出的小喜剧），在宋词中实属创举。作者通过这种生动活泼的方式，风趣地表现出自己戒酒之出于不得已。作者长期壮志不展，积愤难平，故常借酒发泄。"吾力犹能肆汝杯"云者，即隐含"不向此（酒）中何处消"意，是牢骚语，反映了作者政治失意的苦闷。所以此词不得简单地视为游戏笔墨。

词中大量采取散文句法以适应表现内容的需要，此即以文为词。《沁园春》的四字句多作二二节奏，而"杯汝来前"，却作上一下三；"汝说刘伶"三句则合作一气读下。凡此，都与原有调式不同。又大量熔铸经史子集的用语，如"点检形骸"出自韩愈《赠刘师服》诗"谁能检点形骸外"，"醉后何妨死便埋"出自《晋书·刘伶传》"死便埋我"，"真少恩哉"出自韩愈《毛颖传》"秦真少恩哉"，"吾力犹能肆汝杯"出自《论语·宪问》"吾力犹能肆诸市朝"，"麾之即去，招则须来"出自《史记·汲黯传》"招之不来，麾之不去"等等。散文句法和用语，丰富了词意的表现，又形成崭新的风味。词中还反复说理，具有以论为词倾向。"况怨无大小，生于所爱；物无美恶，过则为灾"，就颇有辩证的理趣，为此词增添了一分特色。正因为全词既饶谐趣，又有散文化、议论化色彩，所以《七颂堂词绎》说它是宋词中之《毛颖传》。

破阵子·为陈同甫赋壮词以寄之

(宋)◎ 辛弃疾

醉里挑灯看剑，梦回吹角连营。八百里分麾下炙，五十弦翻塞外声，沙场秋点兵。　　马作的卢飞快，弓如霹雳弦惊。了却君王天下事，赢得生前身后名。可怜白发生！

淳熙十五年(1188)，陈亮过稼轩，辛弃疾和友人在鹅湖畅谈天下事。他们的恢复之梦虽然最终落空，却留下了激励千古读者爱国之心的词章。词题表明作者是为风义相期的朋友赋壮词，是驰骋豪迈的激情与想象之作，其中当融入其早年在北方义军中战斗生活的经历，却并不等于回忆往事。

这首词的结构非常奇特。起句"醉里挑灯看剑"是现实，紧接由"梦回"二字贯八句皆写梦境。他梦见的是紧张豪迈的军营生活，驰骋沙场、横扫千军的战斗场面和振兴宋室、功成名就的欢喜，天下好事无复加矣。最后一句却猛然截住，照应"梦回"二字，跌回现实，令人感喟生哀。总之前九句的声情如鹰隼平地而起，凌空直上，正当飞摩苍天之际，陡地鹘落，末句扫空前文之雄壮，悲凉更加悲凉。这样深刻地反映理想与现实矛盾的作品，实在罕有其匹。"壮词"耶，非"壮词"耶?

《破阵子》为双调不换头，每片前四句两两各为六言七言骈句，末以奇句相镇。此词在对仗中拉杂使事，颇有特色。其间运用了《世说新语·汰侈篇》故事。晋代王恺有宠物为一牛，名八百里驳，常莹其蹄角。一次与王济比射，济下注千万以赌此牛，恺恃手快且谓骏物无有杀理，便相然可，并令济先射。殊不知济一起便破的，并据胡床喝左右"速探牛心来"，恺即痛失其牛。词中"八百里分麾下炙"就是说在军中椎牛饷士。由于用事，也就暗暗赋予词中主人公以赢家胸有成竹、目中无人和先声夺人的气概。

然而，由于"八百里"字面倒腾在句首，与"五十弦"(指瑟，李商隐"锦瑟无端五十弦")对仗，或误解为"八百里范围内的部队都分到了熟牛肉吃"(胡云翼《宋词选》)。事实上，词中的"八百里(驳)"，是牛的代名词，和以"五十弦"代瑟是一个道理。词中的"的卢"则是骏马的代名词，典出《三国志》先主传注。这种从小说及史传注释中汲取材料，充实内容的做法，辛弃疾十分在行，可谓得心应手。西人裴德说"最好的批评都是赞誉"，那么"掉书袋"的批评也可作如是观。

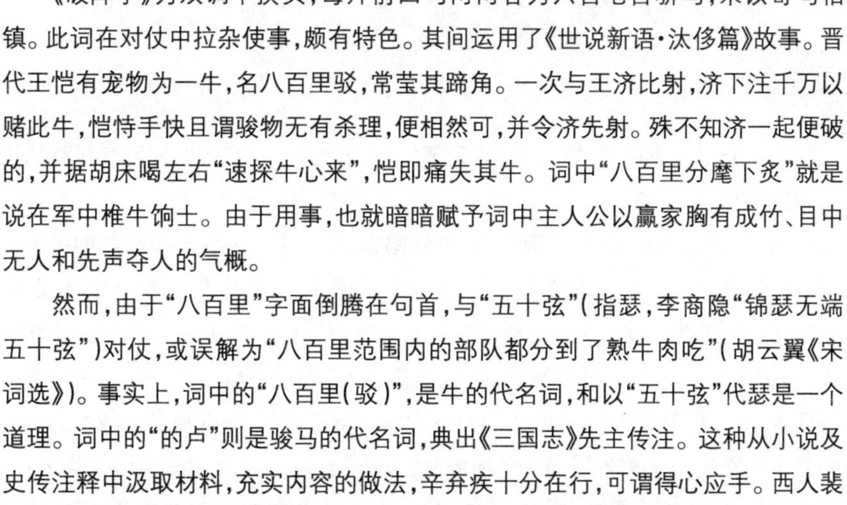

饮 中

(宋) ◎ 戴复古

布衣不换锦宫袍，刺骨清寒气自豪。腹有别肠能贮酒，天生左手惯持螯。蝇随骥尾宜千里，鹤在鸡群亦九皋。贤似屈平因独醒，不禁憔悴赋《离骚》。

戴复古(1167—1247？)，字式之，号石屏，台州黄岩(今属浙江)人。一生不仕。长期浪游江湖，卒年八十余岁。曾师从陆游。有《石屏诗集》、《石屏词》。

古语云："天下熙熙，皆为利来；天下攘攘，皆为利往。"所以凡是有利益的地方，特别是古代官本位社会，官场那种权力利益集中的地方，就有不少人在那里投机钻营、阿谀拍马，甚至巧取豪夺、倾轧陷害，为了求得一官半职而各种手段无所不用其极。一旦得逞，就贪得无厌，大肆搜刮侵吞，自己花天酒地，醉生梦死，所以搅得官场一片污浊。这是社会现象的一个方面。另一个方面，也有比较清醒之士，他们看到这些觉得太过肮脏，也就不愿进入黑暗的官场，以一颗平常心选择了优游林下、独善其身的道路，在平凡的生活中自得其乐，来保持自己独立的人格和高洁的操守。这首《饮中》诗的作者戴复古，就是这样一种人。他是浙江黄岩人，生活在国势衰微、吏治极端腐败的南宋，他一生没有去做官，以布衣终老，享年八十多岁。当时有人评论他说："庆元(宋宁宗赵扩年号，1195—1200)以来，诗人为谒客成风，干求要路，动获千万，石屏鄙之不为也。"他以自己的实际行动，来表示他卓尔不群的高尚节操。

他的这首七言律诗《饮中》，就是表现他的这种节操。这首诗的最大特点就是用了好多典故，只有了解了用典，才能明白诗中的意思。第三句用《资治通鉴》典故：后晋高祖天福七年："曦曰：'维岳身甚小，何饮酒之多？'左右或曰：'酒有别肠，不必长大。'"是说酒量过人。第四句用《世说新语》典故：晋代毕卓嗜酒如命，曾说："一手持蟹螯，一手持酒杯，拍浮酒池中，便足了一生。"第五句用《后汉书·隗嚣传》典故，刘秀曾对隗嚣说："苍蝇之飞不过数步，即托骥尾得以超群。"是说苍蝇歇在良马的尾巴上，就可以跑得很快很远。这是说攀附权贵，以求升迁。第六句用《诗经·小雅·鹤鸣》的典故："鹤鸣于九皋，声闻于野。""九皋"，是指深远的水泽淤地，这里用来代指隐居的山野之地。最后两句是用了《史记·屈原列传》中屈原的典故：屈原被楚王放逐于江滨，遇见渔父，见屈原"颜色憔悴，形容枯槁"，便问他何以到这个地步，屈原说："举世混浊而我独清，众人皆醉而我独醒，是以见放。"《离骚》是屈原的抒情长诗，抒写自己被放逐以后的愁苦、愤懑的心情。

这首诗虽然用典很多，但是读来还是比较流畅自然，没有那种佶屈聱牙的感觉，这是因为诗人尽量用了比较浅显的字词来表达典故的基本意思，语言比较通俗化。诗也写得比较生动，比如用"布衣"和"锦宫袍"来分别比喻隐居和做官，就很形象；用"刺骨清寒"来比喻自己的清贫、清高，就把抽象的意思表达得具体可感；还有"蝇"和"鹤"的对比，鄙夷和赞扬的意思也很鲜明。这些地方，都是他的成功之处。但是用典太多，终是一病，所以后来胡适在新文学革命时提出作诗不用典，也自有其道理。

当然，作者在现实生活中，虽然优游林下，也并非就是天生的乐神，内心也有着不平、复杂的情绪。所以最后两句以屈原自比，一方面表现了对现实的不满，另一方面也表明自己心灵深处的痛苦，所以他要"不禁憔悴赋《离骚》"了。至于"憔悴"，诗人的处境也就可想而知了。可见，任何人要完全超越自己所处的时代，像庄子所追求的那种绝对"逍遥"，也是办不到的。能够像戴复古这样洁身自好，不去黑暗的官场同流合污，在那时也要算难得了。

西 山

（宋）◎ 刘克庄

绝顶遥知有隐君，餐芝种术麈为群。多应午灶茶烟起，山下看来是白云。

刘克庄（1187—1269），初名灼，字潜夫，号后村居士，莆田（今属福建）人。以荫入仕。淳祐六年（1246）赐同进士出身。官至工部尚书兼侍读，以龙图阁学士致仕。卒谥文定。有《后村先生大全集》。

这首诗是写道士喝茶的。

这首诗是诗人在清闲的时候，看见居处附近的西山顶上，中午时候升起了袅袅茶烟，在山下看来像是白云缭绕，景色很是美好。于是他想到，这山上一定有隐居的道士，他们采摘灵芝，还种植白术之类的药草，用来炼制他们的仙药，以求长生不老；还养殖了不少的“麈”（音主，兽名，似鹿而小），成群结队的，非常可爱。他们就在这样清静的深山里，过着与自然融为一体的生活，受着自然的呵护和滋养。据说麈的尾巴可以避尘，魏晋人清谈时就手执一柄麈尾做的拂子，如《世说新语·容止》就说：“王夷甫容貌整丽，妙于谈玄。恒执白玉柄麈尾，与手都无分别。”想来这西山的道士也手执麈尾，一边喝茶，一边谈玄吧！从中流露出诗人对他们的向往。

这是诗人的想象，但是诗歌却是倒着写过来的，先写想象中山上的情况，然后再说从山下看见山上的茶烟，一步步地引人入胜，白云青山，突出喝茶，在结构上也具有自己的特色。

中国古代，不仅和尚喝茶，道士也喝茶。和尚喝茶主要是要从中领悟所谓“禅理”，道士是把喝茶看做祛病养身、延年益寿的一种手段，往往和一些草木类药物配合起来用，目的是不完全一样的。相同的是，他们对中国古代的茶文化都作出了贡献。

东坡南海烹茗图

（金）◎冯　璧

讲筵分赐密云龙，春梦分明一觉空。地恶九钻黎洞火，天游两腋玉川风。

冯璧（1162—1240），字叔献，一字天粹，真定人。金章宗承安二年（1197）进士。

北宋著名诗人苏轼（号东坡居士）一生喜欢喝茶，茶伴随他度过了坎坷崎岖的一生。就是他晚年被贬到海南岛儋县的穷荒之地，仍然饮茶不辍，他和茶结下了深厚的情谊。后来人们为了纪念他，画了《东坡南海烹茗图》这幅画，冯璧这首诗就是题这幅画的。冯璧是金国人，进士出身，累官至集庆军节度使。他虽然身在当时与南宋对立的敌国，但是对苏轼却是充满了敬仰之情。

"讲筵"即"讲席"。宋哲宗元祐二年（1087），苏轼在朝廷任翰林学士兼侍读，曾经得到皇帝赏赐的福建建瓯的贡茶密云龙，这是他政治生涯的顶峰时期之一。但是不久，因为性格的刚直不阿和对民生的深切关注，得罪当权者，遂被一贬再贬，最后贬到了海南的儋州，远离了朝廷。真是世事无常，繁华易逝。苏轼自己也写诗感叹道："人似秋鸿来有信，事如春梦了无痕。"（《正月二十日与潘郭二生出郭寻春》）表现了一切皆空的佛家思想。

到了海南儋州，那里是当时的南蛮之地，自然环境恶劣，人们都住在山洞里，要经常通过钻木取火这种原始方式烹煮食物，但是因为气候潮湿，就是钻木取火也非常不容易（"九钻"，是极言其钻木取火所费时间之久）。就是这样，他也经常取火烹茶，喝过以后，觉得真如唐人卢仝（号玉川子）所说的"唯觉两腋习习清风生"（《走笔谢孟谏议寄新茶》）了，思想也得到了解脱，使他能够坚持下来，度过最为艰苦的岁月，最后平安回到内地。可见茶对东坡先生起到了多么巨大的作用。

诗歌采用对比的方法，把讲筵赐茶和黎洞烹茶对举，用很经济的笔墨写出苏轼巨大的人生转折，突出了茶对他精神的支撑作用，写得婉转多致，而又情意深厚。

茗 饮

（金）◎ 元好问

元好问（1190—1257），字裕之，金太原秀容（今山西忻县）人。曾读书于山西遗山，因号遗山山人，世称元遗山。金宣宗兴定五年（1221）进士。官镇平、内乡、南阳等县县令。后入朝，历尚书省左司员外郎，入翰林，知制诰。金亡不仕。有《遗山先生文集》四十卷。又编金人诗为《中州集》十集。

宿酲未破厌觥船，紫笋分封入晓前。槐火石泉寒食后，鬓丝禅榻落花前。一瓯春露香能永，万里清风意已便。邂逅华胥犹可到，蓬莱未拟问群仙。

这首诗是金代的著名诗人元好问在一次寒食节之后饮茶而作的，写出了他的随缘任运、知足而乐的思想感情。

开始两句是说，昨夜饮酒过量，清晨醒来，还厌见酒器（“觥船”，一种船形的大酒杯。觥音工）。怎么办呢？就打算在清晨开封品饮从江南带来的紫笋茶，借以醒酒。接下来两句说，“槐火石泉寒食后，鬓丝禅榻落花前”。前一句是引用苏轼《东坡志林》中的故事：苏轼在贬谪黄州团练副使期间，曾在梦中得诗句云：“寒食清明都过了，石泉槐火一时新。”借以点明诗人现在的茗饮方式，时令是在清明节之前、寒食节之后。后一句则描写自己的处境，坐在禅床上，满鬓白发，而又面对暮春时节的纷纷落花，心情之衰飒可以想见。但是，“一瓯春露（指茶汤）香能永”，喝过之后，忽然觉得浑身轻松，宿酒全消，舒适惬意了。“清风”，是暗用了唐代诗人卢仝《走笔谢孟谏议寄新茶》诗中的句意：“唯觉两腋习习清风生。”仿佛要乘风归去，飘飘欲仙了。诗人最后说，喝了这茶，估计可以精神宁静，进入梦乡（“华胥”，指梦境）的吧，要达到蓬莱仙境面对群仙的境界，长生不老，那倒不是我的希望。诗人也只是借茶来消除寒食之后宿酒的困扰和打发索寞的时光，心情是淡淡的，还显得有些忧伤。金亡之后，诗人居闲不仕，且常饮酒消愁，以茶消酒，于此可见他晚年生活思想之一般。

西域从王君玉乞茶因其韵七首(之七)

(元)◎ 耶律楚材

啜罢江南一碗茶,枯肠历历走雷车。黄金小碾飞琼屑,碧玉深瓯点雪芽。笔阵陈兵诗思勇,睡魔卷甲梦魂赊。精神爽逸无余事,卧看残阳补断霞。

耶律楚材(1190—1244),字晋卿,契丹族。金宣宗贞祐初年,辟左右司员外郎。元太祖铁木真(成吉思汗)克燕后,被召用,颇受信任。太宗朝,官至中书令。卒后追封广宁王。有《湛然居士集》。

从这首诗歌中,我们可以看到在诗人耶律楚材生活的那个金元之际的时代,茶叶在南北的交流和人们的饮茶习惯。

耶律楚材是契丹族人,辽国皇族子孙,金末为开州同知,元太宗时官至中书令,很得信任。他是元代著名的少数民族诗人。他在北方(这里诗题中的"西域",是对玉门关、阳关以西地区的泛称)向王君玉要茶,王君玉就给了他茶叶,同时还写了诗给他。他按王君玉诗歌的韵写了七首奉和的诗歌,表示感谢。这里选的是其中的第七首。王君玉是宋人,号夷门隐叟,著有《国老谈苑》,记载宋太祖到真宗三朝遗事。

前两联是倒装。他先说自己喝茶以后的感觉:这江南的茶一喝下去,就觉得肚子里发出有如雷车滚过的声响,可见这江南的茶就是好,喝下去立竿见影。"枯肠",还是暗用了唐代诗人卢仝《走笔谢孟谏议寄新茶》诗中的句意:"三碗搜枯肠,唯有文字五千卷。"然后才说茶叶烹煮的情况:原来他得到王君玉的茶以后,很是珍惜,用精致的"黄金小碾"来碾成像美玉一样的粉末,放在深深的碧绿色的茶碗里,只见里面还像浮动着雪白的茶芽,非常可爱。这两句,"黄金"、"琼屑","碧玉"、"雪芽",几种颜色搭配在一起,构成了美丽的色彩,不要说喝茶,就光是这些色彩就已经让人心驰神往了。描写非常形象生动,于此可见诗人驱遣字句的深厚功力。而且前四句一倒装,起得警拔有力,突出了茶喝下去的神奇效果,给人深刻的印象。

第三联又遥接第一联,写喝茶的效果。茶一喝下去,就觉得诗思神勇,拿出纸墨笔砚来写诗,不觉文思泉涌,一下子就写了这么多(他一连写了七首)。原来,是睡魔被驱除了,卷甲曳兵,睡梦也逃得远远的,自己只觉得神思非常清越。最后说:"精神爽逸无余事,卧看残阳补断霞。"他以"爽逸"来形容此时的精神愉悦,又正是傍晚时分,觉得格外的安闲,于是就看着落日的五彩晚霞,觉得真是怡然陶然了。诗歌以景作结,用绚烂的景色来和前面的精致美丽的色彩映衬,把喝茶的感觉写得非常美好,留下了悠长的余韵,让人品味。

王氏能远楼

范梈（1272—1330），字亨父，一字德机。元清江（今属江西）人。少孤贫，刻苦学文。年三十六辞家北游，卖卜燕市，吴澄荐为左卫教授，迁翰林编修，出为闽海道知事，移疾归。天历二年（1329），授湖南岭北廉访使，以母老不赴。人称文白先生。有《范德机集》七卷。

（元）◎范　梈

游莫羡天池鹏，归莫问辽东鹤。人生万事须自为，跬步江山即寥廓。请君得酒勿少留，为我痛酌王家能远之高楼。醉捧勾吴匣中剑，斫断千秋万古愁。沧溟朝旭射燕甸，桑枝正搭虚窗面。昆仑池上碧桃花，舞尽东风千万片。千万片，落谁家？愿倾海水溢流霞。寄谢尊前望乡客，底须惆怅惜天涯。

这是一首题咏之作。楼名"能远"，取义在其高——高瞻方能远瞩。本篇虽以"王氏能远楼"为题，其实只是一首饮酒歌，读者且莫被他蒙了去。可以猜测，"能远楼"或是王氏酒家。

诗一起就用了两个典故。"天池鹏"出自《庄子·逍遥游》，说是南冥天池乃北海鲲鹏的目的地，此鸟一飞便在九万里高空之上，实在是逍遥之至。"辽东鹤"出自《搜神后记》，说是辽东人丁令威学道化鹤，千年一归，见城郭如故而人物一新，于是高唱"何不学仙"而飞去。诗人却道："游莫羡天池鹏，归莫问辽东鹤。"两个否定，抹杀两只神鸟，说鹏也不可羡，仙也不可羡。不是不可羡，而是办不到。要说办不到，却也办得到："人生万事须自为，跬步江山即寥廓。"好个范德机，揭出"自为"二字，实乃人生超脱必然而达到自由的妙义。"跬步"虽短虽近，"不积跬步，无以致千里"（《荀子·观学篇》）。只要人能自为（即发挥"主观能动作用"），"跬步江山即寥廓"——岂不是比大鹏还大鹏！诗的这个富于哲理启迪的开头，全在强调"人生得意岂暇愁，且饮美酒登高楼”(李白)的必要和快乐，是极富于兴会，出以挥洒的笔墨。

诗人正是在登高楼，正是在饮美酒。以下迸奔出一个痛快的长句：“请君得酒勿少留，为我痛酌王家能远之高楼！”那气概，那声口，简直是太白复生，读者仿佛看到《将进酒》的续篇。“醉捧勾吴匣中剑，斫断千秋万古愁”，不要说“抽刀断水水更流”，且须“与尔同销万古愁”，诗人翻用古人诗意，几使太白奔命不暇。“勾吴”一词极新警，指产吴钩之吴地，如倒作“吴勾”，则平平，且与“匣中剑”犯复。

以下诗人以色彩斑斓的笔墨，写出醉中达到的神仙境界。大海之上旭日东升，光照幽燕古国，当然也照在能远楼。诗人突发奇想，觉得那搭在窗口的树枝是扶桑之枝。这使他的思绪又飞到昆仑瑶池，如睹王母桃花，那千树万树的桃花，一忽儿又乱落如红雨。“沧溟朝旭射燕甸，桑枝正搭虚窗面。昆仑池上碧桃花，舞尽东风千万片”数句之瑰丽，有如时花美女，绝类李贺。这样浪漫放纵的笔墨，诗人居然能够一笔收拢：“千万片，落谁家？”除了王氏酒家，不知更有谁家。不意诗人收拢一笔后，又能放出一个奇句：“愿倾海水溢流霞。”称酒为“流霞”语出《抱朴子》，本指神仙饮料。已够浪漫了，还要倒倾海水以为琼酿，可令太白微笑，长吉拊掌。

最后归结题旨：“寄谢尊前望乡客，底须惆怅惜天涯。”可见诗人是在宦游或羁旅中，以酒消忧。此即李白“但使主人能醉客，不知何处是他乡”一意。登“能远楼”，不仅可以远望当归，而且可以乐不思蜀——盖以有酒也。

范德机在元以诗名天下，编集唐人诗以为格式，于李、杜二家尤为用力。虞集曾不无贬抑地说他是“唐临晋帖”，胡应麟回护道：“唐临晋帖，近而肖也。”这首诗实出入于太白长吉之间，既挥洒自如，又绚丽多彩，然其情辞皆从胸次中流出，不是摹拟者所能及。善临帖者，应有一定创意。唐人临王羲之《兰亭序》数家，不是各具风采么？范德机本篇好处，又岂“肖”字而已。

湖州竹枝词

（元）◎张　雨

张雨（1277—1348），字伯雨，一字天雨，号贞居子，钱塘人。二十余岁弃家为道士，自称句曲外史。有《句曲外史集》。

临湖门外是侬家，郎若闲时来吃茶。黄土筑墙茅盖屋，门前一树紫荆花。

竹枝词是民歌，起源于巴渝一带，后经文人传播，很多地方也有了当地特色的竹枝词，本首为吴声竹枝词。这首诗表面看是女子请男子喝茶，但实际上它是一种男女订婚的民间形式，因为“吃茶”在这个时候已经演化为双关语，旧时女子受聘叫“吃茶”，意思是种茶下籽，不可移置，移置则不可复生，象征爱情婚姻的坚定。

诗歌是以女子的口吻向男子说话——也许是在受聘仪式上吧，女子见到男子，一见钟情，不觉倾心爱慕，已经有些情意依依了。她用吴侬软语（吴地称人多用“侬”字，如我侬、渠侬、他侬等等，话音轻软），说得非常亲切动人。她先向男子介绍自己的居处，就在“临湖门外”，这里的湖是指太湖。我们可以想见太湖一带的水乡泽国，她家门前的荷塘、柳树，湖上的帆影、渔船，风景该是多么的旖旎而优美。还进一步介绍具体地点，免得他找不到，或者走错：“黄土筑墙茅盖屋，门前一树紫荆花。”话语中含着特意叮咛的意思。这是典型的江南农家小院景象，简陋是简陋些，但是觉得亲切温馨。特别是门前那一树开得正繁的紫荆花，红紫相间的颜色，正欣欣向荣，多么诱人，这就是她家的鲜明标志了！按民间说法，它还象征着家庭和睦哩！这里“一树紫荆花”，也暗寓着“花开堪折时直须折，莫待无花空折枝”（唐无名氏诗《金缕衣》）的意思，流露出女子对于婚姻的急切期待和对心爱男子的渴盼。总之是一句话，“郎若闲时来吃茶”，殷切而热烈的情意，洋溢于诗歌之外了！

诗歌通过简短的四句话，刻画了一位聪明、热烈而又性格爽朗的江南女子的形象，栩栩如生，呼之欲出。此外，我们也可以看到，喝茶这件很普通的事情，由于时代的向前发展，已经包孕了比原来更多的内涵，而融进了民俗风情这样的文化，显得更加厚重了。

对 酒

（元）◎倪 瓒

题诗石壁上，把酒长松间。远水白云度，晴天孤鹤还。虚亭映苔竹，聊此息跻攀。坐久日已夕，春鸟声关关。

倪瓒（1301—1374），字元镇，号云林子、幻霞子等。其先西夏人，五世祖徙家无锡。性格孤傲，绝意仕进，好诗、善画、嗜藏书，中年尽鬻田产，晚年漂泊东吴。明洪武七年（1374）还乡而卒。

这是一首五言古诗，写作者与朋友在松林间相对饮酒时的所见所感，风景优美动人，诗意清新恬淡，语言流畅自然，是倪瓒颇具代表性的诗作之一。

诗题是《对酒》，饮酒的显然是两个人，一个是作者自己，另一个当然是与他志趣相投的朋友。开始两句用倒装笔法，交代了饮酒的地点、环境和行动。在风和日丽的春天，他们选择了山上的松林，相对而饮。与第三联“虚亭”联系起来看，他们是坐在“长松间”的亭子里，周围是高大的松树，枝柯相交，浓荫蔽日，这是多么幽静而又雅洁的所在。志趣相投的朋友在这样的环境相对举杯，是何等无拘无束，悠然自得，一定是两人对坐，“一杯一杯复一杯”了。他们乘着酒兴，开怀赋诗，然后把新诗写到亭边的石壁上，在醉墨淋漓中留下日后的纪念，这又是何等富有雅兴的行为！开篇两句，作者以形象、精炼之笔，把人物、行动和环境交融在一起，通过生动传神的描写，把对酒表现得情趣盎然，十分动人。

然而以下六句，作者却不再写“对酒”了，而是在收纵变化中，写在亭中见到的清新明丽的春景。这原因，一是开始两句已经把对酒的主要活动交代清楚了，无须胶着题目，再作冗赘描写；二是“醉翁之意不在酒，在乎山水之间也。山水之乐，得之心而寓之酒也”（欧阳修《醉翁亭记》），这才是本诗所要突出的重点。因而，作者在开始淡扫一笔之后，就立即掉开笔锋，以较为细致之笔，来描画眼前迷人的风光。

“远水”两句，先是一纵，把视线从“长松间”转向远处、高处。从亭子里穿过长松望去，

远处无边的春水一片碧绿，其中倒映着悠悠飘浮的白云；在晴朗的蓝天下，一只白鹤正从远处飘然飞还。这两句，远水共晴天相映，白云与孤鹤齐飞，是一幅多么开阔、淡远的画图。接下来两句，作者又巧妙地从上句的“还”字，把描写的笔触收回到亭子中。“虚亭”有两层意思：一是言其高，仿佛亭子是在虚空之中；二是亭子四面无壁，周围的景物可以直视无碍，似乎亭子已然不复存在，而与风景融而为一了。那满地青苔和万竿修竹，一齐映入“虚亭”，作者不禁为这无边的绿色而陶醉，感到心满意足，于是发出了“聊此息跻攀”的感叹。这里的风光如此美好，还要再往哪里去攀登呢？还是在这里歇息的好。从最后两句看，作者的确没有再“跻攀”了，他们一直在“长松间”，在“虚亭里”，坐到太阳西斜，那夕阳的余晖返照在松林的青苔上，抹上了一层朦胧、幽美的色彩，这里的景色变得更加美好了。此时，投林的鸟儿纷纷从山外归来，“关关”(鸟叫声，语出《诗经·关雎》：“关关雎鸠，在河之洲。”)地鸣叫着，相呼相唤，共同寻找归宿之所。这两句显然是从陶渊明《饮酒》诗“山气日夕佳，飞鸟相与还”中化出，却远化无迹，十分自然，蕴涵了丰厚的意味。全诗在这里自然结束，启人遐思。这六句既有对风景的描绘，又有作者的感叹，把写景与抒情自然地结合在一起。在描写中，有诉诸视觉的各种物象和色彩，也有诉诸听觉的鸟声，描写得细致而又丰富，笔墨不断变化，远近高低，控纵有度。这一切，交织得如此和谐，它与整个诗的安闲、恬淡、清新的意境，达到了高度完美的统一。

这首五言古诗的形制十分精巧，乍一看来，好像是五言律诗。自然，由于它的平仄上不合律诗的黏对原则，只能算是“五古”诗体。但是，在古诗中却掺进了近体诗的因素。首先是在诗中安排了一些合律的句子和基本合律的句子，例如“远水”二句完全合律，“题诗”二句和“虚亭”二句也基本合律，这样，读来在声情上就自然有一种律诗的精致感与和谐感。其次，开始四句，在词性的对偶上铢两悉称，十分工巧，因而使它更像律诗。这些，把古体诗与近体诗的形式交叉融合，而形成一种非近非古、亦近亦古的新样式，在自然质朴中不乏人工的精美，在雕刻锤琢中又有自然之态，收到了良好的艺术效果，虽非独创，却也颇具新意。

北　里

（元）◎倪　瓒

舍北舍南来往少，自无人觅野夫家。鸠鸣桑上还催种，人语烟中始焙茶。池水云笼芳草气，井床露净碧桐花。练衣挂石生幽梦，睡起行吟到日斜。

作者倪瓒是元代的著名画家，其先西夏人，后来迁居无锡，遂为无锡人，一生没有入仕。他画平远山水，疏疏淡淡，得简远之致。他的诗歌也作得不错，风格和他的画颇有些相似。

北里是他的居处，全诗就写他居处的风光和自己的活动。这是春天的景象，他家环境很清静，因为他和邻居来往少，也就没有人来找他，他也落得清静。一个"静"字，渗透全诗。就在这静中，他听见斑鸠咕咕的叫声，仿佛在催促春耕下种；又隐隐传来人声，看见乡村里的农舍冒出了白色的袅袅烟雾，啊，这是人们在开始焙制春茶了！——这是诗歌前半部分的写景，淡淡的用语，淡淡的情致，写来不费一点气力。

诗歌的后半部分，继续写自家院里的情景。"池水云笼芳草气，井床露净碧桐花"，池水、芳草，井床、碧桐，都在轻云的笼罩中，上面挂着晶莹的露珠，环境在清静中又增添了几许春日特有的清新之气，让人觉得非常美好。最后写到午间要休息了，随便地把白绢制成的衣衫挂在石头上，就幽幽地做起梦来。等到一觉醒来，觉得精神清爽，就一边散步一边吟诗，不知不觉到了红日西斜。这一天就这样过去了，一切都很安静，很清闲，怡然自得，这就是诗人选择的自由自在的生活方式。在快节奏生活的今天，是很值得艳羡的。

诗歌中说到茶的地方不多，只是轻轻点了一笔，但这是重要的一笔。我们可以看出，江南地区的制茶业更加发达了，诗人举首即见，农村到处都有焙制的作坊，升腾起焙茶的烟雾，可见那时茶叶有着广阔的销售市场，农村正是靠着制茶这个重要副业来发展自己的经济。

双调·清江引·秋居

（元）◎ 吴西逸

吴西逸（？—？），事迹不详。

白雁乱飞秋似雪，清露生凉夜。扫却石边云，醉踏松根月。星斗满天人睡也。

开篇就有奇趣：写“白雁”倒也罢了，雁阵最是整齐，如何能说“乱”？除非雁群惊起于芦荡，一时与芦花俱飞，才能有飞雪的味道。这雁儿一飞，天气也就凉了。准确地讲，是已凉而未寒。

夜露清凉宜人，山人一番小酌，睡意上来，却不回屋上床。醉醺醺踏着松根月色，来到大青石前：天地就是我屋，星月就是我灯，石头就是我床，想睡就睡。措语仍有奇趣：“踏月”倒也罢了，至于“云”，是远看则有，近看却无，石边哪得有云可扫？

现实没有，想象有；醒时没有，醉中有：此之谓浪漫。结尾以语助词“也”字入韵，更觉开心写意。

逢张架阁

（明）◎ 高　启

花落江南酒市春，逢君归骑带京尘。一杯相嘱成知己，何必相逢是故人？

高启（1336—1374），字季迪，长洲（今江苏苏州）人。元末隐居吴淞青丘，自号青丘子。与杨基、张羽、徐贲并称“吴中四杰”。洪武初，召修《元史》，授翰林院国史编修。拜户部侍郎，不受。后被明太祖借故腰斩。有《高太史全集》。

这首诗要表达的意思其实很简单，用一个成语来说就是：一见如故。但是你看他表达得多么婉转曲折——这，就是诗。

前两句说碰见张架阁的时间和地点。张架阁，其人未详。架阁，本来是指官署存放案卷文牍的木架，宋元两代朝廷都设有架阁库官，掌管储存文案帐籍，这样架阁也就代指官职了，和我们现在的档案馆馆长差不多。就在春意阑珊的时节，张架阁从京城风尘仆仆地回到了南方，他们在酒市里正好相逢了。高启是吴县（今江苏苏州市）人，其时隐居家乡，张架阁大约也是南国同乡，他们这一见面自然应该很高兴。但是，这两句诗里暗用了杜甫《江南逢李龟年》的诗意：“岐王宅里寻常见，崔九堂前几度闻。正是江南好风景，落花时节又逢君。”杜甫是在安史之乱以后远离京城长安的潭州（今长沙）遇见李龟年的，两人都同时落拓而流落江南，诗中充满着凄怆的感叹。这里，高启和张架阁的相遇，也显然有些类似，大约张架阁是从京城很不得意才回来的，诗句在表面看来热烈的叙述中，隐含着双方内心深处的嗟叹。

后两句说他们相逢之后，就一起饮酒，真是“酒逢知己千杯少”，他们一下子成了知己而痛饮起来。因此诗人很感叹地说，知己不一定要是故人啊！可见他们谈得非常投机，成了亲密朋友。这两句，也用了白居易《琵琶行》中的诗意：“同是天涯沦落人，相逢何必曾相识？”高启诗最后一句正好也就是白居易诗句的翻版。这就表明诗人和张架阁虽然原来并不相识，但是却都是“天涯沦落人”，惺惺惜惺惺，他们的坎坷遭际和由此而生的沦落人的感怆情怀，把他们的距离一下子缩小了，顿然亲密起来。这些，也就是他们很快成为知己的根本原因。前后四句联起来看，这首诗要表达的一见如故的素不相识的朋友乍然相逢的情景，也就非常自然，既生动形象，而又意境深厚。

有时，典故运用得好，如盐着水，令人浑然不觉，也能很好地起到丰富诗歌意蕴的作用，这首诗就是一个很好的例子。

采茶词

（明）◎ 高 启

雷过溪山碧云暖，幽丛半吐枪旗短。银钗女儿相应歌：筐中摘得谁最多？归来清香犹在手，高品先将呈太守。竹炉新焙未得尝，笼盛贩与湖南商。山家不解种禾黍，衣食年年在春雨。

这首《采茶词》比较具体地描写了当时农村种茶、采茶和制茶、销售等方面的情况，是我们了解那时农村茶业生产的有用资料，诗歌也写得生动活泼，读来清新有味。

诗人先从季节说起。那时惊蛰刚过，春雷初动，漫山遍野“碧云”叆叇，那是茂密的茶树在迎春生长了；茶树吐出了新芽，也就是“半吐枪旗短”，正等待人们去采摘。据《宣和北苑贡茶录》说：“凡茶芽数品，最上曰小芽，如雀舌、鹰爪，号芽茶。次曰拣芽，一芽带一叶，号一枪一旗。次曰中芽，一芽带两叶，号一枪两旗。”这里“枪”是指芽，“旗”是指叶。“半吐枪旗短”，是刚出嫩芽的时候。这时，带着银钗的采茶姑娘应时出动了，她们来到山上，一边兴致勃勃地采茶，一边用山歌和隔山的女伴相对答：“筐中摘得谁最多？”这既是互相探询，互相问候，也是一种劳动的比赛。我们可以想见她们清脆婉转的歌声在山野间此起彼伏，情景该是多么动人！

但是，她们两手还带着茶香，刚刚采来的茶叶，最好的却要全部献给“太守”——也就是官家了。官家要把这些最好的茶叶焙制出来，一级级地进贡到朝廷。她们自己留下的当然就是茶叶中的次品了，她们这才能够自家焙制起来，成为属于自己的产品。她们舍不得尝尝这些新茶，就用笼子装起来，全部卖给商人，南下贩运到湖南那些地方去了。——这里山区的情况就是这样，大家不懂得种稻谷等粮食作物，而只是种茶，一年四季的生活就全靠春季的茶业收入来维持了。所以大家要抓紧春季这段时间，集中精力采制茶叶，因为这是大家一年时间的衣食所靠啊！

诗歌在表面热闹的描写中，使我们看到这么一个残酷的现实，那就是官家对于茶民的压榨和剥削，年年要把最好的茶叶白白拿走，那简直就是从他们口中夺食，茶民的生活非常痛苦。同时，我们也可以了解到，那时已经有了进一步的专门的茶叶种植区，也有了专门的生产、制作茶叶的人们，农业出现了分工。由于分工的形成，又产生了更多的专门销售茶叶的商人。这样，到了明代，社会经济就进一步繁荣，出现了初步的不完全的商品经济的雏形，推动了社会各方面的进一步发展——这也是历史演进的必然。

把酒对月歌

（明）◎ 唐　寅

李白前时原有月，唯有李白诗能说。李白如今已仙去，月在青天几圆缺？今人犹歌李白诗，明月还如李白时。我学李白对明月，月与李白安能知？李白能诗复能酒，我今百杯复千首。我愧虽无李白才，料应月不嫌我丑。我也不登天子船，我也不上长安眠。姑苏城外一茅屋，万树桃花月满天。

唐寅（1470—1523），字伯虎，一字子畏，号六如居士、桃花庵主。弘治十一年（1498）举乡试第一。程敏政被劾，寅亦株累下狱，谪为吏，耻不就。筑室桃花坞，日饮其中，蔑视世俗，狂放不羁。善书画，与祝允明、文徵明、徐祯卿称“吴中四才子”。

唐伯虎科场失意，落拓半生，于明武宗正德二年（1507）在苏州城内桃花坞筑桃花庵，日与好友祝允明、文徵明等饮其中，蔑视世俗，狂放不羁。作《桃花庵歌》及此歌言志，推崇陶潜、李白，表现出对世俗和权贵的鄙弃，其为诗亦不拘成法，不避俚俗，与愤世嫉俗的思想内容一致。王世贞《艺苑卮言》说他“如乞儿唱莲花落，其少时亦复玉楼金埒”，是十分精到的评语。

本篇歌咏李白并引以自况。“把酒对月”这个题目就是李白的。李白一生爱月，所咏明月诸诗脍炙人口。这首诗一开始就以兀傲的口气，推倒一切月诗，独尊李白：“李白前时原有月，唯有李白诗能说。”有这样的气概，方许歌咏李白。这里推崇的“李白诗”，当主要指《把酒问月》：“青天有月来几时，我今停杯一问之。人攀明月不可得，月行却与人相随。……今人不见古时月，今月曾经照古人。古人今人若流水，共看明月皆如此。唯愿当歌对酒时，月光长照金樽里。”而唐寅这首诗，主要就受李白本篇句调的影响，但他在诗中把李白加进去与明月反复对举，又是李白本人不能写的光景。“李白如今已仙去，月在青天几圆缺”，后句是李白式的，但配合前句，则是作者新意。月固有阴晴圆缺，但卒莫消长。而诗仙呢？却不能复生了。遗憾么？是的。又说：“今人犹歌李白诗，明月还如李白时。”大诗人不和明月一样永存吗？这调门是李白的，新意是唐寅的。

最好的还是诗中在李白与明月之间，加入了“我”。如果失去了这个“我”，也就失去了李白精神。“我学李白对明月，月与李白安能知”。唐伯虎错了，李白固不能知，但月能知之！于是作者引李白自况：“李白能诗复能酒，我今百杯复千首。”“百杯复千首”就是“能诗复能酒”，也就是杜甫所说的“一斗诗百篇”。敢于自比李白，这也是李白风度，料谪仙在世亦当青眼相加。有胆量有信心，并非等同于狂妄，以下一转一合最为妥帖：“我愧虽无李白才，料应月不嫌我丑。”前句妙在自知之明，后句妙在不卑不亢，又使人想起辛弃疾得意之句：“我爱青山多妩媚，料青山爱我亦如是。情与貌，两相似。”这种有分寸的自负之语，任何读者都不反感而容易接受。好比谢灵运说：“天下才有一石，曹子建独占八斗，我得一斗，天下共分一斗。”诗人是说，对李白我佩服得五体投地，而对他人则不多让。语意皆妙。

最后诗人讲出了他和李白同而不同的一点：“我也不登天子船，我也不上长安眠。”诗句化自杜甫《饮中八仙歌》：“李白一斗诗百篇，长安市上酒家眠。天子呼来不上船，自称臣是酒中仙。”这里是说，我虽然没有李白得到皇帝征诏的经历，但也有他那种豪放不羁的禀性，“不上长安”倒也乐得：“姑苏城外一茅屋，万树桃花月满天。”这个茅屋就是桃花庵。《桃花庵歌》道：“桃花坞里桃花庵，桃花庵里桃花仙。桃花仙人种桃树，又摘桃花换酒钱”，“但愿老死花酒间，不愿鞠躬车马前。”

诗表现的倜傥不群、超尘脱俗地追求自由、反抗权势的精神，和豪放飘逸的句调风格，都酷肖李白。以其人之风格还咏其人，妙在古今同调。如果挑剔一点说，这首诗比李白诗，雄快天然似之，而深远宕逸不足。然置诸李白歌行中，不失中驷。

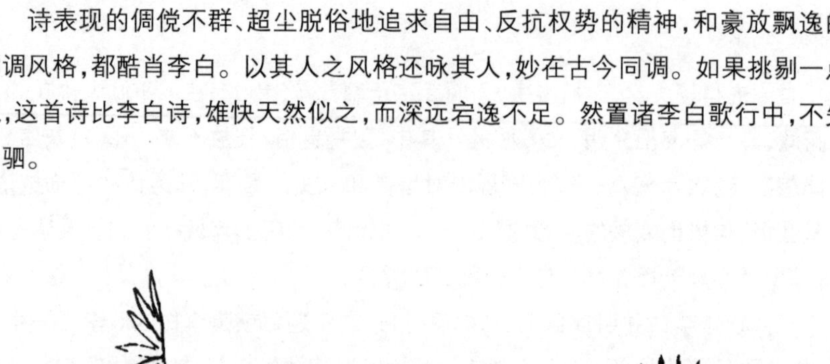

某伯子惠虎丘茗谢之

（明）◎徐　渭

虎丘春茗炒烘蒸，七碗何愁不上升。青箬旧封题谷雨，紫砂新罐买宜兴。却从梅月横三弄，细搅松风炧一灯。合向吴侬彤管说，好将书上玉壶冰。

徐渭（1521—1593），字文长，一字文清，号天池山人、青藤山人，明山阴（今浙江绍兴）人。科场失意，为浙闽总督胡宗宪幕僚，对抗击倭寇多有策划。胡得罪被杀后，终身潦倒。诗文主张独创，反对摹拟。有《徐文长全集》、《徐文长佚稿》、《徐文长佚草》、《四声猿》等。

喝茶本来是极为平常的事情，但是愈到后来，随着历史文化的慢慢积淀，喝茶就具有了愈为深厚的文化内涵，尤其是文人喝茶，讲究氛围韵味和文人情调，喝茶就更加具有文化上的意义了。

徐渭为人狂放不羁，一生只做过幕僚，很不得志，曾经发疯、坐牢。但是他是明代著名的文学家、艺术家，诗、书、画、戏剧，都有很大成就。他和当时的大多数文人一样，也很喜欢喝茶，而且特别追求高雅的文人情调。这首诗就是写他喝茶的这种情况的。

开始两句就开宗明义地说明，他接到伯子惠赠的经过“炒烘蒸”等多道工序精制而成的名贵的虎丘茶以后，就是希望喝了它能够达到精神的解脱，乘风高举，飘飘欲仙。这里他是用了唐代卢仝《走笔谢孟谏议寄新茶》著名诗歌中的意思。卢仝的诗说：“一碗喉吻润，两碗破孤闷。三碗搜枯肠，唯有文字五千卷。四碗发轻汗，平生不平事，尽向毛孔散。五碗肌骨清，六碗通仙灵。七碗吃不得也，唯觉两腋习习清风生。蓬莱山，在何处？玉川子乘此清风欲归去。”所以这首诗也叫《七碗茶歌》，这是把普通的喝茶上升到精神层面来感受、来品味了，这正是思想敏感而又内心丰富的文人们的精神所需要的，他们通过喝茶来寄托自己的情思，而得到精神上的慰藉和满足。

我们来看徐渭是怎样喝这虎丘茶的吧！

他首先打开青色笋皮包装的雨前茶，又拿来名贵的江苏宜兴的紫砂罐，然后开始煮茶。“封题”有书法的表现，紫砂罐是一种造型别致的工艺品，单是看着它们，就有一种艺术的享受。也就在这种艺术的享受中，他一边煮茶，一边听着音乐，也许是乐伎演奏的吧，要是诗人自己横笛演奏这支笛子独奏曲，那就更有意思了。这音乐也是有名的江南名曲《梅花三弄》，因为全曲主调出现三次，故称“三弄”，内容是描写傲霜迎雪的梅花。此时，他煮着茶，罐子里响起茶沸时像松风呼啸、汹涌澎湃的声音，屋子里是将尽未尽的昏暗的灯光，周围是无边的暗夜。——他就是在这种氛围中煮茶的。我们可以领会得到，这煮茶活动本身也在这种氛围中转化成一种精神的活动，除了“封题”和“紫砂罐”的直观艺术形象，茶叶的清香气味，悠扬的音乐和涵蕴其中的梅花的高洁形象，还有松风暗夜，摇摇欲尽的残灯。这一切，混合成了徐渭所特有的精神境界：黑暗的环境，高洁的自我，力求解脱的企求，这正是诗人内心世界的外化。这里写的当然就不仅仅是煮茶了，而是通过煮茶活动的几番投影、折射，在迷离恍惚中不无幽怨地表现着诗人的自我。

正是因为如此，所以诗歌最后说：“合向吴侬彤管说，好将书上玉壶冰。”“吴侬”，即吴人，因为吴地称别人或自己都叫“侬”。“彤管”即赤笔管，古代女史以彤管记事，后用于女子文墨之事，如《后汉书·皇后妃序》就说：“女史彤管，记功书过。”“玉壶冰”出自唐代诗人骆宾王《送别》诗：“离心何以赠，自有玉壶冰。”这两句虽然在意思上更加隐晦含蓄，但是基本意思还是很清楚。一方面，诗人是在以“玉壶冰”比喻烹煮出来的茶汤是多么的明净鲜亮，见出他所得到的茶叶是非常的美好；另一方面，也就是在隐约之中，希望那记述他功过的人，要好好写上他像玉壶一样高尚清白的品格，保持自己的名节。这里面，隐含着诗人非常复杂、深微的情怀，也透露出他内心深处的一腔无奈和幽怨——这也正是诗人精神世界的真实写照。

这样，我们读完这首诗，就不仅仅是看见诗人在喝茶，还能感觉到他在向人暗示、婉言自己难以言表的满腹深衷。

龙井茶

（明）◎屠　隆

山通海眼蟠龙脉，神物蜿蜒此真宅。飞泉喷沫走白虹，万古灵源长不息。琮琤时谐琴筑声，澄渟冷浸玻璃色。令人对此清心魂，一漱如饮甘露液。此山秀洁复产茶，谷雨霡霂抽仙芽。摘来片片通灵窍，啜处冷冷馨齿牙。采取龙井水，还烹龙井茶。一杯入口宿酲解，耳畔飒飒来松风。

屠隆（1543—1605），字长卿，鄞县（今属浙江）人。万历五年（1577）进士。与汤显祖友善。有《白榆集》。

这首诗是诗人歌咏杭州西湖龙井之作，题目虽是“龙井茶”，但其实是既写了龙井的水，也写了龙井的茶，一箭双雕。前八句写龙井的水。龙井位于西湖之西翁家山的西北麓。龙井原名龙泓，传说晋代葛洪曾在此炼丹。龙井是一个圆形的泉池，大旱不涸，古人以为此泉与海相通，其中有龙，因称龙井。龙井有着优越的环境和美丽的传说，所以诗歌一开始就描写了它的“山通海眼蟠龙脉”的地理位置，是神龙盘绕的“真宅”，给人以深刻印象，同时还具有了神秘的色彩。接着又描写它“飞泉喷沫”腾起白虹，泉水流淌的声音就像琴、筑（一种打击乐器）和鸣一样美妙，泉水的颜色就好似明净透亮的玻璃——面对这样的泉水，诗人不禁感到浑身清爽，精神为之兴奋了；再掬一捧清泉一喝，那清冷冷的泉水立即沁人心脾。这些细致入微的描写，从各个方面写出了龙井水的美好，使人有如亲临其境之感。

写过水之后，诗人接着就描写龙井的茶了。龙井是著名的龙井茶的故乡，这里的茶以色绿、香郁、味醇、形美“四绝”闻名中外。茶叶扁平挺秀，光滑匀齐，翠绿而略黄；泡在杯中，芽芽直立，汤色明亮，滋味甘鲜，被誉为“黄金芽”。尤其是这里的“雨前茶”，更是久负盛名。所以诗人在“此山秀洁复产茶”的轻轻一转之后，由山而茶，特别写到小雨（“霡霂”是小雨，音脉木，见《诗经·小雅·信南山》）中的“新芽”。此时，春雨飘飘洒洒，满山新绿，茶芽正在生机勃勃地生长，这种春山景象，该是多么富有江南地区的诗情画意啊！这种新芽，“摘来片片通灵窍，啜处冷冷馨齿牙”。“通灵窍”而又“馨齿牙”，可以想见茶叶的极其美好了，一股清香之气不觉扑面而来。这些描写很生动，而且令人感觉到春意盎然的生机和活力，和那美妙的泉水一样，真是令人非常向往。

喝茶，光有好水不行，光有好茶也不行，而龙井这里却可以得兼，好水好茶都有。于是，好水加好茶，也就是“龙井茶”，这就成为难得的最佳极品了！于是，诗人“采取龙井水，还烹龙井茶”，仔细品尝起来。而品尝的结果，是“一杯入口宿酲解，耳畔飒飒来松风”——真是很美妙的呀，一杯茶刚喝下去，立即就觉得昨夜的残酒已经消除净尽了，精神倍增；而且耳边也随之响起了飒飒的风吹松林的声音，听起来非常美妙。这里以“耳畔飒飒来松风”作为诗歌的结尾，水、茶兼及，以想象的情景来进一步赞美了“龙井茶”，给人留下了悠长的回味，也使诗歌具有了隽永的情思。

俞如竹喻叔虞夜宴闲云楼有作

（明）◎ 汤显祖

耆旧相看酒不空，小山秋色画楼中。微波远带星河白，艳曲全销蜡炬红。

汤显祖（1550—1616），字义仍，号海若，又号若士，别署清远道人。明代戏剧家。江西临川人。万历十一年（1583）进士，曾任南京太常博士、礼部主事等职。以不附权贵免官，居家读书著述以终。有《汤显祖集》、《临川四梦》等。

汤显祖是明朝著名的戏曲家，有着很高的声望。而他的诗歌特别是小诗也清新可诵，这首七绝就是这样。全诗写他和他的两个老朋友俞如竹、喻叔虞在闲云楼夜宴的情景，显得闲适而又雅致。

第一句说“耆旧”，一开始就点出了题目中的两个老朋友，大家相对而坐，一边闲谈一边慢慢饮酒，所以酒杯里的酒总是“不空”的，这和李逵式的鲁莽轰饮，形成了鲜明对照，这就是文士雅集的特色了，很有斯文相。中间两句，作者腾出手来写景：闲云楼所在的小山秋景映入楼中，斑斓绚丽，像嵌在壁上的图画一般，那么美好；从楼中看出去，楼外水中泛着微波，和夜空里明亮的天河连接在一起，夜景非常淡远。这两句乍看来好像和第一句没有直接联系，其实这也正是他们饮酒时的活动，也就是说一边在饮酒，一边在欣赏楼外的景色，自然也在不时发出赞叹了。同时，也交代出周围的环境，进一步衬托了夜宴时大家安宁闲适的心情。

不仅如此，最后一句还写到这几位老先生，他们还在慢慢地听着“艳曲”哩，真是闲情逸致不浅啊！这“艳曲”，也就是歌唱男女情爱故事的曲子了，在当时是非常流行的，筵席上一般都有专门的演员演唱，给聚会饮酒助兴。浅斟低唱，这也是文人雅集的特色之一。从“全销蜡炬红”几个字中，知道他们已经兴味盎然地听了好久了，以致点去了很多红红的蜡烛。在以上这些淡淡的描写中，作者的笔致总是显得非常轻灵，全都点到即止，但是整个宴会的活动全都摄到了笔下，老朋友之间那种亲密和谐的友情，温馨的宴会氛围，也从笔下轻轻地流露出来，一切都显得那么美好，那么惬意，显示出作者自己的风格和娴熟的艺术技巧。

金圣叹（1608—1661），原姓张，名采，字若采，后顶金人瑞名应试，又名喟，字圣叹。江苏长洲（今苏州）人。明末秀才，入清后绝意仕进，顺治十八年（1661）以“哭庙案”处斩。有《沈吟楼诗选》。

三　吴

（清）◎ 金圣叹

三吴二月万株花，花里开门处处斜。十五女儿全不解，逢人轻易便留茶。

金圣叹是明末清初一位重要的文学评论家，可惜他因为“哭庙案”被杀。他也写诗，虽然不多，但是有的写得清新可喜，这里选的这首即是如此。

“三吴”，这里是泛指环太湖流域地区。这里大小湖泊相连，沟渠纵横，土地肥沃，风景秀丽，是著名的江南鱼米之乡。诗歌第一、二句就以通俗的语言，简练的文字，概括地写出了仲春二月之际，那里繁花似锦的美丽景色。诗中突出了“花”，“万株”言其多，放眼一望，到处花团锦簇。就连人们的房门也掩映在鲜花丛中，开门进去，呀，那院子里也到处是花，真是花的世界，花的海洋！这里的一个“斜”字，生动地写出了花枝交错生长，花朵在枝头颤袅的神态，极为传神。通过这两句，我们通过最有代表性的春天的景物——花朵，看到了这个美丽的、充满生机和活力的地方，真是非常的美好！

但是，这里的“花”是指什么呢？

诗人在第三、四句写道：“十五女儿全不解，逢人轻易便留茶。”原来诗人是在以花来比那美丽如花的“十五女儿”，这些美丽、娇嫩的女儿就像“万株花”那样，遍布“三吴”之地。我们可以想见，人面鲜花交相辉映，这真是一个地灵人杰的地方啊！但是，诗人又说她们“全不解”，因为她们“逢人轻易便留茶”。好像她们过于热情大方，总是特别喜欢招待客人喝茶吧？这倒体现了纯朴的民风。其实，这里是用了双关的意思，因为那时把女子受聘叫“吃茶”，也就是诗中说的“留茶”，意思是种茶下籽，不可移置，象征着爱情婚姻的坚定不移。到这里，我们才完全明白了，好心的但是也有些诙谐的诗人，在劝说天真烂漫的女儿们在自己如花似玉的年龄，在特别向往追求自己婚姻幸福的时候，不要轻率从事，而是要慎重考虑，不要误了自己美好的人生啊！

这首小诗，很像一首民歌，它通俗，但是又委婉含蓄、生动活泼，读来别有情致。

归朝欢·窃茶

（清）◎李　渔

未共鸳帷还是客，何事窃杯尝口泽？残茶往往被伊偷，吸干不使留余滴。谁知郎计谲，空杯又取斟来吃。问其中，有何气息，直恁贪如蜜。　　但解钻营都是贼，但效殷勤都是术。只愁风蝶为花忙，近花便觉花无色。念他可怜极。再倾杯，剩些余汁，只当施残粒。

李渔（1611—1685），字笠翁，兰溪（今属浙江）人。少时游历四方结交名士，康熙间居南京，晚居杭州。一生从事戏剧创作。有《笠翁一家言》等。

这是一首词，写一个男子专喜欢偷喝女子的剩茶，女子觉得很奇怪，就发表了自己的感想。这首词，就是以女子的口吻来诉说的。

这位女子好像很懂得“男女之大防”的，看来和男子的接触很有分寸。她一旦发现自己的剩茶被男子偷喝了，而且喝得干干净净，不留余滴，不禁感到不可理解，甚至有些恼怒了，所以劈头就问：“未共鸳帷（绣了鸳鸯的帷帐）还是客，何事窃杯尝口泽？”您我还并没有同床共寝，为什么要偷喝我杯子里的残茶，来偷尝我的“口泽”（口中的津液）呢？态度表现得义正词严。于是她把杯子里的剩茶倒掉，只留一个空杯，心想看你偷喝什么。但是她很快发现，就是空杯，那男子也端来斟满水喝。于是她愈加感到奇怪，不禁问道：这杯子中到底有什么味道，叫你如此着迷，简直当作蜜糖来喝了？

当然，这位女子是绝顶聪明的人，她心中明白，这是男子对她爱慕的表现，她在表面的嗔怪之下，心里也暗藏着意外的惊喜，觉得这是男子对她爱情的暗示，是私下里对她的迷恋与追求，不禁也感到了几许自得。但是，她毕竟已经有了阅历，知道“但解钻营都是贼，但效殷勤都是术”的道理，就是说，凡是拐弯抹角搞投机的都是鬼鬼祟祟的不正派的人，不直接表示意图而采取隐蔽的迂回曲折的办法来达到目的的人，都是工于心计、惯于玩弄手段的人。对这样的人，当然是要高度警惕，加以戒备的。她由此进一步分析，这个男子对自己的追求，说不定只是图一时新鲜，等到他达到了目的，说不定又厌弃我了呢！不过，她心思一转，也念到他有如此喜欢我的一番心意，看他那痴迷的可爱样子，也不好从感情上拒绝他、折磨他，就在倒剩茶的时候给他留些在杯子里，当是给乞丐施舍残羹剩饭吧！词作就在女子放宽一步的态度中，情绪缓和下来，悠然结束了，留给读者许多想象和回味的余地。

这首词写“窃茶”，内容很新颖，这在汗牛充栋的描写喝茶的诗词中，别开生面，不落窠臼。文字也通俗明白，写得也很尖新泼辣，好像是元代的曲子一样，读来让人耳目一新。特别是在对女子的心理刻画上，可谓一波三折，把那种非常丰富、复杂的人物内心世界，表现得十分细致、深入，纤毫毕现，真是极尽婉转曲折之能事了。

沁园春·送友人入山采茶

（清）◎ 陈维崧

十里溪山，竹粉缨恋，兰风藻川。有蒙茸萝葛，蔽亏曦月，坦迤涧壑，向背林泉。夕渡湍归，晨演缓出，谷唱潭吟韵邈绵。居此者，是秦时毛女，汉代琴仙。　人家四月开园，送君去刚逢谷雨天。恰晴村绿掩，数间僧灶，清江翠箬，一带商船。拍处盈盈，焙余冉冉，归卧回廊瘦石边。松涛沸，正龙团乍碾，蟹眼初煎。

陈维崧（1625—1682），字其年，号迦陵。江苏宜兴人。早慧，幼年有神童之称。康熙十八年（1679）应博学鸿词科，授翰林院检讨，参加修《明史》。尤长于词及骈体。有《迦陵文集》、《迦陵词》、《湖海楼诗集》。

《沁园春》是词牌名。作者是清代“词的中兴”的重要作家。这首词，是他的朋友进山采茶，他写来送朋友的。

词的上阕，写他的朋友将要去的溪山的自然美景。先是总写，勾勒出轮廓：“十里溪山，竹粉缨恋，兰风藻川。”在广阔的十里山区，溪水潺潺，竹林茂密，风吹兰香，好一派美丽景象！“竹粉”，是指竹枝上蒙着一层白色的粉状物，竹叶飘动犹如枪缨闪动——这些形象的比喻，把这里的美景一下子凸现到读者面前，给人以非常形象生动的印象。中间几句，进一步从三个方面着笔，作了具体的描绘。一是写山上的植被，这里有生长茂盛、互相缠绕在一起的女萝和葛藤，遮蔽得太阳和月亮有时也照不到；还有逶迤曲折的山涧、沟壑，纵横其间，山林泉水相背相向，显得何等深邃清幽！二是写特有的声音，要是傍晚渡水回家，或者早上外出，还能听见潭水的声响和山谷间洪大而细切的回声，那韵味才够悠长哩！三是写居住的人，那里居住的人家据说是秦代的“毛女”，名叫玉姜，本来是宫女流落到山中，尽

吃松叶，身上长毛，不怕饥寒，变为仙女了；还有汉代的居士琴高，他善于弹琴，入山修炼长生之术，后来就乘赤鲤飞升上了天。这些美丽的传说故事本身就很动人，它们和这美丽的山水结合在一起，又进一步给这些自然形态的山水增添了神秘的梦幻般的色彩，好像给山水注入了灵魂，一切都更加生动活泼起来，叫人心驰神往。

诗人的朋友就要往这样美好的山区去采茶了，那该是怎样愉快的行程啊！于是，下阕就写朋友入山的具体情况。

和上面的基本实写不同，下阕主要是想象，想象朋友到了采茶地区以后，那里应当发生的事情。也是从三个方面着笔。先写节令，正是采茶开园之时，也正逢谷雨天，此时正是采摘新茶嫩芽的时候，俗话说“来得早不如来得巧”，真是碰到了难得的好时节。然后写茶山一带的茶叶制作和商业活动，在那绿树掩映的村庄里，有僧人在茶灶制茶，村边清澈的江流里来往着茶商贩运的船只。想那拍制成圆圆的茶饼，还有焙制的袅袅轻烟，一定勾起朋友喝茶的兴趣，回到那“回廊瘦石边”，想要喝茶了吧。这一层，写出了整个茶区在采制茶叶季节的繁忙景象，从采摘到加工制作和贩运的商业活动，一一呈现在读者面前，使我们生动形象地了解到那时茶山的情况，虽然是虚写，却非常真切。最后是写他的朋友喝茶的情形，是以比喻的手法，想象龙团茶叶刚刚碾好，茶汤煮沸时响起松涛的呼啸，浮动着蟹眼一样的茶沫，一切都是这般美好。这里，作者对朋友能够在这个时候进入茶山，喝到刚刚制成的新茶而庆幸，言语之中还表现了自己的欣羡之情，把送别的意思表达得情深意切，让人感动了。

扫花游·试茶

（清）◎ 朱彝尊

楝花放了，正谷雨初晴，逼篱云水，晓山十里。见春旗乍展，绿枪未试。立倦浓阴，听到吴歌遍起。焙香气。袅一缕午烟，人静门闭。　　清话能有几？任旧友相寻，素瓷频递，闷怀尽矣！况年来病酒，夜阑须记。活火新泉，梦绕松风曲几。暗灯里，隔窗纱，小童斜倚。

朱彝尊（1629—1709），字锡鬯，号竹垞，秀水（今浙江嘉兴）人。康熙十八年（1679）应博学鸿词科，授翰林院检讨。后革职，归家潜心著述。博通经史。诗与王士禛并称。词宗姜、张，为浙西词派创始人。有《曝书亭诗文选》。

这首词是写作者自己喝茶的闲情雅致的。

词的上阕，先写自己居处的优雅环境。这时苦楝花已经开过，正是谷雨时节天气非常晴朗的时候，自己的篱笆门前水绕山环，白云袅袅，朝阳普照着十里山区。这样描写，突出了居处的清幽美好，这种情调笼罩全篇。接下来，就写他在院子里的活动，看见“春旗”、“绿枪”（都是绿茶名，顶芽初发者，尖而似枪；小叶方展者如旗，故称），想到还没有品尝，不免有些遗憾。又在浓阴下伫立，听到吴歌四起，正是采摘、制作新茶的劳动歌声，还闻见焙（微火烘烤）茶的香气。这一切，都引起作者对于新茶的美好向往，于是他也开始烹茶了，“袅一缕午烟，人静门闭”，在这样幽静的环境里，作者也要亲自品尝新茶的味道了。

下阕就写和朋友一起喝茶的情况。作者觉得，一个人喝茶未免寂寞，正好老朋友来了，就一起品茗，大家频频举盏，娓娓闲谈，胸中的闷气一扫而光——此时作者不禁感觉这样和旧友清静地闲谈，一生也难得有几次，这样的情景真是很值得珍视啊！他又想到，近年来自己因为“病酒”（即醉酒而身体不适），那就要多喝茶以消解酒力，今后要记着在夜里用“活火（炽烈的炭火）新泉”烹茶，听着那像松风一样的茶沸声，斜靠着曲曲的茶几，有如梦幻一般，这对身体也有好处，该是多么的有益！结尾处作者写到：“暗灯里，隔窗纱，小童斜倚。”这是室内清幽的环境，也是作者喝茶的具体地点，它和一开始写出的大环境“楝花放了，正谷雨初晴，逼篱云水，晓山十里”正好遥遥相对，大小相形，室内的小环境被衬托得更加清静、优雅和温馨。

这里所选的这首词，着力表现了作者饮茶时的雅致情景。其中，写到楝花云水、春旗绿枪，写到吴歌声起、焙香四散，还有“立倦浓阴”、“人静门闭”，以及“梦绕松风曲几”等等，都是从各个不同的侧面，来渲染、烘托这种清幽雅致的气氛的，从而达到了情景交融的效果，把作者的情思——喝茶的闲情雅致，表现得委婉含蓄，耐人寻味。

试新茶同人分赋

（清）◎ 孔尚任

孔尚任(1648—1718),字聘之,一字季重,号东塘,又号云亭山人,山东曲阜人。因御前讲经而受康熙赏识,授国子博士。官至户部员外郎。曾奉命赴淮阳疏浚黄河口,遍游东南胜地。后因作《桃花扇》被削职。有《湖海集》。

精陈品具扫闲寮,茗战苏黄俱赴招。槐火石泉新历历,松风桂雨韵潇潇。未投兰蕊香先发,才洗瓷罂渴已消。谁寄一枪来最早？贡纲犹自滞春潮。

这首诗写“斗茶”。

斗茶,也叫“茗战”、“斗茗”,是一种极为文雅的游戏,产生并盛行于宋代,以后也时有文人斗茶。综合各代记述,斗茶包括三项内容,即斗茶品,行茶令,茶百戏(使汤纹水脉呈图像)。这首诗是写第一项,即斗茶品的,一般是两人以上多人共斗:自带佳茗,先斗茶色,茶色贵白,以青白胜黄白;次斗茶汤,根据茶的品种选用最恰当的水煎,煎茶毕,比赛茶汤的颜色、味道,谁的茶汤先在碗边沾上茶痕,谁就负(见《中国传统游戏大全》)。

诗歌的第一联就直接点明,这次同人的聚会就是斗茶。为了迎接大家的到来,主人已经先把煮茶、饮茶的器具精细地摆放好,又把清静的小小茶寮打扫得干干净净,各位参加斗茶的朋友也都全部到齐了。诗中是以北宋著名诗人苏轼、黄庭坚来代指他的赴会朋友,因为苏、黄既喜欢喝茶,又热爱斗茶,可见这些同人都是像苏、黄一样的斗茶能手和诗文高手,这一次的斗茶一定很是热闹,很有水平,很有意义的。

诗歌的中间两联就描写了斗茶的具体情况。他们点燃火,汲来泉水,都是新火、新水。开始烹煮,就听见锅里响起风吹松林和雨打桂树的声音,美妙动听,韵味就好似春雨潇潇一样。这些茶都很香,还没有放到锅里就像兰花一样香气四溢;才把盛汤的茶碗(“瓷罂”,瓷制的茶碗)洗干净,还没有来得及喝,就觉得口中生津,望汤止渴了。看来这次斗茶,大家都作了充分的准备,表演得各有千秋,谁也不甘示弱,难分高下了。

诗歌最后说:“谁寄一枪来最早？贡纲犹自滞春潮。”“一枪”,即一旗一枪,一枚茶芽连带一柄嫩叶,嫩叶初展如旗,茶芽如旗上枪尖,故称。原来他们之所以要在这个时候斗茶,是因为自己得到了今年最早的新茶,而茶贵新。“谁寄一枪来最早”是虚拟设问,言外之意是,我们的茶是今年最早的,因为那运往京城去的贡茶(“贡纲”即指贡茶)还没有起运,正在等待春潮的到来才运送,我们喝的新茶比皇宫还要早哩！这里,我们分明地感觉出诗人自得的情怀,自然也代表着大家的情怀——这次斗茶,大家一定是分外高兴,尽欢而散了。

曹雪芹（？—1763），名霑，字梦阮，号雪芹。《红楼梦》作者。

茶诗二首

（清）◎ 曹雪芹

一局输赢料不真，香销茶尽尚逡巡。欲知目下兴衰兆，须问旁观冷眼人。

古鼎新烹凤髓香，那堪翠斝贮琼浆。莫言绮縠无风韵，试看金娃对玉郎。

这两首诗，是从曹雪芹的著名长篇小说《红楼梦》中摘录出来的，是借咏茶来表现盛衰兴亡之叹和男女之间的金玉良缘。

第一首摘自《红楼梦》第二回，“贾夫人仙逝扬州城，冷子兴演说荣国府”，诗歌在本回的开头，对内容有提纲挈领的作用。本回写京都古董行的冷子兴，在扬州向曾经做官、现已革职的贾雨村讲说荣国府的情况。贾雨村说荣国府备极豪华，他看见里面厅殿楼阁“峥嵘轩峻”，树木山石“蓊蔚洇润”，没有衰败的迹象。冷子兴却说：“百足之虫，死而不僵。如今虽说不似先年那样兴盛，较之平常仕宦之家，到底气象不同。如今生齿日繁，事物日盛，主仆上下安富尊荣者尽多，运筹谋划者无一；其日用排场费用又不能将就省俭。如今外面的架子虽未甚倒，内囊却也尽上来了。”

这首诗就是写这种衰败先兆。作者以棋局来比喻荣国府这个封建官僚大家族，说明风云变幻，兴衰难可逆料，很为贴切。又以“香销茶尽”来进一步说明棋局已残，衰败之势已经注定，只是目前还没有马上就倒，因为“百足之虫，死而不僵”——庞大（“百足”，比喻其大）的动物，就是死了也不会马上僵硬，这也是用成语来作比喻。这里的“逡巡”，作迟回不进解，很形象地写出了荣国府目前勉强撑持、危机四伏的状况。但是，征兆是在几微之间，身在此中的人是看不出来的，要知道今后究竟如何，“须问旁观冷眼人”——也就是“当局者迷，旁观者清”的意思。这首诗不仅高度概括了本回小说的内容，也揭示了一个客观规律，只有“冷眼旁观”，排除干扰，才能深入了解事物的本质，给人以深刻的启迪。

第二首摘录自《红楼梦》第八回，“薛宝钗小恙梨香院，贾宝玉大醉绛云轩”，也是写在本回的开头。这一回写贾宝玉到薛宝钗家里看望生病的宝钗，宝钗仔细看了宝玉佩戴的通灵宝玉，上面写着“莫失莫忘，仙寿恒昌”八个字，宝玉也看了宝钗戴在脖子上的金项圈，上面也刻着八个字：“不离不弃，芳龄永继。”这即是“金玉良缘”，暗示着他们二人将来的婚姻关系。后来林黛玉也来了，看见二人的亲密关系，内心有些不悦。宝玉在宝钗家里喝了茶，又喝了酒，后来回到自家屋里的“绛云轩”，不禁醉意上来，摔了茶碗。

这首诗歌也是采用比喻的手法，来暗示宝玉和宝钗的婚姻。在古鼎茶炉里新烹煮的凤髓名茶，散发出浓郁的香味，但是，绝不能用翠玉做的酒杯来盛它。这是以“凤髓”名茶比黛玉，以“翠斝”（斝音甲，酒杯）比宝玉，暗示他们二人的婚姻无缘。第三句是以“绮縠（縠音胡，丝织品）”比宝钗，说她虽然没有黛玉那样的“风韵”，但是也正好是“金娃”对“玉郎”，倒是很般配的哩！这些比喻都很生动形象，给诗歌增加了色彩和韵味，读来觉得意味隽永。

谢南浦太守赠芙蓉汗衫雨前茶二首(之二)

(清)◎袁 枚

四银瓶锁碧云英，谷雨旗枪最有名。嫩绿忍将茗碗试？清香先向齿牙生。书交柏叶仙人寄，味比江城太守清。好色相如最消渴，被公知道旧风情！

袁枚(1716—1797)，字子才，号简斋，又号随园老人，钱塘(今浙江杭州)人。乾隆四年(1739)进士，授翰林院庶吉士。历任溧水、江浦、沭阳、江宁等地知县。辞官后，于江宁小仓山筑随园，以诗酒为娱。诗倡性灵说。有《小仓山房诗文集》、《随园诗话》等。

袁枚是清代的著名诗人，曾经做过知县，四十岁以后隐居在江苏南京。诗题中的“南浦”是县名，故城在今重庆万州市。“雨前茶”，即谷雨之前采摘的茶叶，清新鲜嫩。“南浦太守”，未详何人。

这首诗歌以生动形象的笔墨，饱含激情地歌咏了“南浦太守”所赠的“雨前茶”，写得轻快活泼，情趣盎然。

开始两句直接写出太守所赠的茶名叫“碧云英”，是用四个银瓶装着的，“锁”字，用得极妙，珍惜之意溢于言外。袁枚最喜欢谷雨之前的“雨前茶”，他曾经说过，“尝尽天下之茶”，“雨前最好，一旗一枪，绿如碧玉”。这也就是为什么叫“碧云英”的原因。这两句给予了所赠茶叶以高度的赞美。所以接下来第三、四句就说，看见那嫩绿，也就心醉神怡了，简直不忍心烹煮来喝(“忍”，即岂忍)；那清香的气味，好像已经进入口里，齿颊生香了。诗人写得一往情深，对茶叶的喜爱之情，洋溢在字里行间。

第三、四句，诗歌来了一个小小的转折，转得轻松自然，写对送交书信和茶叶的人的谢意，但是这意思表达得很婉转。“柏叶仙人”，本来是指唐代的田鸾，传说他因为长期食柏叶，得长寿成仙，这里是指为南浦太守传书、带茶的来人，诗中以仙人相看，表示了对他的尊敬和钦慕。又说这茶叶的香味，比江城(即“南浦”，因为万州在长江边上)太守还“清”。这里一个“清”字，高度概括了茶叶的清香气味，既是对茶叶的赞美，也是对“南浦太守”的清高品格、清廉作风的赞扬。自然，这里面也有恰到好处的调侃，情意真切，很有亲热感。最后，诗人又自我调侃，说我就像那好色的汉代辞赋家司马相如一样，也有消渴疾(即糖尿病)，正需要喝茶来消解呢，谁知道我的这点小小的“风情”隐私，竟然被您窥破了！言外之意是，您送来的茶叶正中下怀，很合我的爱好，真是雪中送炭。这还是一番感谢之意，但是这样曲折委婉地表达，诗情摇曳多姿，诗歌也就更加活泼生动，更加感人，表现出诗人高超的抒情艺术。

村饮

（清）◎黎　简

村饮家家醵酒钱，竹枝篱外野塘边。谷丝久倍寻常价，父老休谈少壮年！细雨人归芳草晚，东风牛藉落花眠。秧苗已长桑芽短，忙甚春分寒食天？

黎简（1748—1799），字简民，一字未裁，号二樵。广东顺德人。乾隆诸生。工书画，诗词亦著名。其诗峻拔清峭，刻意新颖，自成一家。有《五百四峰草堂诗钞》。

“黎简诗往往锤炼过甚，失之幽涩。此诗则较为秀丽自然”（钱仲联、钱学增《清诗三百首》）。这首诗在轻松愉快的气氛中，描写了村民在春季农闲时间聚餐饮酒的情形，表现了淳朴可爱的民间风习和清新秀丽的自然风光，但也含蓄地反映了当时物价倍涨和农民生活的艰难，在微带甘甜的诗味中掺和着苦涩。

刘熙载在《艺概·诗概》中说：“律诗之妙，全在无字处。每上句与下句转关接缝，皆机窍所在也。”这首诗在描写村饮时，显著特点是把客观的描述与村民们的交谈，不着痕迹地融合在一起，通过“转关接缝”，且叙且议，不仅形象地表现了村饮的场面，生动感人，而且还深入地揭示了村民的心理，透视隐忧，从一个侧面真实而深刻地反映了农村的社会情形。在“无字处”给人以丰富的联想和启迪。

前两联直接入题，写村民们聚餐饮酒的场面。首联“村饮家家醵（jù，凑也）酒钱，竹枝篱外野塘边”，是诗人的叙述。春天农闲时节，乡村向有聚饮的习惯，于是村民们家家都凑点钱，共同备办一顿酒席，大家趁闲共饮。这酒席就设在村旁篱笆外的水塘边，竹技掩映，塘里正荡漾着一泓碧绿的春水，说不定塘中还有几只鹅鸭正在游水嬉戏哩。这是多么具有田园风光的优美景象啊！两句交代了村饮的筹备经过和酒席的地点，十分切合农村情况。句中的“野”字，透露出了村饮时那

种无拘无束、人人共乐的情景。在这样的情况下共饮，大家当然要畅所欲言，借机倾诉一番了。于是颔联就写谈话内容："谷丝久倍寻常价，父老休谈少壮年!"大家在席间谈到农村的收入，年岁大些的"父老"都感到眼下的乾隆年间，谷价、丝价都比康熙年间有成倍的增涨(由于农产品涨价，其他需要购置的生活必需品也随之涨价，对于原本收入就不多的农民，生活自然也就越过越难了)；于是有人就劝说，父老们休要再去谈过去了，那种较为过得去的日子是永远不会再来了。这两句是村民们席间的闲谈，前句平平叙说，显得稳健持重，是父老们对过去满含深情的追忆；后一句语气强烈，显然是年轻气盛的后生们的愤激不言，把席间对话摹写得声口毕肖。而两句的共同点，都是对当时社会现实的不满。但在诗中，这两句又好像不单是村民的谈话，而像是作者的叙述，其间包含着诗人的强烈感情。这样，叙述与谈话水乳交融，转接自然而又包蕴无穷，作者的感情与村民的感情合而为一，诗情更为动人。而那席间谈笑对话，以至热烈争论的情景，也都宛在目前，收到了意在言外的良好效果。

后两联写村民们饮罢归家途中所见的景象和言谈。颈联"细雨人归芳草晚，东风牛藉落花眠"。上句"晚"字，说明大家饮的时间很长。一年中难得这样一次聚会，村民都留连不舍，直到天已向晚，又下起细雨来，才各自踏着芳草归去；一路上，春风徐徐吹来，农舍边的耕牛正躺在落花上熟眠。这一联是承"竹枝篱外野塘边"句，进一步描绘农村风光，十分工巧细致，将眼前景色写得历历如绘，十分可爱。从章法上说，这样穿插描绘，避免了平铺直叙，显得参差错落，摇曳生姿，体现了作者的艺术匠心和纯熟技巧。在归途中，大家当然也要谈话，尾联就写村民边走边谈的内容："秧苗已长桑芽短，忙甚春分寒食天？"大家似乎在说，你看，秧苗都长那么高了，用不着再多费力气管理，桑树的叶子却才刚刚长出，还不到采摘喂蚕的时候，在这春分和寒食节的二月底、三月初，正是农闲时候，有什么可忙的呢？这一联如同颔联一样，既是写谈话，同时也是诗人的描述，收到了二者得兼的效果。"秧苗已长桑芽短"一句，既与农时，又兼写景，使人想到那满地嫩绿的秧苗和刚刚冒出新芽的满山柔桑，进一步写出了乡村的优美可爱景色。这一句还与"谷丝"句暗通关节，意蕴丰富，暗示出言外之意。既然稻谷、蚕丝早就倍涨其价，什么东西都贵，生活也只能这样将将就就地过下去，再辛苦勤劳又有多大用处呢？不如趁此农闲季节，清闲一下，得过且过算了。这些话，好像是在藉以自慰自解，其实里面深藏着村民们对眼前现实的怨愤以及无可奈何的心情。最后以问句结束，似乎是一声长叹，将篇中前面写到的村饮的暂时欢乐一笔扫空，而留下耐人寻味的深长意思。在"无字"之处，读者体会到了丰厚的意蕴，并将引起深入的思考，得到深刻的启示。

夜　饮

（清）◎ 黄遵宪

长风吹月过江来，照我华堂在手杯。莫管阴晴圆缺事，尽欢三万六千回。胸中五岳撑空起，眼底浮云一扫开。玉管铜丝兼铁板，与君扶醉上高台。

黄遵宪(1848—1905)，字公度，嘉应州(今广东梅州)人。光绪二年（1876)举人。历任日、英、美、新加坡等国外交官。官至河南按察使。参加戊戌变法，失败后，免去官职。诗界革命巨子。有《人境庐诗草》、《日本杂事诗》等。

黄遵宪是晚清诗坛的杰出诗人，大力提倡“诗界革命”，使旧体诗歌的形式和当时更加丰富、更加广阔的社会生活结合起来，开创了旧体诗歌创作的新时代。此外他的个人经历也很丰富，三十岁出使日本，任使馆参赞；三十五岁又调任美国旧金山总领事，三年以后回国。这首诗大约作于此时。他的性格开朗豪放，因此他的诗歌风格总的趋向是豪迈奔放，有如黄钟大吕，读来令人精神振奋。

这首诗在内容上看来好像没有什么新鲜的地方，只是写自己晚上饮酒而已。但是诗人写得特别雄放。一、二句不过是说自己在华堂饮酒，手持酒杯，但是前面加了一句“长风吹月过江来”，就把个人的饮酒和长风、明月、大江联系起来，夜饮的境界就显得极其阔大，气势奔涌了。这也为全诗的高昂情绪奠定了基调。“莫管阴晴圆缺事”，用了苏轼《水调歌头·中秋》词中“月有阴晴圆缺，人有悲欢离合，此事古难全”的意思，但是多少也有些愤激情绪，因为作者对当时清朝政府的腐败深为不满，主张改良，但是阻力很大，作者每每痛心于此。因此他希望自己人生百年之中，天天饮酒尽欢，不要管这些事情，这当然也是愤激语。所以接下来作者要纳五岳于胸中，撑空而起，斩钉截铁地表示，要把“眼底浮云一扫开”，这是何等博大的胸襟和豪迈的气概，表现了作者坚定的信念和一往无前的精神。最后一联，作者又用了苏轼的一个典故。据俞文豹《吹剑录》记载：“东坡在玉堂(即翰林院)，有幕士善讴。因问：‘我词比柳词如何？’对曰：‘柳郎中词，只好十七八岁女孩儿，执红牙拍板，唱“杨柳岸晓风残月”；学士词，须关西大汉，执铁板，唱“大江东去”。’公为之绝倒。”作者很巧妙地运用这个典故，意思是要登上高台，放声高唱“大江东去”，来抒发自己的一腔豪气，为实现自己的政治理想不懈努力！

因此，这首诗不只是写普通的夜饮，它通过夜饮这个极其平凡的事情，来借题发挥，抒发自己爱国求变的满腔豪情，以及自己胸中的忧虑和愤懑。因此诗歌在雄豪的风格中，具有沉郁的精神。也正因如此，这首诗的思想境界就大大地超过了普通的饮酒诗，富有非常深厚的意蕴，读来具有感奋人心的巨大力量。

对 酒

（清）◎秋 瑾

不惜千金买宝刀，貂裘换酒也堪豪。一腔热血勤珍重，洒去犹能化碧涛。

秋瑾（1875—1907），字璿卿，别号竞雄，又号鉴湖女侠，浙江绍兴人。1904年赴日留学，参加光复会、同盟会。回国后在上海创办《中国女报》，提倡妇女解放。后回绍兴，主持大通学堂，组织起义。事泄被捕，英勇就义。有《秋瑾集》。

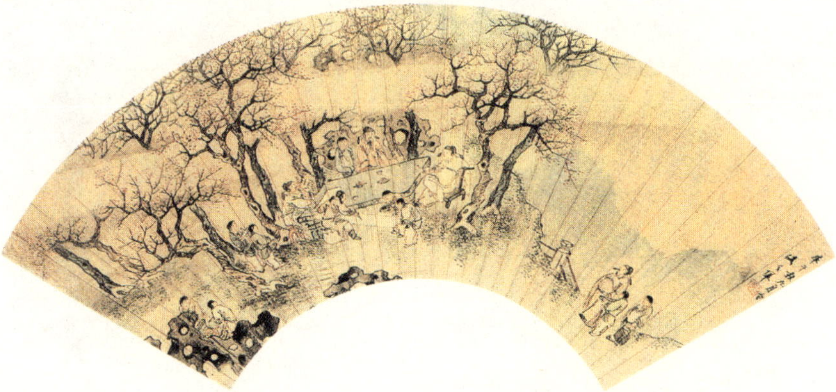

诗酒的结缘所来自远，陶潜以来以饮酒为题的诗篇不少，其中大有“醉翁之意不在酒”的托兴深远的作品。秋瑾女士的这一篇，可算是晚近的杰作。

初读本篇，读者很可能只注意到那个“豪”字，将全诗看成这样的三部曲：一是“千金买宝刀”，豪举也；二是“貂裘换酒”，亦豪举也。前两句中的“不惜”和“堪豪”是互文，也就是说，不惜金钱，去购买宝刀，堪豪；不惜珍贵的貂皮衣，去换取美酒，也堪豪。三是“洒热血”、“化碧涛”，意指革命者不惜牺牲去争取胜利，更属豪举。后两句用了一个典故。相传周代忠臣名苌弘，死后三年，其血化作碧色。此后人们就常用碧血来形容烈士的血。看来，首句的“不惜”和次句的“豪”还兼管第三、四句，这比一般的互文修辞，显然有创新。

其实这首诗的味道，并不出在那个“豪”字，关键语尤在“勤珍重”三字，它似乎是针对前两句的“不惜”而言的。意言金钱可以不惜，貂裘可以不惜，然而生命却不可不惜。不过，珍惜不是目的，到必要的时候，则可以“不惜”——“一腔热血勤珍重，洒去犹能化碧涛”。诗人倡言珍惜生命，不是为活着而珍惜，而是为革命而珍惜。只要这一腔热血洒得是地方，就能化成一股巨大的力量。

诗人在写出一个“不惜”后，又写出“勤珍重”，是诗意的跌宕和顿挫，好比将拳头攥紧抽回，当其再打出去，写出另一个“不惜”，方才更见有力。一篇豪情满怀的诗中，由于有了“勤珍重”这样的款语叮咛，更觉有刚柔互济之妙。这首诗似受到唐诗“劝君莫惜金缕衣，劝君须惜少年时”（杜秋娘《金缕衣》）的启发，而更富于新意。